UN DÉFENSEUR POUR MORGAN

UN DÉFENSEUR POUR MORGAN
(MERCENAIRES REBELLES, TOME 3)

SUSAN STOKER

Traduit de l'anglais (U.S.) par Suzanne Voogd pour Valentin Translation.
Titre original : *Defending Morgan (Mountain Mercenaries, Book 3)*

Conception de la couverture par Chris Mackey, AURA Design Group
La version anglaise de ce titre était initialement publiée par Amazon Publishing.

DU MÊME AUTEUR

Un Protecteur Pour Jessyka

Un Protecteur Pour Julie

Un Protecteur Pour Melody

Un Protecteur pour l'avenir

Un Protecteur Pour Les Enfants de Alabama

Un Protecteur Pour Kiera

Un Protecteur Pour Dakota

Delta Force Heroes Series

Un héros pour Rayne

Un héros pour Emily

Un héros pour Harley

Un mari pour Emily

Un héros pour Kassie

Un héros pour Bryn

Un héros pour Casey

Un héros pour Wendy

Un héros pour Mary

Un héros pour Macie

Un héros pour Sadie

1

_____

Archer « Arrow » Kane n'en revenait pas de la chance qu'avait la femme à côté de lui. Les Mercenaires Rebelles avaient été envoyés en République dominicaine pour sauver une petite fille enlevée, et ils avaient quitté la maison en ruines où ils l'avaient trouvée avec une personne de plus. Une femme. Une femme disparue très célèbre.

Arrow gardait en permanence une main sur Morgan Byrd afin de rester près d'elle. De temps en temps, il la posait simplement au creux de son dos, d'autres fois il saisissait son bras pour l'aider à grimper dans les décombres. Elle ne le regardait pas, ne le remerciait pas, ne montrait pas qu'elle avait conscience de son contact, mais elle semblait l'accepter. Chaque fois qu'ils s'arrêtaient pendant que Black scrutait la zone et s'assurait qu'ils n'étaient pas suivis, elle se penchait légèrement vers Arrow. C'était subtil, mais comme Arrow avait une conscience accrue de ce qu'elle faisait, il le remarqua.

Ball portait la petite fille qu'ils étaient venus sauver en République dominicaine. Elle avait cinq ans. Son père, qui n'en avait pas la garde, ne l'avait pas ramenée après sa visite du week-end approuvée par la cour. Il avait fui dans son pays d'origine avec l'enfant. Cela faisait déjà trois mois et sa mère avait fait tout son possible pour récupérer la petite fille. Quand Rex avait eu vent de la situation, il avait immédiatement demandé des volontaires pour se rendre sur la petite île des Caraïbes et ramener Nina chez elle.

Black, Ball et Arrow avaient accepté de venir. Ro était en lune de miel, Meat avait la grippe et la petite amie de Gray dansait dans un spectacle spécial à Denver, il avait donc passé son tour cette fois. C'était censé être un boulot facile, d'autant que Rex avait des informations concernant l'endroit où le père de Nina la détenait. Cependant, lorsqu'ils avaient trouvé Morgan au même endroit, cela avait compliqué les choses.

Arrow était toujours sous le choc. Cela faisait environ un an que Morgan Byrd était portée disparue. Elle s'était envolée une nuit, et malgré plusieurs sources crédibles et une vidéo de surveillance montrant qu'elle dansait et qu'elle s'amusait dans une boîte de nuit, il n'y avait pas eu de progrès dans l'affaire. Jusqu'à maintenant.

Arrow ne savait pas du tout comment elle était arrivée dans cette maison délabrée de Santo Domingo et il n'avait pas le temps de l'interroger pour le moment. Elle avait visiblement traversé un enfer. Elle était couverte de terre et ses cheveux blonds étaient emmêlés et sales. Elle sentait comme quelqu'un qui ne s'était pas douché depuis des semaines... ce qui était sans doute le cas.

Quoi qu'il en soit, quelque chose en elle attirait Arrow. Ce n'était pas son apparence, car elle était assez mal en point. C'était sa... résilience. Ce qu'elle avait traversé aurait dû la briser.

Arrow avait sauvé beaucoup de femmes et d'enfants de situations terribles, et beaucoup d'entre eux étaient psychologiquement brisés presque au-delà de tout espoir de guérison. Mais quand il était entré dans la pièce sombre, Morgan n'était pas recroquevillée dans un coin. Elle protégeait la petite fille qu'elle avait prise sous son aile avec un couteau rudimentaire. L'arme n'aurait pas causé beaucoup de dégâts, mais peu importe. Elle s'était placée entre l'enfant et l'inconnu ayant pénétré dans la pièce.

Elle n'avait pas pleuré, ne l'avait pas supplié de la faire sortir de cette prison. Même maintenant, elle ne se raccrochait pas à lui. Elle ne se cachait pas derrière lui. Elle se tenait à côté de lui, stoïque, avec une main dans le dos de Nina, essayant de la rassurer et de la réconforter.

Il fut extrêmement impressionné par Morgan. Elle était différente de toutes les autres femmes qu'il avait sauvées au cours des années. C'était comme s'il percevait sa détermination. Il était fier d'elle. Fier de la manière dont elle avait défendu Nina. Fier qu'elle n'ait pas été brisée. Il se sentait plus protecteur envers cette femme qu'envers toutes les autres qu'il avait pu sauver. Il ne savait pas identifier les raisons de ce sentiment, mais il était bien là.

Arrow aurait sans doute pu résister aux émotions qu'il sentait monter sous la surface si elle ne s'était pas penchée inconsciemment vers lui dès qu'elle le pouvait. Elle était peut-être forte et pleine de sang-froid en apparence, mais ce léger mouvement suggérait une réalité très différente.

Sous son apparente bravoure, elle était morte de peur. Arrow voulait la prendre dans ses bras et la rassurer. Lui dire qu'elle allait rentrer chez elle, chez son père, en sécurité. Mais il savait d'expérience que lui témoigner ne serait-ce que la moindre trace de compassion risquait de la faire craquer. Il se contenta donc de petits contacts, s'assurant qu'elle reste à côté de lui, lui donnant le réconfort qu'il pouvait tout en restant alerte au moindre signe de danger.

Après ce qu'elle avait traversé, il n'allait pas laisser quelqu'un d'autre lui faire du mal avant de la ramener chez elle.

— La voie est libre, chuchota Black lorsqu'il réapparut à côté d'eux sans faire d'autre bruit.

Cet homme avait été un SEAL de la Navy et il savait se déplacer en silence sur n'importe quel terrain. Arrow s'y était habitué depuis longtemps, mais à côté de lui, il sentit Morgan sursauter violemment, surprise par la soudaine présence de Black.

Elle ne fit cependant pas un bruit. Elle s'était bien entraînée à rester silencieuse. Il avait remarqué cela dans la pièce où Nina et elle avaient été enfermées. Quand il avait frappé ses bras pour l'obliger à faire tomber le couteau, elle n'avait pas crié. Quand la petite fille s'était jetée sur elle, Morgan n'avait même pas laissé échapper un souffle en tombant sur les fesses. Il avait été surpris tout en étant très impressionné. Ses coéquipiers et lui avaient appris à bouger dans le silence le plus total, mais il lui avait fallu des années d'entraînement dans la Marine et un nombre incalculable de missions dangereuses. Le mystère de la raison pour laquelle Morgan avait appris à être silencieuse le dérangeait.

— Nous devons bouger vite, poursuivit Black. Le lieu sûr se trouve à environ huit cents mètres, mais nous avons une demi-heure de retard sur ce qui était prévu. La ville se réveille et il ne faut surtout pas que quelqu'un nous voie et se pose des questions.

Arrow pinça les lèvres. Trois hommes caucasiens qui se baladaient dans la ville en portant des vêtements entièrement noirs, accompagnés par une femme et une enfant, cela risquait d'attirer l'attention. Le genre d'attention dont ils se passaient très bien. Il ouvrit la bouche pour parler, mais Morgan le devança.

— Nous devrions nous séparer. Nous vous ralentissons.

Si nous nous séparons, vous pourrez aller plus vite avec Nina, dit-elle à Ball en hochant la tête vers l'enfant qui dormait maintenant dans ses bras.

Arrow vit ce que la suggestion lui coûtait. Elle serrait le tee-shirt de Nina avec tant de force que ses articulations avaient blanchi.

Black regarda Arrow en levant un sourcil. Dès qu'ils étaient sortis de la ruine où ils avaient sauvé les deux victimes, les coéquipiers d'Arrow avaient compris qu'il avait un lien avec Morgan. Cela arrivait parfois lors de leurs missions. Ils étaient entraînés à observer les réactions des femmes et des enfants. S'il y avait la moindre tendance à faire davantage confiance à un des hommes plutôt qu'aux autres, l'équipe faisait son possible pour encourager cela. La confiance était un énorme problème du sauvetage des victimes d'enlèvement. Si une victime faisait confiance à au moins un seul d'entre eux, la mission devenait beaucoup plus facile.

Ils avaient lu le langage corporel de Morgan aussi facilement que lui. Sans parler de la façon dont il traînait autour d'elle. Black demandait en silence l'avis d'Arrow sur le fait de se séparer. Il était évident que c'était lui qui accompagnerait Morgan.

Arrow se tourna vers la femme à côté de lui. Il surplombait son petit mètre soixante. Faisant lui-même un mètre quatre-vingt-cinq, il avait l'habitude d'être plus grand que les personnes qu'il sauvait, mais sa petite taille participait à faire remonter ses instincts protecteurs à la surface.

Il bougea lentement la main et frôla le bras de Morgan du bout des doigts. Elle portait un tee-shirt gris élimé, mais il put sentir la chaleur de sa peau dessous.

— En es-tu certaine ? demanda-t-il. Cela faciliterait les

choses, mais si tu ne veux pas être séparée de Nina, nous y arriverons.

Elle leva le menton pour le regarder dans les yeux, ce qui plut beaucoup à Arrow. Elle était effrayée et anxieuse, mais elle n'était pas abattue au point de refuser de le regarder dans les yeux.

— Je veux faire ce qu'il faut pour que Nina soit en sécurité le plus vite possible.

Arrow savait que c'était ce qu'elle allait dire. Il se tourna vers Ball. L'ancien garde-côte se tenait patiemment à côté d'eux. Il faisait trente centimètres de plus que Morgan et il portait la fillette dans ses bras avec facilité.

— On vous rejoindra là-bas.

Arrow sentit les cheveux se dresser dans son cou, mais il ignora cela pour l'instant. Il n'aimait pas être séparé de ses coéquipiers, mais c'était la chose à faire. Une fois que tout le monde serait en sécurité dans l'abri, ils allaient pouvoir établir les étapes suivantes. Ils devaient contacter Rex et lui faire savoir que Nina était en sécurité, mais aussi qu'il y avait une personne de plus.

Ils avaient les papiers nécessaires pour faire sortir Nina du pays, y compris son passeport, mais ils n'avaient rien pour Morgan. Ils avaient affrété un jet pour rentrer, toutefois ils ne pouvaient pas embarquer une femme mystérieuse et non identifiée à bord et s'attendre à ce que les autorités l'acceptent sans broncher.

— Faites attention, dit Ball avec sérieux.

Arrow savait ce qu'il voulait dire. Ils ignoraient tout de l'histoire de Morgan. Qui l'avait enlevée. Pourquoi elle était enfermée. Ce qui lui était arrivé. Elle était une inconnue dans ce scénario. Le père de Nina, ils le connaissaient assez bien. Rex avait fait des recherches et avait expliqué tout ce qu'il avait appris avant leur départ. Mais Morgan était un mystère.

Il hocha la tête vers son ami.

— Tu as ta radio ? demanda Black.

Arrow hocha encore la tête. Ils avaient tous une radio dont ils se servaient pour communiquer. Elles avaient une portée de quelques kilomètres, mais au-delà, il leur fallait utiliser des téléphones satellites spéciaux.

Morgan fit un pas vers Nina et Ball, mais elle hésita lorsque la main d'Arrow tomba de son bras. Sachant qu'elle avait besoin d'être rassurée, Arrow la suivit et il posa le bout des doigts au milieu de son dos. Il sentit la raideur de ses muscles, mais elle se contenta de s'approcher de Ball et de se lever sur la pointe des pieds. Elle ne pouvait toujours pas atteindre le visage de l'enfant endormie, alors Ball se pencha.

Morgan frôla la joue de Nina avec les lèvres, puis elle fit un pas en arrière.

— Prenez soin d'elle, chuchota-t-elle. Elle a traversé des choses terribles.

— A-t-elle besoin de voir un médecin ? demanda Ball en posant une grande main derrière la tête de Nina, la tenant contre lui en se redressant.

Morgan haussa les épaules.

— Probablement. Elle n'a pas beaucoup mangé, et elle s'est plainte de maux de ventre. Je me suis dit que c'était peut-être dû au stress et à la faim, mais je ne sais pas.

Ball hocha la tête.

— Black a reçu un entraînement médical. Il jettera un coup d'œil et je sais que sa mère aura un médecin qui l'attend quand nous rentrerons aux États-Unis.

— Et toi ? demanda Black.

— Moi ? demanda Morgan.

— As-tu besoin d'un médecin ?

Arrow vit le changement immédiat dans son attitude et il écarquilla les yeux de surprise. Toute trace d'émotion avait disparu de son visage lorsqu'elle secoua la tête.

— Pas tout de suite, non.

Il voulut argumenter. Voulut la rassurer en disant que ce n'était pas de sa faute. Qu'il allait faire en sorte qu'elle reçoive tous les soins médicaux dont elle avait besoin. Mais son regard fermé et vide, ainsi que le temps qui passait trop vite, le poussa à rester silencieux.

Black ne sembla pas plus satisfait qu'Arrow par cette réponse, mais son coéquipier ne fit pas de commentaire. Il se contenta de hocher la tête et de faire signe à Ball. Ils disparurent en l'espace de quelques secondes, se mêlant aux ombres d'un quartier particulièrement décrépit.

— Viens, dit Arrow en prenant sa main dans la sienne.

Une fois de plus, il fut frappé par leur différence de taille. Elle avait des doigts fins et petits, alors que les mains d'Arrow étaient grandes et calleuses. Il avait retiré les gants qu'il portait plus tôt, et il sentit maintenant qu'elle avait les paumes moites. C'était un autre signe non verbal de nervosité, de malaise et de peur.

Sans un mot de protestation, Morgan hocha la tête et le suivit lorsqu'il se dirigea dans la direction opposée de Black et Ball. Ils allaient faire un cercle autour du quartier et se rendre à l'abri par le nord, alors que ses coéquipiers se dirigeaient au sud. C'était la route la plus longue, mais ils pouvaient avancer plus vite puisqu'ils n'avaient pas à s'inquiéter des secousses infligées à l'enfant.

Morgan trébuchait un peu derrière lui. Elle n'y voyait pas aussi bien que lui, puisqu'il avait remis ses lunettes de vision nocturne, mais encore une fois, elle ne faisait aucun bruit. Elle serrait simplement sa main avec plus de force et elle lui fit confiance pendant qu'il la conduisait à travers des allées sombres et des rues pleines de déchets.

Il ne savait pas du tout ce qu'elle avait vécu au cours de l'année passée, mais il se promit de faire tout son possible pour qu'elle se sente à nouveau en sécurité... quoi que cela lui en coûte.

2

Morgan s'accrocha aussi fermement que possible à la main du soldat. Elle ne voulait surtout pas se perdre dans cet endroit paumé. Elle ne savait pas du tout qui étaient les hommes qui étaient apparus au milieu de la nuit comme des anges du paradis, mais elle s'en moquait. Ils pouvaient être des dealers et des terroristes, et ça n'aurait aucune importance... tant qu'ils sortaient Nina de là et qu'ils la ramenaient aux États-Unis.

Le fait qu'ils savaient qui elle était et qu'ils avaient accepté de la prendre avec eux était un miracle selon Morgan. Ils auraient pu être des sbires de la mafia, et elle les aurait accompagnés quand même. Tout valait mieux que l'endroit où ils l'avaient trouvée.

Morgan perdit une seconde en songeant à ce qui était arrivé aux hommes qui détenaient Nina et elle, mais elle chassa cette pensée l'instant d'après. Ils étaient des rebuts. De la racaille de la pire espèce. Elle espérait qu'ils étaient morts de façon terrible.

Elle ne savait pas du tout comment s'appelaient ses sauveteurs, mais ce n'était pas comme s'ils avaient le temps de s'arrêter pour bavarder. Ça lui était égal qu'ils ne soient pas là pour *elle*. Quand Nina les avait suppliés de permettre à Morgan de venir avec eux, elle l'avait souhaité de toutes les fibres de son être. Elle aurait sans doute dû hésiter un peu plus puisqu'elle ne les connaissait pas. Mais vu la façon dont ils étaient vêtus, sans parler des lunettes de vision nocturne coûteuses qu'ils portaient, il était impossible qu'il s'agisse de complices des enfoirés qui la tenaient en otage.

En trébuchant sur des déchets dans la ruelle, elle se fit mentalement des reproches. Il fallait qu'elle fasse attention. Qu'elle ne soit pas trop maladroite. Elle ne voulait pas irriter l'homme qui l'aidait. Elle devait faire de son mieux pour ne pas le déranger. Elle ne pouvait pas se permettre de l'ennuyer au point qu'il décide de ne pas la prendre avec lui, après tout. Si elle était si proche d'être sauvée, mais qu'elle se faisait ensuite recapturer, cela risquait de l'anéantir.

Son sauveteur lui avait fait mal en la forçant à lâcher le couteau avec lequel elle l'avait menacé dans la maison, mais par rapport à ce qu'elle avait vécu l'année passée, les hématomes sur ses bras n'étaient rien. Et après cette petite douleur courte, il avait fait tout ce qu'il pouvait pour ne *pas* lui faire du mal. Elle avait senti ses mains sur elle depuis qu'ils s'étaient échappés de la maison : il l'aidait à maintenir l'équilibre, lui faisait savoir qu'il était juste à côté d'elle. Qu'il la protégeait.

Elle se souvenait encore de ses mots juste avant qu'ils quittent la maison.

Je m'occupe de toi, Morgan. Je vais te faire rentrer chez toi par tous les moyens.

Il s'occupait d'elle.

Elle n'était pas certaine de *vouloir* rentrer chez elle. Atlanta ne lui évoquait pas vraiment de bons souvenirs. Cela faisait longtemps qu'elle ne s'était pas sentie en sécurité. Mais en entendant les mots de cet homme et en l'ayant près d'elle, elle avait eu la certitude de pouvoir rentrer aux États-Unis.

— Comment t'en sors-tu ? demanda-t-il à voix basse.

— Ça va, répondit-elle automatiquement.

Il s'arrêta d'un seul coup et Morgan coupa le grognement qu'elle avait poussé en lui heurtant le dos. Il se retourna et il posa sa main libre sur son épaule.

— Non, vraiment. Comment ça va ?

— Je vais bien, répéta-t-elle. Je veux juste sortir d'ici.

Il la scruta longuement. Morgan ne savait pas ce qu'il cherchait ou ce qu'il voyait en elle, mais elle fit de son mieux pour paraître forte et capable alors qu'elle ne ressentait rien de tout cela.

— Je m'appelle Archer Kane. Mes amis m'appellent Arrow, dit-il. Archer... Arrow... ce n'est pas très original, mais c'est mieux que certains surnoms que j'ai entendus.

Morgan cligna des paupières, surprise. Elle avait cru qu'il allait confronter son mensonge.

— Euh... bonjour.

Il sourit.

— Bonjour.

Elle ne savait pas du tout pourquoi il souriait, mais elle fit de son mieux pour lui rendre ce sourire. Cela faisait tellement longtemps qu'elle n'avait pas eu de raison de sourire qu'elle ne savait pas si ses lèvres se souvenaient du geste. Sa tentative dut être acceptable, car il lui serra la main et dit :

— Ce n'est plus très loin. Nous allons faire le tour et revenir à l'abri par le nord. Une fois que nous serons installés, je te trouverai quelque chose à manger et nous verrons si on peut trouver des soins médicaux.

— Je vais bien. Je n'ai pas besoin de médecin, dit Morgan précipitamment.

Elle ne voulait surtout pas que cet homme ou ses amis l'examinent.

Il fronça les sourcils.

— Nous en parlerons quand nous serons à l'abri.

Elle pinça les lèvres. *Sois agréable. Sois agréable.*

— D'accord.

Arrow esquissa un sourire comme s'il savait qu'elle ne disait que ce qu'il voulait entendre. Il secoua la tête.

— Allez, viens.

Elle marcha péniblement derrière lui, s'inquiétant plus de ce qu'il allait demander en arrivant à l'abri que de leurs environs. Ce qui fut une erreur.

Ils traversaient une allée dégoûtante lorsqu'ils furent brusquement entourés par des hommes à l'air brutal.

Une fois de plus, elle rebondit contre le dos d'Arrow, mais cette fois il monta le bras et le passa autour de sa taille. Il la fit pivoter jusqu'à ce qu'elle ait le dos contre le bâtiment à leur droite et qu'il se trouve devant elle. Il lâcha sa main et tendit les deux bras, comme si cela allait empêcher les hommes de la toucher.

L'homme le plus grand, celui avec de longs cheveux gras, dit quelque chose en espagnol. Elle avait passé presque un an dans le pays, mais elle ne comprenait toujours pas grand-chose de la langue locale. Les hommes qui l'avaient détenue n'avaient pas vraiment voulu lui apprendre, de plus, quand ils interagissaient avec elle, ils ne demandaient rien, ils la bougeaient simplement en la plaçant à l'endroit et dans la position qu'ils voulaient.

Elle fut surprise d'entendre Arrow répondre dans un espagnol apparemment très authentique. Il y eut un échange, mais la position protectrice d'Arrow devant elle ne faiblit jamais. Morgan sentit qu'elle tremblait, mais elle était déterminée à ne pas gêner Arrow et à le laisser faire ce qu'il fallait.

Elle se sentit coupable de ne pas envisager de se rendre afin de sauver Arrow. Elle n'avait pas l'intention de retourner à son existence précédente. Pas moyen.

Un autre homme courut vers eux dans la ruelle et Morgan sentit un poids tomber sur son estomac. Elle connaissait ce type. Il n'avait pas une once de compassion en lui.

Dès qu'il arriva, il dit quelque chose à ses amis... et ils attaquèrent Arrow tous les quatre.

Morgan ne s'époumona pas en criant. Personne n'allait venir les aider. Elle avait appris cela à la dure. Elle fit donc la seule chose qu'elle pouvait : elle se défendit. Arrow était doué, mais il n'allait pas pouvoir les retenir tous les quatre.

Elle ramassa un tuyau en métal sur le sol et elle frappa le genou de l'homme le plus près d'elle sans le moindre remords.

Il rugit de douleur et tomba.

— Cours ! lui cria Arrow tout en donnant un coup de poing au visage d'un des hommes.

Morgan hésita. Elle en avait envie. Mon Dieu, comme elle en avait envie. Mais elle ne savait pas du tout où était l'abri ni où elle devait se rendre. Elle ne voulait surtout pas être seule dans les ruelles mal famées de Santo Domingo. Elle allait se faire capturer en un clin d'œil. Elle était plus en sécurité avec Arrow... elle pouvait l'aider.

Elle balança une nouvelle fois le morceau de métal et elle toucha encore un des hommes. Cette fois, elle le frappa au bras. Avant qu'elle ait le temps de reprendre son élan, il se tourna vers elle et lui donna un coup de poing. Elle se baissa, mais il parvint à la toucher sur le côté de la tête. Elle tomba à genoux, lâchant le bout de métal.

Elle fouilla immédiatement le sol pour reprendre son arme, mais c'était trop tard. Le cinquième homme, celui qu'elle connaissait, l'attrapa par les cheveux et la souleva du sol, la tenant devant lui comme un bouclier.

Il dit quelque chose aux autres et tout le monde s'arrêta immédiatement de se battre.

— Laissez-moi partir, cracha-t-elle en se débattant.

— *Cállate, puta !* dit-il en passant un bras autour de son cou.

Morgan savait que *cállate* signifiait *la ferme*, et elle supposait que *puta* n'était pas un compliment, puisqu'elle avait été traitée de cela de nombreuses fois au cours de l'année précédente. Mais elle ne connaissait pas le sens des autres mots qui sortirent de sa bouche.

Arrow n'hésita pas, répondant par des mots qui semblaient tout aussi durs. Elle ne paniqua pas jusqu'à ce que l'homme qui la tenait se mette à reculer dans la ruelle.

Il l'éloignait d'Arrow. De la sécurité.

— Non ! cria-t-elle, soudain malade d'être traînée partout contre sa volonté.

Elle était plus petite que les hommes et pas aussi forte, mais elle ne voulait plus être une victime. Elle n'allait pas retourner à la maison délabrée ni à une autre qui y ressemble. Elle avait eu de la chance avec Arrow et ses amis. Si on l'emportait encore, elle n'aurait pas de nouveau cette chance. Elle le savait.

Elle lutta de toutes ses forces, fébrilement, les événements de l'année passée se répétant dans son cerveau. Elle entendit vaguement des grognements et des bruits de combat, mais elle n'enregistra rien. L'homme la traîna plus loin dans la ruelle, jusqu'à une voiture noire cabossée.

Sachant que s'il la mettait dans la voiture, sa vie serait

encore plus infernale qu'elle ne l'avait été, Morgan sentit une détermination nouvelle monter en elle.

— Je t'emmerde, souffla-t-elle pendant que l'homme luttait pour la tenir et ouvrir la portière en même temps.

Il parvint à soulever la poignée, mais Morgan donna un coup de pied dedans et la referma.

Son ravisseur marmonna des mots que Morgan ne comprit pas, mais elle n'arrêta pas de se débattre. Même si elle luttait de toutes ses forces, l'homme finit par avoir le dessus. Il posa la main sur son nez et sa bouche et appuya avec force.

Morgan griffa sa main, essayant de la retirer pour pouvoir respirer, mais il la tenait avec trop de force. Il se pencha et ouvrit la portière avec sa main libre.

Juste au moment où elle pensait que c'était fini pour elle, elle entendit quelqu'un aboyer :

— À terre !

Sans réfléchir, Morgan essaya de faire ce qu'Arrow avait ordonné. Même si le type la tenait, elle laissa tous les muscles de son corps se détendre.

L'homme jura à cause du changement soudain du poids dans ses bras, et il lâcha son visage pendant assez longtemps pour que Morgan puisse inspirer l'air dont elle avait vraiment besoin.

Ses genoux frappèrent le trottoir et elle grimaça de douleur. Cependant, comparé au reste, ce n'était rien. Instinctivement, Morgan se laissa tomber jusqu'au sol, s'accroupit à genoux et se couvrit la tête.

Le bruit du coup de feu retentit violemment dans l'allée qui s'éclaircissait. L'homme tomba de tout son poids sur elle et Morgan sentit de l'humidité traverser le tee-shirt minable qu'elle portait.

Presque au moment où elle se sentit écrasée, le poids disparut.

— Allez, viens, dit Arrow précipitamment.

Les poumons encore douloureux, Morgan n'hésita pas. Elle se leva avec son aide et puis ils quittèrent la ruelle en courant, le long de la route, puis entre deux immeubles. Arrow avait attrapé sa main et Morgan s'y accrochait de toutes ses forces. C'était comme s'il était son seul moyen de survie dans ce monde terrifiant où elle avait été enfermée pendant une année complète. Elle savait qu'elle avait été à deux secondes de disparaître encore une fois. Elle ignorait comment Arrow s'était débarrassé des quatre autres hommes, mais heureusement qu'il avait réussi.

Ça ne la gênait pas qu'il ait tiré sur – et avec un peu de chance tué – l'homme sans pitié qui l'aurait torturée avant de la faire passer à ses amis et à ses ennemis. Peu importe qu'elle soit une personne vivante avec des sentiments et des espoirs et des rêves. Tout ce qui leur importait était le fait qu'elle soit une femme.

Retenant le sanglot qui menaçait de s'échapper, Morgan fixa l'arrière de la tête d'Arrow pendant qu'ils couraient aussi vite que possible à travers les ruelles dangereuses de Santo Domingo. Elle ne savait pas du tout où ils se trouvaient, mais Arrow avait tué pour elle… et il était la seule chose qui se tenait entre une mort certaine et la liberté.

— Attends ici, dit-il en la poussant contre un mur de briques, à mi-chemin de ce qui semblait être la centième ruelle qu'ils empruntaient.

En secouant la tête, Morgan siffla :

— Non ! Je reste avec toi.

Arrow marqua une pause, comme s'il savait qu'elle était sur le point de craquer. Il posa les mains sur ses épaules et se pencha de sorte que leurs fronts se touchent presque.

Morgan était à bout de souffle, elle avait du mal à absorber de l'oxygène dans ses poumons. Elle monta les mains pour serrer les bras d'Arrow. Elle n'allait pas le laisser partir. Hors de question.

— Je dois aller inspecter ce bâtiment et voir si nous pouvons rester discrets sans déranger quelqu'un.

— Je t'accompagne.

— Je ne laisserai rien t'arriver, dit-il.

— Exactement. Parce que je serai juste à côté de toi.

Elle savait qu'elle aurait dû être plus conciliante. Elle devait faire tout ce qu'elle pouvait sans un mot afin qu'il ne trouve aucune raison de la donner à quelqu'un d'autre ou de l'abandonner. Mais elle ne le pouvait pas. Pas avec quelque chose de si important.

Arrow poussa un soupir et tourna la tête vers la direction d'où ils venaient. Puis, tout aussi vite, il la regarda.

— Très bien. Mais ne fais pas un bruit. Pose les pieds au même endroit que moi. Et si je te dis de faire quelque chose, tu le fais immédiatement et sans poser de questions. Compris ?

Morgan hocha vite la tête, presque étourdie de soulagement.

— Allez, viens, dit Arrow.

Il saisit une de ses mains et la posa sur la taille de son pantalon.

— J'ai besoin d'avoir les mains libres, dit-il pour toute explication.

Morgan aurait préféré lui tenir la main, mais ça, c'était presque aussi bien. Il avait le tee-shirt dans le pantalon, alors elle ne sentit pas sa peau, mais elle percevait la chaleur de son corps contre ses doigts. La matinée était chaude et humide, comme la plupart des matins de ce pays tropical. Il allait faire de plus en plus chaud dès que le soleil passerait au-dessus de l'horizon.

Accrochée à Arrow, Morgan s'appliqua à ne pas faire de bruit en le suivant. Ils entrèrent en silence dans un bâtiment dilapidé de deux étages. Il était manifestement abandonné. Il y avait du bazar partout. Des morceaux de bois et de métal, des ordures, et même de la nourriture qui pourrissait. L'odeur était horrible, mais Morgan ne remarquait presque plus les odeurs de la ville.

Enjambant avec précaution les débris et les ordures, essayant de poser ses pieds exactement au même endroit qu'Arrow, elle heurta encore son dos lorsqu'elle ne vit pas qu'il s'était arrêté de marcher.

Il se tourna et posa les mains sur ses épaules.

— Nous devons nous cacher ici pendant un moment, lui dit-il.

Les yeux écarquillés, Morgan le fixa.

— Mais je pensais que nous allions à l'abri avec tes amis et Nina.

— C'était le cas. Mais après ce qui est arrivé dans cette ruelle, nous devons nous cacher. Je ne crois pas que les types contre lesquels je me suis battu vont traîner et parler aux flics, mais ce coup de feu va faire venir les autorités, c'est sûr. Et je ne veux surtout pas avoir affaire à la police locale. Pas alors que tu n'as pas de papiers d'identité.

Morgan voulut lui demander plus de détails sur la façon dont elle allait pouvoir sortir du pays, mais elle ne se souciait que d'une seule chose pour le moment. Elle détestait être aussi obsédée par la crainte d'être abandonnée, mais elle ne pouvait s'en empêcher.

— Tes amis vont-ils nous laisser ici ?

— Non, répondit immédiatement Arrow. Même s'ils le faisaient, ça n'aurait pas d'importance. J'ai des moyens de communiquer avec eux et avec les autres aux États-Unis. Il leur faudra peut-être sortir Nina d'ici, mais ils reviendront nous chercher.

L'idée que Nina rentre retrouver sa mère rendit plus gérable la panique que ressentait Morgan à l'idée de rester.

— D'accord, chuchota-t-elle.

— Nous devons nous cacher, cependant, dit Arrow en regardant autour de lui. Nous ne pouvons pas monter à l'étage, pas alors que la moitié des escaliers ont disparu. D'ailleurs, nous ne voudrions pas être là-haut par cette chaleur et sans toit. Nous allons devoir nous faire une petite cachette ici. Quelque chose qui a l'air naturel si on jette un coup d'œil à l'intérieur, mais pas étouffant au point de nous faire suffoquer.

Morgan respira profondément et regarda autour d'elle. Il y avait une tonne de débris sur le sol. Rien qui semble pouvoir cacher deux personnes de taille adulte... enfin, une taille moyenne et une grande taille.

— Est-ce que ça va ? demanda doucement Arrow.

Morgan le regarda et hocha automatiquement la tête.

Il secoua la tête, exaspéré.

— Je pense que tu le dirais même si tu avais un couteau enfoncé dans les côtes, n'est-ce pas ?

Sans attendre sa réponse, il lui prit la main et la conduisit dans un coin de la pièce.

— Reste ici.

Morgan s'agrippa à lui.

— Où vas-tu ?

Il s'arrêta immédiatement et se tourna pour la rassurer.

— Nulle part. Je suis ici dans la pièce avec toi. Tu pourras me voir pendant tout le temps. Je vais simplement trouver de quoi nous faire un abri.

Honteuse de sa dépendance, Morgan se força à lui

lâcher la main et elle hocha la tête.

— D'accord. Tu me le diras si je peux t'aider ?

— Bien sûr.

Il leva la main vers son visage et utilisa le pouce pour essuyer quelque chose sur sa joue. Morgan ne savait pas ce que c'était... de la saleté, du sang, ou une chose à laquelle elle préférait ne pas penser. À vrai dire, ça n'avait pas d'importance. C'était un des rares gestes aimables qu'elle avait reçus depuis presque une année.

Il se tourna ensuite et commença en silence à empiler du bois et du métal de façon apparemment aléatoire, mais en fait très précise. Morgan était debout contre le mur et elle l'observait sans le quitter des yeux. Elle était morte de faim, mais ce n'était pas nouveau. En général, ses ravisseurs oubliaient de la nourrir, et ce n'était que quand ils avaient envie d'être divertis qu'ils lui donnaient par exemple un bol de haricots, sans couverts. Elle avait depuis longtemps oublié ses préférences en matière de nourriture. Elle mangeait tout et n'importe quoi, même des choses qu'elle n'aurait jamais touchées dans son ancienne vie.

L'eau n'avait jamais été un problème, car la pièce dans laquelle elle était enfermée possédait un lavabo dans le coin. Elle ne savait pas si l'eau était très propre, mais elle l'avait maintenue en vie... c'était tout ce qui comptait.

Elle aurait pu tuer pour avoir ce lavabo maintenant. Après tout ce qui était arrivé, elle avait extrêmement soif. Mais elle était libre. En fait, plus ou moins libre, et elle s'était promis de ne pas être un poids ou un fardeau pour Arrow.

— Je crois que ça fera l'affaire, dit-il en se parlant à lui-même après environ une demi-heure.

Morgan regarda le tas de décombres et elle fut impressionnée. Il semblait tout à fait innocent, d'autant qu'Arrow avait pris soin de laisser les planches les plus sales sur le dessus. Elle voyait un espace assez grand au-dessous dans lequel ils allaient pouvoir rester cachés.

Arrow lui sourit alors et Morgan sentit son cœur bondir dans sa poitrine. Elle refoula néanmoins tout sentiment. Il était ici pour son travail. C'était tout. Il ne fallait pas qu'elle s'attache à son sauveteur. Elle ne pensait pas être un jour capable d'avoir une relation normale. Pas après tout ce qu'elle avait traversé.

— Ça me semble très bien.

Les mots venaient juste de quitter sa bouche lorsqu'ils entendirent des voix fortes venant de la ruelle. Arrow fut à côté d'elle avant qu'elle ait le temps de réfléchir. Il la souleva et marcha vite et silencieusement sur les planches jusqu'à leur cachette. Il posa les pieds de Morgan sur le sol et lui fit signe d'entrer.

Sans hésiter, elle s'assit et se glissa autant que possible sous les débris en se couchant sur le côté. Arrow la suivit de près. Il s'allongea et glissa au fond, la forçant à faire la même chose. Elle colla le dos contre la paroi de leur abri de fortune. Il se tourna de façon à faire face à l'ouverture de la cachette et à la mettre complètement hors de vue derrière lui. Elle posa le front contre son large dos, mais pas avant d'avoir vu le pistolet qu'Arrow tenait dans la main.

Le cœur battant presque aussi fort que quand ils avaient couru pour fuir les brutes dans la ruelle, Morgan fit de son mieux pour ralentir sa respiration et ne pas faire de bruit. Il faisait chaud dans la pièce et ce n'était pas confortable d'être aussi proche d'Arrow et de partager sa chaleur corporelle, mais elle ne bougea pas d'un muscle.

En l'espace de quelques secondes, la porte par laquelle ils étaient entrés moins d'une demi-heure avant fut ouverte d'un coup de pied bruyant.

3

Arrow pinça les lèvres et se concentra sur l'ouverture de leur cachette. Il n'avait pas eu assez de temps pour rendre le tas aussi naturel qu'il l'aurait voulu, mais il espérait que cela suffirait. Si la personne qui venait d'enfoncer la porte faisait le tour de la salle, ils allaient certainement être découverts.

Derrière lui, Morgan ne pouvait pas bouger. Il ne savait pas trop si elle respirait. Quand le type dans l'allée l'avait attrapée, il avait vu rouge. Le pire était que l'homme avait su qui elle était. D'après ce qu'il avait dit à Morgan, le temps qu'ils avaient passé ensemble n'avait pas dû être agréable. Il ne pouvait qu'imaginer ce qu'elle avait vécu au cours de l'année passée, mais en entendant l'homme dire qu'il lui tardait de la remettre sur le dos pour ses amis et lui, Arrow avait perdu tout son sang-froid.

Il s'était battu comme un homme possédé, et il était parvenu à la rejoindre juste avant que le type la mette dans sa voiture et disparaisse, sans doute à jamais.

Il n'avait pas prévu de le tuer, mais en voyant la terreur absolue et le désespoir sur le visage de Morgan quand l'homme avait essayé de l'étrangler, il avait agi sans réfléchir.

Elle avait fait exactement ce qu'il fallait, ce qui lui avait facilité la tâche pour tuer cet enfoiré... et c'était allé plus vite. Elle était couverte de sang et de saleté, mais il ne pouvait s'empêcher de l'admirer et de ressentir une pointe de... quelque chose.

Franchement, Arrow ne savait pas du tout comment il pouvait être attiré par elle. Ce n'était ni le moment ni l'endroit, et elle n'était certainement pas le genre de femme qu'il aimait d'habitude, mais il ne pouvait nier qu'il y avait quelque chose chez Morgan Byrd qui lui donnait envie de tuer tous les fils de putes osant mettre la main sur elle.

Se secouant mentalement la tête, il se concentra sur la traduction de ce que disaient les hommes à la porte. Il ne savait pas trop combien ils étaient, car leurs voix étaient estompées par leur cachette sous les débris.

— *Il n'y a personne ici. On continue.*

— *Attends. On doit fouiller. Ils peuvent se cacher.*

— *Pas ici. Regarde... cet endroit est dégoûtant. Il n'y a personne ici. Nous devons continuer à chercher avant qu'ils disparaissent.*

— *Qui est l'homme avec elle ?*

— *Aucune idée. Mais si nous la perdons, nous n'aurons pas notre argent. Nous sommes payés pour la garder ici en vie.*

— *Et la petite ?*

— *Qu'elle aille se faire voir ! C'est le problème de José. C'est la femme qu'il nous faut.*

— *Ils ne peuvent pas être allés très loin.*

— *Nous avertirons les autres, histoire que tout le monde garde les yeux ouverts. Ils ne vont pas pouvoir sortir de cette partie de la ville sans que quelqu'un les voie. On va les retrouver.*

— *Cet homme est un problème. Il faut s'en occuper.*

— *Oh, on s'en occupera. Il va regretter d'être intervenu.*

Arrow entendit des cris estompés venant de l'extérieur de la pièce.

— Allez, venez ! cria quelqu'un depuis la ruelle. Ils sont là-bas !

Le silence dans la salle fut pesant et lourd quand les hommes partirent brutalement. Arrow sentait le cœur de Morgan battre avec force dans son dos, et il espérait qu'elle ne décide pas soudain de protester contre leur proximité. Il n'eut pas besoin de s'inquiéter. Elle ne bougeait pas d'un centimètre. Elle était figée sur place. Tous les muscles verrouillés. Il ne pensait pas qu'elle comprenait ce qu'avaient dit les hommes, et elle n'avait pas grimacé quand ils avaient mentionné quelqu'un qui payait pour s'assurer qu'elle reste en vie.

Ce qu'Arrow ne comprenait pas, c'était *la raison*. Pourquoi quelqu'un voulait-il l'emmener en République dominicaine et la garder emprisonnée ? Ça n'avait aucun sens. La personne à l'origine de son enlèvement devait savoir qu'elle serait mal traitée, mais ce n'était apparemment pas important.

Ce n'était pas une surprise que les habitants fassent ce qu'on leur demandait. Santo Domingo était une ville pauvre dans un pays pauvre. L'argent qu'ils recevaient représentait sans doute au moins dix fois ce qu'ils gagnaient pour un travail normal. Pas étonnant qu'ils veuillent si désespérément retrouver Morgan et la ramener dans n'importe quel trou infernal où ils allaient la garder. La perdre impliquait qu'ils ne soient plus payés... et ils pouvaient aussi faire une croix sur ce qu'ils lui faisaient subir.

— Sont-ils...

Arrow se retourna vite et il lui couvrit la bouche pour interrompre le chuchotement de Morgan. Elle ne se débattit pas, sursautant simplement avant de s'appuyer contre lui. Il n'avait pas voulu lui faire peur, mais il ne savait pas s'il y avait encore quelqu'un qui attendait de voir s'ils feraient l'erreur de se montrer. L'enjeu était clairement bien plus élevé qu'il ne l'avait pensé au début. Elle n'était pas simplement une victime d'enlèvement... il se passait autre chose.

Il avait déjà vu des gens en payer d'autres pour tuer quelqu'un. Les enlever et les faire disparaître. Mais payer quelqu'un pour l'enlever et la garder en vie hors du pays, et faire de sa vie un enfer pendant des mois et des mois, pour cela il fallait être vraiment taré. Ça n'avait aucun sens. Arrow n'aimait pas les choses qui n'avaient aucun sens.

Il retira la main de sa bouche et caressa légèrement sa joue pour s'excuser. Comme si elle comprenait ce qu'il n'osait pas dire à voix haute, Morgan colla silencieusement son visage contre son torse, s'accrochant à sa veste avec ses nombreuses poches. Elle ne fit pas un autre bruit.

Une fois de plus, Arrow admira cette femme. Elle n'avait pas paniqué, pas vraiment. La seule fois où elle semblait avoir perdu son calme, c'était quand elle avait cru qu'il allait la laisser dans la ruelle. Il la comprenait. Après ce qu'elle avait vécu et après avoir été sauvée de façon inattendue, lui non plus n'aurait pas voulu perdre de vue son sauveur.

Elle n'avait pas pleuré. Elle n'avait rien demandé à manger ou à boire. Elle n'avait pas paniqué quand il avait tiré sur un homme à quelques centimètres d'elle. N'avait pas fait un bruit quand le sang avait giclé sur elle ou quand l'homme mort était tombé sur elle. Elle ne s'était pas plainte quand il s'était mis à courir, et elle avait fait tout ce qu'il fallait en restant complètement silencieuse quand ils avaient failli être découverts. Sa gestion de la situation était surnaturelle.

Morgan agissait presque comme si elle avait eu un entraînement militaire, mais il ne pensait pas que ce soit le cas. Il ne se souvenait pas que les journaux télévisés aient mentionné qu'elle était ancienne combattante. Non, elle agissait plutôt par instinct de préservation. Sans doute depuis qu'elle avait été enlevée. Arrow avait vu les bleus sur ses bras et son cou. Il avait vu les signes de la torture physique et mentale qu'elle avait endurée. Ne pas faire de bruit devait faire la différence entre attirer l'attention de la personne qui la maintenait en captivité et se faire ignorer par elle... la préférence allant bien sûr à cette deuxième option.

Cela lui brisait le cœur.

Et *ça*, Arrow ne le comprenait pas.

Il avait fait des centaines de sauvetages. Avait vu des centaines de femmes et d'enfants dans un état pire que Morgan. Pourquoi était-il plus ému par cette situation que par les autres ? Pourquoi l'idée que quelqu'un abuse de cette femme lui donnait-elle envie de sortir de sa cachette, de poursuivre les hommes qui venaient de parler de Morgan comme si elle était un objet, et de les tuer tous ? Ce n'était pas son genre. Bon sang, ce n'était même pas le genre des Mercenaires Rebelles. Mais il ne pouvait nier que le sentiment était bien là.

Il attendit encore dix minutes avant d'oser parler, et lorsque ce fut le cas, il parla à peine plus fort qu'un chuchotement.

— Je pense qu'ils sont partis.

Elle hocha immédiatement la tête, mais elle ne parla pas.

— Nous ne pouvons pas encore bouger. Il nous faut attendre la nuit.

— D'accord, chuchota-t-elle.

— As-tu compris ce qu'ils ont dit ?

Il fallait qu'il s'en assure.

Elle secoua la tête.

— En gros, ils te recherchent... et moi. Ils ont également alerté tous leurs amis. C'est trop dangereux de se promener en plein jour. On nous apercevrait tout de suite. Nous devons rester cachés jusqu'à ce qu'il fasse nuit.

— D'accord, répéta-t-elle.

Arrow fronça les sourcils. Il n'aimait pas son obéissance immédiate, même s'il en avait besoin et que c'était ce qu'il attendait. Les victimes d'enlèvement avaient en général des difficultés à réfléchir pour elles-mêmes. Elles préféraient laisser la responsabilité de leur sécurité à quelqu'un d'autre. Certaines fois, Morgan agissait de façon typique, mais ensuite elle faisait autre chose, comme ramasser un morceau de métal et participer au combat dans la ruelle. D'après son expérience, les victimes d'enlèvement essayaient soit de partir en courant, soit de rester en sécurité, soit elles se renfermaient complètement, n'étant d'aucune aide quand il y avait des problèmes.

Morgan n'avait eu aucune de ces trois réactions. Il était un peu surpris qu'elle soit si complaisante maintenant. Particulièrement parce qu'il venait de lui dire qu'ils étaient traqués.

Pendant qu'il cherchait à trouver les mots qui pouvaient la rassurer, un bruit étrange provint de l'endroit où elle avait la tête collée contre lui. Inquiet, Arrow s'écarta... et il regarda Morgan, incrédule.

Elle ronflait.

Elle s'était endormie contre lui. La chaleur était étouffante, ils pouvaient être retrouvés par les hommes qui voulaient le tuer et sans doute continuer à abuser d'elle de la pire des manières, elle devait avoir faim et soif, et pourtant, elle dormait.

Arrow l'observa et essaya de la comprendre. Ses cheveux

blonds étaient sales, presque bruns au lieu du jaune éclatant qu'il avait vu sur les photos à la télévision. Elle était couverte d'hématomes à différents niveaux de guérison, ses lèvres étaient sèches et craquelées, et une odeur nauséabonde émanait de ses vêtements... il n'avait encore jamais été aussi impressionné par une femme.

Il secoua la tête. Il n'arrivait pas à croire qu'elle *dormait*. De toutes les missions qu'il avait faites, ce n'était jamais arrivé. Pas une seule fois. Les femmes étaient toujours très agitées. Conscientes de leur environnement et nerveuses. Pas une seule ne s'était assez détendue pour s'endormir, surtout pas avant d'être en sécurité.

Arrow força ses muscles à se relâcher et il écouta les environs. Les minutes s'écoulèrent et il étudia le moindre bruit avant de le rejeter comme faisant partie des bruits de la ville qui s'éveillait.

Il ne savait pas combien de temps il était resté allongé là à tenir Morgan pendant qu'elle dormait, mais finalement l'air chaud et la forme collée contre lui firent leur effet... et il s'endormit lui-même.

Il se retrouva soudain sur le dos, et le couteau qu'il portait toujours à sa ceinture était posé sur sa gorge. Il ouvrit les yeux et vit le regard vert paniqué de Morgan.

— C'est moi, chuchota-t-il calmement. Arrow. Tu es en sécurité, Morgan. Nous nous sommes échappés hier soir.

Il aurait facilement pu la désarmer, mais il resta complètement immobile, souhaitant qu'elle se souvienne qui il était.

Elle se reprit immédiatement et elle écarta le couteau de son cou.

— Je suis vraiment désolée, s'excusa-t-elle. Je me suis réveillée et je ne savais pas où j'étais.

Elle s'écarta de lui, restant de son côté de la cachette, l'observant avec méfiance.

— Ne t'inquiète pas, l'apaisa Arrow.

Il ne lui dit pas que ce n'était que la deuxième personne à avoir su le surprendre. Il se targuait d'être toujours vigilant, mais il avait clairement un peu trop baissé sa garde en dormant à côté d'elle. Il mit cela de côté pour plus tard.

— Je ne peux pas dire que je suis ravi d'être ici, moi non plus.

Elle fronça les sourcils.

— Je n'aime pas les endroits exigus, expliqua-t-il en se surprenant lui-même, car cela faisait longtemps qu'il ne l'avait pas avoué à quelqu'un. Son équipe était au courant, mais c'était tout.

Elle ne répondit pas immédiatement, mais elle finit par inspirer profondément avant de dire :

— Ça ne m'étonne pas. Je n'aime pas trop ça, moi non plus. Mais il y a une différence entre se trouver dans un espace trop petit parce que je l'ai voulu, et être fourrée quelque part où je ne veux pas être.

C'était au tour d'Arrow de froncer les sourcils. Faisait-elle référence au fait qu'il l'avait fait ramper dans cette petite cachette improvisée ?

Comme si elle pouvait lire dans ses pensées, elle posa une main sur son bras et dit :

— Pas toi et pas ici. Et puis, cet endroit est ouvert sur un côté. C'est la nuit et le jour, Arrow. La nuit et le jour.

Il déglutit et il se reprocha intérieurement d'avoir tiré des conclusions hâtives tout en retenant sa colère contre les personnes ayant pu abuser d'elle.

— Comment vas-tu ?

Il se déplaça jusqu'à être assis avec les jambes croisées dans le petit espace, et il ramassa le couteau qu'elle avait laissé tomber. Il le rangea dans l'étui sur sa hanche. Il devait rester courbé, mais cela faisait du bien d'être assis.

— Je vais bien.

— As-tu faim ?

Arrow vit ses narines se gonfler juste avant qu'elle hoche les épaules d'un air nonchalant.

— Ça va.

— Nous devons éclaircir quelque chose tout de suite, dit Arrow d'un ton sévère en la regardant droit dans les yeux. Tu dois arrêter de me mentir. Je ne lis pas dans les pensées. Si tu es blessée, je dois le savoir. Si tu as faim ou soif, je dois le savoir pour y remédier. Si tu ne me parles pas, toute cette mission risque de foirer. Aide-moi à t'aider, Morgan.

Au lieu d'être bouleversée, ses yeux verts semblèrent lancer des éclairs lorsqu'elle dit :

— Je me moque de la nourriture. Ou de l'eau. Ou de me laver, ou des bosses et des bleus. Tout ce que je veux, c'est de sortir d'ici. C'est tout. Si cela signifie que je dois avoir faim, pas de problème. Si cela signifie que je dois attendre un peu avant de boire, pas de problème. Mais je ne veux surtout pas que tu prennes des risques inutiles pour essayer de me nourrir. Je sais aussi bien que toi que sans ta présence, je suis foutue. Alors je vais bien. La pêche.

Arrow ne put s'empêcher de sourire. C'était la femme qu'il avait appris à connaître en si peu de temps. La Morgan Byrd pragmatique qu'il admirait tant.

— Alors, si je te disais que j'avais des barres protéinées dans ma poche, ça ne t'intéresserait pas ?

Elle déglutit et elle lécha ses lèvres sèches.

— Ça m'intéresse, dit-elle simplement.

Arrow se pencha et sortit une des barres de substitut de repas de sa poche. Il y en avait des centaines sur le marché maintenant, mais il avait beau en goûter beaucoup, elles avaient toutes un goût de carton. Il ne pouvait nier que c'était extrêmement utile dans les pires situations. Il ne partait jamais en mission sans en mettre quelques-unes dans ses poches. Elles lui avaient littéralement sauvé la vie dans le passé.

Avant de lui en donner une, il dit :

— Je n'ai pas l'intention de t'abandonner avant que tu sois en sécurité, Morgan. Je ferai de mon mieux pour éviter de partir quelque part sans toi... même pour trouver de la nourriture ou de l'eau. Je ne serai pas rassuré de te laisser seule, pas avant d'être sur le territoire américain. De plus, ce soir nous quitterons ce merveilleux hébergement et nous retrouverons mes coéquipiers. Si j'ai mon mot à dire, tu seras jusqu'au cou dans un bain moussant avant vingt-quatre heures.

Au lieu de sembler enthousiaste à cette idée, Morgan parut songeuse.

— Quoi ? demanda Arrow.

Elle leva les yeux vers lui, et Arrow ne put s'empêcher de penser à elle comme étant plus mature que son âge. Elle semblait avoir vécu un millier de vies.

— J'ai eu beaucoup de temps pour réfléchir à tout ce qui m'est arrivé, et je ne suis pas certaine d'être en sécurité en rentrant aux États-Unis. Je veux dire, c'est là que j'ai été enlevée. Et si ça recommençait ?

Arrow fronça les sourcils.

— C'est peu probable.

Il dit les mots de façon automatique, alors que c'était possible. Il ne savait pas du tout qui l'avait enlevée, ni pourquoi. Si quelqu'un payait les brutes d'ici pour empêcher Morgan de s'échapper, cela signifiait que cette personne avait très envie de la garder exactement là où elle était.

Il pensa à Allye, une des femmes de ses coéquipiers. Elle

n'avait pas été enlevée une fois, mais deux. Quelqu'un qui avait décidé de contrôler et/ou d'abuser d'une autre personne pouvait le faire s'il le voulait.

Morgan ne fit pas de commentaire, mais elle continua simplement à le regarder.

— Ce n'est pas que je ne veux pas en parler. Mon équipe et moi devons connaître tous les détails de ce qui est arrivé il y a un an. Tout ce dont tu peux te souvenir nous aidera à découvrir qui est à l'origine ton enlèvement. Mais malheureusement, ce n'est ni le moment ni l'endroit maintenant. Nous sommes à peu près en sécurité, mais il vaut mieux rester aussi silencieux que possible, au cas où.

Morgan hocha la tête et elle porta la barre de protéines à sa bouche. Il la regarda grignoter pendant quelques minutes, comme si elle devait faire durer la barre très longtemps.

Arrow ne put s'empêcher de dire :

— J'en ai d'autres. Tu n'es pas obligée de la conserver.

Elle soupira et détourna les yeux.

— Je sais que je ne suis pas dans une situation où je peux être difficile. Et ce que je vais dire va donner l'impression que je ne suis pas reconnaissante... mais elle n'a pas très bon goût.

Arrow fit de son mieux pour étouffer un gloussement en entendant ces mots.

— Je suis d'accord. Je sais que certaines personnes les adorent, et j'ai essayé à peu près tous les goûts qui existent, mais je n'en ai trouvé aucune que j'aime manger. Je les avale seulement quand il n'y a pas d'alternative.

Elle fronça le nez.

— Et je suppose que c'est un de ces moments, hein ?

— On dirait bien. Tu as besoin des calories et des nutriments. Mais ce n'est pas la pire des nouvelles.

— Ah bon ? demanda-t-elle en le regardant enfin.

— Je n'ai pas d'eau pour que tu puisses te rincer la bouche.

Elle grimaça encore, mais avec un petit sourire.

— Ce n'est pas grave. Je vais m'en sortir.

Arrow cligna des yeux. Il l'avait déjà vue sourire, mais il n'y avait pas fait attention à ce moment-là. Il aima voir l'humour sincère dans ses yeux. Même le plus petit mouvement de ses lèvres changeait toute sa contenance. La saleté semblait alors disparaître.

Les pensées qui lui traversèrent la tête furent une sorte de révélation pour Arrow.

Il voulait faire tout ce qui était en son pouvoir pour garder ce sourire sur son visage. Pour la faire rire. Pour la voir détendue et sans inquiétude. Il ne voulait pas qu'elle craigne que la personne qui l'avait enlevée puisse recommencer à son retour chez elle. Que les brutes de Santo Domingo puissent la repérer et la traîner à nouveau dans leur version de l'enfer.

Pourquoi elle ?

Pourquoi maintenant ?

Arrow n'avait pas de réponse, seulement l'intuition qu'il était censé être ici à ce moment précis. Pas Black. Pas Ball. Personne d'autre de l'équipe. *Lui.*

— Je le sais, finit-il par dire doucement. Je ferai de mon mieux pour te trouver de l'eau potable quand nous pourrons partir.

— D'accord, acquiesça-t-elle. J'apprécierais.

Elle leva la barre protéinée à moitié mangée.

— Avec ça, j'en aurais besoin, le taquina-t-elle avec un autre petit sourire.

Sans réfléchir, Arrow leva la main et caressa sa joue.

Elle se figea en écarquillant les yeux, le sourire disparaissant de son visage.

Regrettant de l'avoir effrayée, Arrow laissa immédiatement retomber sa main.

— Quand tu auras fini ça, je te conseille de dormir encore, si tu peux. Il va faire encore plus chaud ici et je ne sais pas trop ce que nous aurons à affronter cette nuit.

Elle hocha la tête.

Une heure plus tard, Arrow était allongé sur le côté, Morgan collée contre sa poitrine. Après avoir mangé la moitié de la barre de protéines et déclaré qu'elle n'avait plus faim, il avait mangé ce qui restait et ils s'étaient réinstallés dans leur cachette. Au bout de quelques minutes, alors même qu'elle avait dit ne pas être fatiguée, Morgan ronflait à nouveau.

Cette fois, Arrow ne dormit pas. Il resta éveillé et veilla sur la femme dans ses bras. Personne n'allait lui faire du mal. Pas sous sa responsabilité.

4

Morgan retint sa respiration en arrêtant de marcher quand Arrow leva la main avec le poing serré. Il avait brièvement expliqué la signification des signaux de main avant qu'ils quittent leur cachette. La plupart étaient évidents, ou bien elle s'en souvenait de ses séries télé préférées qu'elle regardait avant d'avoir été enlevée.

Elle s'était encore réveillée complètement désorientée, mais cette fois Arrow avait été réveillé quand elle avait ouvert les yeux. Il l'avait vite rassurée, chassant ses craintes encore plus rapidement que la fois précédente. Morgan ne pensait pas pouvoir un jour se débarrasser de son angoisse au réveil. Elle vivait dans la terreur chaque jour depuis... elle ne savait pas combien de jours exactement. Elle avait fini par perdre la notion du temps. Entre les déplacements d'une cabane à une autre et sa captivité dans des pièces sans fenêtres, il lui avait été impossible de garder le compte.

D'après ce qu'Arrow et ses amis avaient dit, cela faisait au moins un an.

Un *an*.

Cinquante-deux semaines.

Trois cent soixante-cinq jours.

C'était difficile à croire, car elle avait l'impression que c'était bien plus long. Une éternité.

Elle avait l'impression d'avoir vieilli de dix ans.

Nina avait été jetée dans sa chambre une semaine auparavant. C'était la première fois que les hommes qui la maintenaient en otage avaient placé quelqu'un d'autre dans sa chambre. Morgan avait été soulagée qu'ils ne semblent pas s'intéresser à Nina... de *cette* façon.

Morgan avait essayé de s'occuper d'elle dès l'instant où le regard terrifié de Nina avait rencontré le sien. La fillette avait été si soulagée d'entendre quelqu'un parler en anglais que Nina s'était accrochée à Morgan comme à une sorte de mère de remplacement. D'après ce que Morgan comprenait, elle avait été emmenée au pays par son père, puis laissée seule la plupart du temps. Elle avait été placée dans une pièce avec des jouets, n'ayant le droit de sortir que pour aller aux toilettes, et puis, comme Morgan, elle avait été déménagée d'une maison à une autre, incapable de communiquer avec qui que ce soit.

Morgan avait rencontré le père de Nina une fois. Il était venu parler à sa fille, et il était évident que cet homme se moquait de son bien-être. Il avait dit à la petite que sa mère ne voulait plus d'elle et qu'elle allait vivre en République dominicaine désormais. Il allait la mettre chez sa grand-mère de l'autre côté du pays, pendant qu'il vivait à la capitale et qu'il gagnait l'argent servant à payer les frais de la fillette.

Nina s'était mise à sangloter. Son père l'avait giflée, lui ordonnant d'arrêter de pleurer. Morgan avait défendu la fillette et reçu des coups, elle aussi.

D'après le peu d'informations que Morgan avait pu rassembler, le père de Nina connaissait certains des hommes qui gardaient Morgan en captivité, et il avait eu l'intention de laisser la fillette sous leur surveillance pendant qu'il gagnait de l'argent afin de voyager jusqu'à la ville où vivait sa mère.

Morgan donnait la majorité de la nourriture et de l'eau qu'on leur distribuait à Nina, car il était évident qu'elle n'en avait pas eu assez auparavant, ou bien qu'elle avait été trop traumatisée pour manger ou boire. Morgan accompagnait aussi les hommes qui venaient la chercher sans se débattre, essayant de minimiser la violence physique dont devait être témoin la petite fille, et elle dormait en plaçant son corps entre Nina et la porte. La fillette était bouleversée d'avoir été séparée de sa mère, mais elle n'avait pas subi d'abus sexuels. En tout cas, pas d'après ce que Morgan avait pu apprendre.

L'apparition d'Arrow et de ses amis en plein milieu de la nuit avait été un miracle pour lequel elle priait depuis son enlèvement. Il avait fallu un an, mais *enfin*, quelqu'un était venu. Ils n'étaient pas là pour elle, mais ça n'avait pas vraiment d'importance. Elle était libre maintenant... et elle allait faire ce qu'il fallait pour que cela continue.

Se faufiler la nuit dans les rues de Santo Domingo aurait dû être terrifiant. Mais avec Arrow, ce n'était pas tout à fait aussi effrayant. Il y avait quelque chose chez cet homme qui touchait sa psyché battue et blessée et qui lui donnait l'impression d'être en sécurité.

Il faisait presque trente centimètres de plus que son mètre soixante et ses yeux noisette et ses cheveux bruns ne se faisaient pas autant remarquer ici que ses propres cheveux blonds. Le fait qu'ils soient si courts le rendait cependant visible, car il n'y avait pas beaucoup d'habitants de ce pays qui coupaient leurs cheveux dans le style militaire comme Arrow. Mais c'étaient sans doute le pantalon noir, le tee-shirt noir et la veste noire, ainsi que les poches remplies de choses mystérieuses qui se faisaient le plus remarquer. Il était clairement bien plus costaud que les quelques personnes qu'ils avaient rencontrées jusqu'ici dans la rue.

Morgan ne savait pas quel âge il avait, mais elle pensait qu'il était un peu plus vieux qu'elle et ses vingt-six ans... non... vingt-*sept*. Il avait peut-être trente-cinq ans. Elle devinait que c'était un ancien militaire simplement par ses maniérismes et sa manière silencieuse et compétente d'avancer discrètement. Elle n'aurait pas été surprise de découvrir qu'il avait été au combat un jour ou l'autre.

En tout cas, elle était en sécurité avec lui. Quand elle ne s'accrochait pas à la ceinture de son jean, il la tenait fermement par la main. Morgan ne savait pas du tout où ils étaient ni où ils allaient, mais elle était satisfaite de le laisser les guider. Il avait à nouveau enfilé ses lunettes de vision nocturne et chaque fois qu'elle trébuchait sur ses propres pieds, il était là pour la maintenir debout.

Arrow se tourna vers elle et remonta les lunettes sur son front.

— J'ai besoin que tu restes ici un instant pendant que je vais détourner l'attention.

La main de Morgan se raidit immédiatement dans la sienne. Elle voulut secouer la tête. Voulut pleurer et le supplier de ne pas la quitter. Elle se força pourtant à le lâcher et elle hocha la tête.

Elle n'avait clairement pas caché sa détresse aussi bien qu'elle l'avait espéré, car il leva les mains et les posa autour de son visage.

— Je ne te quitte pas longtemps, Morgan. Mais j'ai besoin de le faire. D'après ce que je vois, nous sommes plus ou moins entourés. Ils ne sont pas aussi stupides que je l'avais espéré. Ils ont prévu que nous allions essayer de les contourner dans le noir. Et pas seulement ça, mais ils sont désespérés.

— Pourquoi ? chuchota Morgan.

— L'argent.

— L'argent ?

— Malheureusement, oui. Quelqu'un les paie pour te garder ici.

Morgan secoua la tête, perplexe et frustrée.

— Je ne suis personne, dit-elle. Je suis apicultrice, bon sang !

Arrow écarquilla les yeux.

— Apicultrice ? Vraiment ?

Elle hocha la tête.

— Oui. J'ai quelques ruches et je récolte du miel. Je le vends en ligne et aux magasins locaux...

Sa voix s'estompa et elle regarda le sol sale à ses pieds.

— En tout cas, je l'étais. Cela fait tellement longtemps que je suis partie que mes abeilles sont sans doute mortes ou se sont envolées, et tous mes contacts ont dû trouver un autre fournisseur maintenant.

Elle sentit le doigt d'Arrow sous son menton et elle leva les yeux.

— C'est cool, dit-il avec un petit sourire.

Morgan ne put s'empêcher de le lui rendre. C'était effectivement plutôt cool. Elle n'avait jamais eu peur des insectes quand elle était petite. Elle avait plutôt été fascinée par eux. Et quand elle avait appris comme ils étaient importants et nécessaires à la société et à la chaîne alimentaire, elle avait décidé de faire ce qu'elle pouvait pour aider à sa façon.

— Je ne sais pas qui est à l'origine de ton enlèvement, mais je te promets que nous allons le découvrir.

Elle voulut demander pourquoi. Pourquoi était-ce important pour lui ? Mais à cheval donné on ne regarde pas les dents. En vérité, elle était terrifiée à l'idée de rentrer chez elle. Si quelqu'un payait ces brutes en République dominicaine pour la garder ici, ils pouvaient certainement l'enlever à la seconde où elle rentrait chez elle. Elle ne savait pas du tout en qui elle pouvait avoir confiance... en dehors d'Arrow et son équipe.

— Nous devons parler, poursuivit-il. Je vais avoir besoin de tout savoir au sujet de ta famille, tes petits amis, tes amis, les gens avec qui tu travailles, les revendeurs... même le type à l'épicerie qui mettait tes courses dans le sac. Mon équipe et moi allons trouver qui veut que tu disparaisses et pourquoi. Mais d'abord, nous devons sortir de cette ruelle et de ce pays.

Morgan hocha la tête.

— Et pour faire cela, tu dois jouer à l'homme invisible, et tu ne peux pas le faire pendant que je m'accroche à ton pantalon comme une fillette de trois ans, hein ?

Elle plaisantait pour cacher sa nervosité et sa réticence à le laisser partir.

— Si ça peut te rassurer, dit Arrow, j'ai envie de te laisser ici à peu près autant que tu as envie d'être laissée toute seule. Mais je jure sur mon honneur que je reviens te chercher. Rien ne m'en empêchera.

— Tu ne peux pas le promettre, lui dit-elle.

— Je le peux. Et je le fais.

En inspirant profondément, Morgan hocha la tête.

— D'accord, où dois-je me cacher ?

Arrow grimaça.

— Ce n'est pas exactement le Ritz.

Morgan regarda autour d'elle et elle vit quelques grandes formes sombres, mais elle ne pouvait pas les distinguer correctement. C'était incroyable de voir comme il y avait peu de lumière ici à Santo Domingo. Elle supposait que c'était à cause du niveau de pauvreté. Elle avait l'habitude des lampadaires, et même des lumières à l'extérieur des immeubles, alors qu'ici, tout était tellement sombre.

Arrow posa la main sur son bras et la guida à côté d'un grand conteneur en plastique. L'odeur qui en émanait était horrible, mais Morgan s'en moquait. En fait, plus cela sentait mauvais, mieux c'était pour elle, car on aurait moins envie de fouiller dedans. Arrow pensait clairement la même chose.

— Je sais que c'est dégoûtant, mais le fait que ce restaurant se spécialise dans les produits de la mer et jette donc beaucoup d'ordures odorantes va nous aider. Je n'ai pas oublié que je t'ai promis un bon bain moussant. Je t'en devrais un double après ça.

Elle vit qu'il se sentait très mal de la cacher parmi les entrailles de poisson pourri, mais elle secoua vivement la tête.

— Tu ne me dois rien, Arrow. C'est plutôt le contraire.

— Nous n'avons pas le temps d'avoir cette discussion maintenant, mais crois-moi quand je te dis que tu ne me dois rien du tout. Tu n'as pas demandé à être ici. Tu n'as pas demandé à être enlevée et maltraitée. Tu n'as pas demandé tout ça.

Morgan réfléchit à ses mots pendant un instant. Puis une partie de la personne qu'elle était autrefois refit surface. Il avait raison. Elle avait eu beaucoup de temps pour y songer, et même si elle avait fait quelque chose de stupide cette dernière nuit à Atlanta, elle ne méritait pas ce qui lui était arrivé.

— Tu as raison. Je n'ai pas demandé à être ici. Tu m'en dois donc une. Mon bain moussant préféré est à la camomille. Si tu peux en trouver, j'apprécierais beaucoup.

Quand Arrow rit, Morgan fut stupéfaite de se sentir

beaucoup mieux. Leur situation n'était pas idéale, mais rire au milieu de cette ruelle délabrée dans les Caraïbes améliorait tout. Rire avec *Arrow* améliorait tout.

— Marché conclu, dit-il.

Puis il la surprit terriblement en se penchant et en l'embrassant sur le front. Avant qu'elle puisse réagir, il s'écarta et se tourna vers les ordures qui débordaient de la poubelle.

— Voyons comment nous pouvons rendre ça aussi supportable que possible pour toi.

Il n'y avait pas vraiment le choix, hélas. Il ne lui fallut que quelques minutes pour se glisser sous un monceau d'ordures. Elle était petite, alors elle put facilement se coucher derrière la grande poubelle en plastique et se cacher sous les papiers journaux, les entrailles de poisson et d'autres déchets divers. Arrow façonna de quoi lui couvrir la tête avec un carton, empêchant les ordures de se poser sur son visage. Elle était allongée sur le dos, et elle savait que dès qu'Arrow poserait le carton sur sa tête, il ferait noir, encore plus que dans les ruelles étroites de la ville, et elle serait seule. Elle ne voulait pas qu'il parte, mais en même temps, elle voulait qu'il s'en aille afin de se dépêcher de revenir.

— Ne pars pas d'ici, peu importe ce que tu entends. Compris ? Je ne peux pas te voir alors que je porte des lunettes de vision nocturne. Si tu restes silencieuse et que tu ne bouges pas, n'importe qui dans cette ruelle passera à côté de toi sans te voir. Ne panique donc pas.

Morgan hocha la tête. Il donnait l'impression que c'était facile, mais elle savait que si quelqu'un passait près de sa cachette, ce serait extrêmement difficile de rester immobile.

— Que vas-tu faire ?

— Je ne le sais pas trop, je vais y penser sur le moment.

Elle ne sut pas comment répondre, alors elle se contenta de le regarder.

— Tu me tues, ma belle.

— Je ne fais rien, protesta-t-elle, surprise qu'il ait dit qu'elle était belle.

Elle se dit qu'il devait le dire à toutes les femmes, car elle n'était pas belle du tout en ce moment. Elle ne s'était pas vue dans un miroir depuis des semaines, mais elle sentait que ses cheveux étaient emmêlés et elle voyait la saleté sur sa peau. Malgré tout, le fait qu'Arrow utilise le terme affectueux était agréable, réconfortant. Cela faisait longtemps qu'elle n'avait pas vu un homme gentil. Et Arrow était gentil.

— Je sais, dit-il. Tu n'as rien à faire. C'est pour ça que tu me tues. Si tu pleurais, que tu protestais ou que tu argumentais, ce serait plus facile.

Morgan le regarda et dit avec sérieux :

— Je peux te crier dessus, si tu veux.

Il sourit.

— Ce n'est sans doute pas une bonne idée. Je vais te couvrir, maintenant, l'avertit-il. Je reviens dès que possible. Ne bouge pas de là, peu importe ce qui se passe. Compris ?

— Oui. Je vais rester allongée là et rêver d'un steak énorme. Je ne suis pas certaine de vouloir encore manger des fruits de mer.

Arrow la fixa d'un air indéchiffrable avant de hocher la tête. Il plaça le carton sur sa tête et elle se sentit immédiatement claustrophobe. Elle entendit le bruit des déchets qu'il empilait dessus, l'enterrant complètement.

Morgan ferma les yeux et pensa à tout autre chose. Elle pensa à ses abeilles. Se demanda, pas pour la première fois, si elles étaient encore en vie, si quelqu'un avait pris la peine de vider le miel. Elle pensa à sa mère qui devait tellement s'inquiéter pour elle. Morgan détestait que sa mère subisse l'épreuve de voir sa seule enfant être enlevée.

Elle avait été surprise d'apprendre que c'était son *père*

qui avait demandé à la presse de continuer à parler de son enlèvement.

Morgan avait essayé toute sa vie d'obtenir l'approbation de son père. Ses parents avaient divorcé quand elle était jeune, et alors qu'elle ne vivait pas avec lui, il n'avait jamais été satisfait de ce qu'elle faisait. Ses notes, son choix d'activités extrascolaires, ses amis, même son travail actuel. Il vivait dans la région d'Atlanta, alors elle le voyait assez souvent, mais elle n'avait jamais compris comment obtenir son approbation.

Ses parents étaient *très* divorcés. Elle avait appris très tôt à ne pas parler de son père à sa mère et vice versa. D'après elle, ils ne s'étaient pas dit un mot depuis son enfance.

Morgan se demanda si sa disparition avait suffisamment rapproché ses parents pour au moins se parler. Elle se demandait s'ils avaient fait certaines des conférences de presse ensemble pour supplier d'obtenir des informations sur l'endroit où elle était.

En secouant la tête, Morgan chassa cette idée. Ses parents n'étaient pas assez flexibles pour tolérer la présence de l'ex-conjoint... même pour elle.

Elle pensa alors pour la première fois depuis des mois aux autres personnes de sa vie avant son enlèvement. Elle fréquentait un type sympa. Lane Buswell avait quelques années de plus qu'elle. C'était un courtier immobilier et il était son opposé : c'était peut-être pour cela qu'ils s'étaient bien entendus. Il avait des cheveux roux et des yeux verts et il n'était pas trop grand, comme elle les aimait... avant, en tout cas.

Morgan avait ressassé la nuit où sa vie avait changé, réexaminant ses actes et cherchant à décider si elle aurait pu faire quelque chose pour obtenir un résultat différent.

C'était stupide de jouer à des « Et si », mais elle avait eu beaucoup de temps pour réfléchir.

Elle était sortie avec Lane et un groupe de leurs amis ce soir-là. Ils étaient allés en boîte, et elle était partie tôt. Elle avait marché jusqu'à sa voiture qui était garée dans un parking public, et quelqu'un l'avait enlevée là-bas.

Morgan se disait que Lane était sans doute passé à autre chose maintenant, supposant qu'elle était morte. Elle ne pouvait pas lui en vouloir. Même la petite maison qu'elle louait était sans doute celle de quelqu'un d'autre maintenant. Elle avait été ravie de la trouver : elle était entourée de deux hectares, ce qui était parfait pour ses ruches. Mais maintenant, ses affaires étaient sans doute stockées quelque part ou bien elles avaient été vendues.

Songer à son ancienne vie était extrêmement déprimant, et Morgan se força à repenser à la situation actuelle. Elle était cachée, oui, mais ça ne signifiait pas qu'elle était en sécurité. Il suffisait d'une seule personne complice de ses geôliers pour qu'elle se retrouve au point de départ... ou pire. L'argent faisait tourner le monde et il rendait aussi plus désespérés les gens déjà désespérés.

— Dépêche-toi, s'il te plaît, chuchota-t-elle tout bas.

5

Arrow se faufila silencieusement entre deux immeubles délabrés, restant à l'ombre sans se faire repérer par les deux hommes près de là. Au cours des vingt minutes depuis qu'il avait quitté Morgan, il avait compté quinze hommes qui traînaient dans les rues et les allées sans but apparent autre que de les chercher.

Il avait également entendu quelques conversations. Environ la moitié des hommes pensait que Morgan avait disparu depuis longtemps et que les recherches étaient futiles, alors que l'autre moitié était convaincue que la *puta* était toujours dans la zone et qu'elle se cachait.

Cela l'angoissait, car il ne voulait surtout pas qu'ils se mettent activement à fouiller les environs. Elle était bien cachée, mais ces hommes étaient désespérés, il n'y avait donc pas de cachette idéale. Il savait grâce à son ancien travail chez les Marines et maintenant chez les Mercenaires Rebelles, qu'aucun plan n'était garanti à cent pour cent. Il n'avait pas envie de risquer la vie de Morgan pour le confirmer.

Il avait exploré la configuration du terrain : il était temps de mettre son plan en action.

Arrow avait brièvement contacté Black et Ball durant la journée. Ils étaient sortis des quartiers pauvres de la ville où Nina et Morgan étaient détenues. Ils étaient dans un hôtel de l'autre côté de la baie, où les bateaux de croisière venaient souvent s'amarrer. Ce n'était pas vraiment une zone économiquement riche, mais c'était la nuit et le jour par rapport à l'endroit où Morgan et lui avaient passé la journée cachés.

Rex l'avait contacté également, et Meat et lui travaillaient sur la logistique pour faire sortir Morgan du pays. Le plan était qu'Arrow et Morgan rejoignent ses équipiers ce soir, mais si ce n'était pas possible, ils avaient réservé une chambre pour Monsieur et Madame Coldwater dans un motel. Leur couverture était qu'il s'agissait de jeunes mariés. Cela leur donnait une excuse de ne pas quitter la chambre et d'attendre que Rex les aide. Arrow n'avait pas expliqué les détails à Morgan, espérant qu'ils parviendraient à rejoindre ses équipiers et Nina.

Apparemment, Nina n'allait pas bien. Black et Ball étaient aussi doux que possible, mais l'enfant était traumatisée et elle pleurait sans cesse en réclamant Morgan. Arrow était déterminé à faire ce qu'il pouvait pour réunir Morgan et Nina... pour leur bien à toutes les deux.

Arrow sourit en se souvenant d'une de ses conversations avec Morgan plus tôt dans la journée. Ils étaient allongés sous les débris dans le bâtiment, et quand Morgan avait dit que la chaleur était horrible, il avait sorti un petit éventail pliable. Elle l'avait regardé avec des yeux ronds, et elle avait plaisanté en demandant ce qu'il pouvait bien avoir d'autre dans ses poches. Il avait ri au lieu de répondre, mais il avait réussi à lui donner une autre barre protéinée, des ciseaux à ongles quand elle s'était lamentée de la forme des ongles de ses doigts, et il avait même déterré un lacet supplémentaire pour remplacer celui qui s'était rompu dans sa chaussure.

En vérité, il avait toutes sortes de choses dans ses poches. Des éléments parfois inestimables pendant une mission. En plus de la nourriture, de tablettes de purification de l'eau, d'une aiguille et de fil – que l'on peut utiliser pour coudre du tissu ou de la chair humaine si nécessaire – ainsi que des espèces, au cas où, il avait aussi des objets dont il pouvait se servir pour tuer et blesser, ainsi que pour détourner l'attention.

Il lui fallut encore vingt minutes pour tout mettre en place, mais quand ce fut fini, il était satisfait d'avoir fait son possible pour aider Morgan et lui à sortir de cette partie de la ville sans se faire repérer.

Accroupi entre deux immeubles, Arrow attendit que le premier détonateur se déclenche.

Après l'explosion, il fut ravi de voir les deux hommes qui traînaient près de lui partir en courant vers le bruit.

En se rapprochant de Morgan, il entendit les autres explosions qu'il avait préparées. Elles se déclenchèrent au moment prévu, et avec un peu de chance elles allaient guider ces enfoirés dans la direction opposée à celle qu'il emprunterait avec Morgan pour s'enfuir.

À la seconde où il entra dans la ruelle où il avait laissé Morgan, il sentit son corps se détendre. Il vit que le tas d'ordures était exactement comme il l'avait laissé. Il s'accroupit et chuchota :

— Morgan ? C'est moi, Arrow. Il est temps de partir.

Il retira les têtes de poisson et les arêtes et il souleva le carton qu'il avait posé autour de sa tête. Elle le regarda avec des pupilles immenses dans la ruelle sombre.

— Allez, viens, ma belle. Il est temps de partir.

Elle sortit maladroitement de sous les déchets, et lorsqu'il frôla ses doigts avec les siens, elle saisit sa main comme si elle n'allait plus jamais le lâcher.

À ce moment précis, une explosion plus forte se fit entendre à l'ouest. C'était la dernière explosion qu'il avait préparée et il espérait qu'elle attire l'attention de toutes les brutes qui se demanderaient ce qu'il se passe. Arrow avait choisi les emplacements des explosions avec soin. Il n'était pas contre le fait de tuer, si c'était nécessaire, mais il n'avait pas l'intention de blesser quelqu'un au hasard. Il avait utilisé un peu de C4 à côté d'immeubles abandonnés, en prenant soin de vérifier qu'il n'y avait pas de squatteurs à l'intérieur, et il avait utilisé un minuteur pour les déclencher.

Il y aurait peut-être même la police et les pompiers, et le raffut attirerait tous ceux qui cherchaient Morgan.

— Je suppose que c'est ton travail ? demanda Morgan.

Il entendit la crainte et le soulagement dans ses mots. Il était parti plus longtemps que prévu, mais cela avait été nécessaire. Il avait dû installer les grenades déflagrantes et les explosions un peu plus loin que prévu.

— Je ne sais pas de quoi tu parles, ma belle. Je n'ai fait que me promener.

Il vit ses dents blanches quand elle sourit.

— Allez, viens. Reste à côté de moi et ne parle pas. Je suis presque certain que la voie est libre, mais je n'ai pas l'intention de prendre de risques.

Morgan hocha la tête et inspira profondément. Elle regarda leurs mains serrées, et il sentit qu'elle relâchait ses doigts. Il fut sur le point de protester, mais elle replaça sa main sur la taille de son pantalon. Même à travers son tee-shirt, il sentit ses doigts frais contre lui. Il déplaça sa main afin de la mettre au creux de son dos.

— Accroche-toi, ma belle. Il y a un bain moussant qui t'appelle.

Puis, sans un autre mot, il sortit de la ruelle vers l'Est et la sécurité.

Il fallut deux heures, car Arrow était extrêmement prudent en choisissant les directions qu'il prenait, mais ils finirent par se tenir devant le motel où Rex avait fait une réservation pour eux. Si ça ne dépendait que d'Arrow, il aurait fait le reste du trajet jusqu'à l'hôtel où se trouvaient Black et Ball, mais il savait que Morgan n'en pouvait plus. Elle trébuchait de plus en plus et elle serrait son pantalon avec tant de force qu'il sentait le tissu entailler sa peau.

Il était impressionné qu'elle ait tenu jusque-là. Il s'était arrêté plusieurs douzaines de fois pour écouter, scruter les environs, et elle n'avait pas dit un mot. N'avait pas posé de question. Elle l'avait laissé faire ce qu'il fallait sans l'interrompre. Il ne connaissait pas beaucoup de personnes, en dehors de ses coéquipiers, capables de faire la même chose.

À chaque minute qui s'écoulait, Arrow était de plus en plus intrigué par la femme à côté de lui. Mais il ne pouvait pas se permettre de baisser sa garde avant leur retour sur le sol américain. Il lui était impossible de savoir qui faisait partie du complot pour garder Morgan à Santo Domingo.

Il faisait encore sombre dehors, mais pendant qu'ils traversaient la ville, elle commença à s'éveiller. Le lever de soleil ne devait pas être loin. Cependant, quand il regarda Morgan, elle avait les yeux grands ouverts et elle ne semblait pas du tout fatiguée. Il savait que c'était une ruse. Les cernes sombres sous ses yeux et la façon dont ses épaules tombaient la trahissaient.

Il se sentit soudain ému. En colère contre ceux qui

l'avaient mise dans cette situation. Coupable de devoir la pousser autant ce soir. Et il regrettait de ne pas s'être arrêté plus tôt.

— Accroche-toi juste un peu plus longtemps, ma belle, et tu seras enfoncée dans l'eau chaude jusqu'au menton.

Elle lui sourit, ce qui coupa le souffle d'Arrow. Même couverte de saleté et sentant la fabrique de poissons, son sourire illuminait son visage et en faisait la femme la plus belle qu'il ait jamais vue.

— Comment allons-nous faire semblant à l'hôtel ? Même le concierge le plus stupide au monde remarquera l'eau de poisson qui me parfume. Il ne va jamais croire que c'est notre lune de miel.

Arrow lui avait raconté le plan pendant qu'ils marchaient, expliquant qu'une chambre les attendait grâce à son chef. Il avait expliqué qu'ils étaient censés être Monsieur et Madame Coldwater de Californie.

— Tu as confiance en moi ?

Il le dit plus comme une question qu'une affirmation.

Elle ne détourna pas les yeux de lui en hochant la tête.

Le cœur d'Arrow se serra encore une fois à cette réponse immédiate. Il posa un bras autour de ses épaules et la serra contre lui.

— Garde les yeux baissés et prends un air abattu, lui dit-il.

Morgan gloussa.

— Ça ne sera pas difficile.

Il résista à l'envie de plaisanter à son tour.

— Allez, viens. On tente le coup.

Ils entrèrent dans le vestibule d'un motel assez décrépit, et une sonnette retentit au-dessus de leurs têtes lorsque la porte se referma derrière eux. Morgan fit passer son bras autour de la taille d'Arrow. Elle garda la tête baissée et il la sentit trébucher en marchant vers l'accueil.

Arrow serra le bras autour d'elle et grinça des dents parce qu'il savait qu'elle ne jouait pas un rôle.

Un homme négligé à l'air endormi sortit d'une pièce à l'arrière.

— *Hola.*

— *Hola*, répondit Arrow.

Puis, toujours en parlant en espagnol, il ajouta :

— *Nous avons une réservation pour Monsieur et Madame Coldwater.*

Sans un mot, l'homme se tourna vers l'ordinateur et cliqua quelques fois avec la souris. Puis il leva la tête et ses yeux passèrent de Morgan à Arrow avant de lui demander en espagnol :

— *Espèces ou carte bancaire ?*

Sans lâcher Morgan, Arrow passa la main dans sa poche et il en sortit la liasse de dollars américains qu'il avait placés là avant d'entrer. Il savait que l'argent ouvrait beaucoup de portes dans cette partie du monde.

— *Espèces.*

Les yeux du concierge s'illuminèrent et il ne parvint pas à décrocher son regard de l'argent.

En se lançant dans l'histoire qu'il avait imaginée, Arrow lui raconta que lui et son épouse venaient de se marier et qu'ils avaient eu des problèmes en venant au motel. Ils avaient pris un taxi qui les avait conduits tout autour de Santo Domingo en demandant de plus en plus d'argent. Quand il les avait enfin laissé descendre, le chauffeur était parti avec leurs valises et ils avaient dû marcher pendant des kilomètres jusqu'au motel. Arrow expliqua ensuite qu'ils avaient dû se cacher derrière des bennes à ordures pour éviter les bandes de voleurs qui sortaient la nuit.

Le concierge ne sembla pas du tout s'en émouvoir. Tout ce qui lui importait, c'était l'argent dans la main d'Arrow, et Arrow comprit que tout son discours était futile. Cet homme s'en foutait complètement. Arrow voulut lever les yeux au ciel de dégoût, voulait demander un peu de compassion pour leur situation, mais à la place il se contenta de donner l'argent. Il y avait cent dollars de plus que le prix de la chambre, et le concierge accepta cela sans rien dire.

Il tendit une vieille clé et leur indiqua où se trouvait leur chambre.

— *Gracias,* dit Arrow en hochant la tête.

Mais l'homme avait déjà disparu dans la pièce derrière le comptoir... avec l'argent supplémentaire enfoncé profondément dans sa poche.

Lorsque la porte se referma derrière lui, Morgan demanda :

— A-t-il soupçonné quelque chose ?

Il avait oublié qu'elle ne comprenait pas l'espagnol et il expliqua :

— Non. Il ne s'intéressait qu'à l'argent.

— Bien.

Arrow vit que Morgan faiblissait. Il avait réussi à voler une bouteille d'eau pour elle plus tôt, mais il savait qu'il fallait qu'elle mange de la vraie nourriture et qu'elle boive plusieurs verres d'eau. Il faisait chaud, et ils transpiraient beaucoup tous les deux. Ils devaient vite remplacer les fluides perdus.

Ils marchèrent jusqu'au bout d'une rangée de chambres et il utilisa la clé pour entrer dans l'avant-dernière. En ouvrant la porte, Arrow grimaça devant l'état de la chambre. Elle semblait assez propre, mais le décor paraissait sortir tout droit des années quatre-vingt, y compris les œuvres d'art, le duvet usé sur le lit double.

Il fixa cela pendant un moment avant de se rendre compte que le concierge avait vraiment cru à leur histoire. Rex avait dit à Arrow qu'il avait réservé une chambre avec deux lits, mais sauf si le vieux canapé défoncé dans un coin était un canapé-lit, le concierge n'avait vu aucune raison de leur donner plus d'un seul lit, puisqu'ils étaient censés être nouvellement mariés.

S'attendant à ce que Morgan proteste contre l'arrangement, il fut assez surpris lorsqu'elle laissa tomber son bras de sa taille et marcha jusqu'à la salle de bains. Elle se tourna vers lui avant d'y entrer et demanda :

— As-tu besoin d'utiliser la salle de bains avant que je l'accapare ?

Il sourit et secoua la tête.

— Non, ma belle. Elle est à toi.

— Merci.

Puis, sans un autre mot, elle entra dans la petite pièce et ferma la porte. Il entendit presque immédiatement de l'eau couler dans le lavabo, et il regretta soudain de ne pas avoir pu s'arrêter pour lui acheter des affaires de toilette basique, comme une brosse à dents, du dentifrice, du shampooing... du bain moussant à la camomille...

Chassant ces pensées ridicules – ils essayaient de rester hors de portée des hommes qui voulaient la forcer à retourner en captivité, ils n'avaient pas le temps de faire les courses, bon sang – Arrow sortit la radio qu'il utilisait pour communiquer avec Black et Ball. Il envoya un court message crypté pour leur faire savoir qu'ils étaient au motel et qu'ils les rejoignaient le lendemain. Puis il fit les cent pas.

Ce n'était pas le genre d'Arrow de s'agiter ainsi. En général, il était très calme. Il pouvait attendre le bon moment pendant des heures pour agir dans les situations de combat.

Il ne comprenait donc pas pourquoi il agrandissait les traces d'usure sur le vieux tapis.

Il entendit l'eau de la douche se mettre à couler... et il imagina immédiatement Morgan debout sous le jet d'eau sans le moindre vêtement.

Il secoua la tête de dégoût. Il fallait qu'il reprenne ses esprits. Cette pauvre femme n'avait pas du tout besoin qu'il la drague. Personne ne savait ce qu'elle avait vécu, il lui faudrait peut-être des années avant de supporter qu'un homme s'approche d'elle... non pas qu'il puisse lui en vouloir.

Concentré sur sa haine des hommes qui exploitaient et abusaient les femmes et les enfants, Arrow fut surpris lorsqu'il entendit un grand bruit venant de la salle de bains. Il s'y précipita avant même de réfléchir à ce qu'il faisait. En l'espace de quelques secondes, il se trouva dans la salle de bains, le pistolet en main, prêt à abattre celui qui osait s'en prendre à Morgan.

Il se figea en voyant la situation.

Sans hésitation, il posa son arme sur le comptoir et il retira sa veste avec ses poches multiples. Il enleva ensuite son tee-shirt, mais il garda son maillot de corps. Il retira son treillis ; heureusement, il portait un caleçon ample. Il espérait donc qu'elle ne s'inquiète pas sans raison.

Morgan ne dit pas un mot, se contentant de le fixer avec de grands yeux, des larmes coulant le long de ses joues. Elle semblait épuisée... et brisée. Arrow détesta la voir ainsi.

Elle avait manifestement glissé dans la baignoire et elle avait atterri sur ses fesses. Le rideau de douche était de travers, lui offrant une vision claire de sa forme recroquevillée au fond de la baignoire. Arrow changea rapidement l'écoulement de l'eau depuis la tête de douche à celle du robinet et il ferma le clapet d'évacuation. Il fut surpris que l'eau soit encore chaude, mais il n'avait pas l'intention de faire le difficile concernant la chambre.

— Pousse-toi vers l'avant, ma belle, dit-il doucement.

Elle fit ce qu'il demandait, tout en remontant ses genoux contre sa poitrine. Arrow entra dans la baignoire derrière elle et il s'assit. Les jambes tendues à côté de ses hanches, il attendit.

Il fallut un moment, mais enfin, quand l'eau de la baignoire couvrit leurs hanches et clapota contre leurs ventres, elle s'adossa lentement contre lui.

— C'est ça, murmura-t-il. Détends-toi, Morgan. Je veille sur toi.

Elle soupira et elle ferma les yeux. Ses bras étaient encore croisés sur sa poitrine, et il ne put manquer de voir qu'elle tremblait en pleurant.

Arrow prit un risque en tirant les mains de Morgan vers le bas et en passant un bras autour de son buste, la couvrant avec son gros avant-bras.

Cela suffit. Il la sentit se détendre complètement contre lui, et elle posa les mains sur les genoux d'Arrow. Sa poitrine était agitée de sanglots et elle hoquetait en continuant de pleurer. Ne faisant aucun commentaire sur ses larmes, il se contenta de la tenir et il attendit que l'eau coule presque par-dessus le bord de la petite baignoire avant d'utiliser ses pieds pour éteindre le robinet.

Elle finit par arrêter de pleurer et elle resta allongée mollement entre ses bras. Ils restèrent ainsi pendant plusieurs minutes avant qu'il demande doucement :

— Est-ce que ça va ? Tu ne t'es pas fait mal en tombant, n'est-ce pas ?

Elle secoua la tête contre lui, mais elle ne dit rien.

Arrow soupira. Il voulait l'encourager à parler, mais bien qu'elle soit allongée dans la baignoire avec lui, ils étaient plus ou moins des inconnus l'un pour l'autre. Il n'aimait pas les hématomes supplémentaires sur son corps. Il n'aimait pas la façon dont il pouvait voir ses côtes. Et il n'aimait certainement pas voir que ses genoux étaient râpés et pleins de bleus. Mais il n'allait surtout pas exiger qu'elle lui parle. Il voulait sa confiance plus que tout, mais il fallait qu'elle la lui donne librement : il ne pouvait pas l'exiger contre sa volonté.

L'eau se rafraîchit et Arrow utilisa son pied pour rallumer l'eau chaude afin de réchauffer la baignoire. Il fit cela deux fois de plus, laissant chaque fois un peu d'eau s'écouler de la baignoire avant d'ouvrir le robinet.

Enfin, Morgan dit :

— Je suis prête à sortir, maintenant.

Arrow était tout raide d'être resté allongé dans la petite baignoire, mais il ne laissa pas un seul grognement s'échapper de sa bouche en se levant. Il attrapa une serviette et il la tendit à Morgan. Il lui tourna le dos, lui laissant de l'intimité, et il retira son maillot de corps trempé. Il se sécha autant que possible et il attendit qu'elle indique être vêtue avant de regarder dans sa direction.

— Je suis couverte, dit-elle doucement.

Arrow se tourna... et il eut le souffle coupé.

Elle était très belle quand elle était sale et ébouriffée, mais propre, et avec la peau rose à cause de toute l'eau chaude, elle était magnifique. Ses cheveux avaient encore besoin de beaucoup de travail. Il voyait que Morgan avait fait de son mieux pour les shampouiner avec le petit flacon fourni par l'hôtel, mais quelques-uns des nœuds allaient devoir être coupés ou alors démêlés soigneusement et très lentement.

Elle leva ses grands yeux verts pour le regarder et elle attendit qu'il dise ou fasse quelque chose. La serviette était enveloppée autour de sa poitrine et elle la tenait d'une main. Il voyait l'espace où elle n'était pas complètement fermée sur le côté.

Arrow ramassa son tee-shirt sur le sol. Il n'était pas vraiment propre, mais il sentait bien meilleur que les vêtements de Morgan.

— Tu peux porter ça si tu veux. Je laverai nos affaires ici pendant que tu t'installes au lit.

Lorsqu'elle ne bougea pas, mais qu'elle continua simplement à le fixer, Arrow dit :

— Je sais qu'il n'y a qu'un seul lit, mais fais-moi confiance, il devait y en avoir deux. Je suppose que le réceptionniste a vraiment cru à notre histoire de mariage. Je suis désolé. Je peux dormir sur le sol, ou bien je peux descendre et demander une autre chambre si cela te met plus à l'aise. Je...

— Cette chambre est parfaite, l'interrompit Morgan. Je ne veux pas que tu dormes par terre. Je me sentirais plus en sécurité si tu étais sur le lit avec moi.

— C'est donc là que je serais, lui dit Arrow.

— Je...

Elle s'arrêta puis elle humecta ses lèvres d'un air hésitant.

— Je peux laver mes propres affaires.

— Je sais que tu le peux, ma belle. Mais laisse-moi faire ça pour toi. Je veux m'occuper de toi.

— C'est ce que tu fais et que tu as fait, lui dit-elle. Mais je ne suis pas faible et sans défense malgré ce qui vient d'arriver.

Elle indiqua la baignoire derrière elle, tout en le fixant.

Arrow ne put s'en empêcher : il gloussa. En voyant son air perplexe, il lui expliqua vite :

— Je ne me moque pas de toi. Je ris parce que tu as pu

croire que je te trouve faible et sans défense. Morgan, crois-moi s'il te plaît quand je te dis que tu es incroyable. J'ai vu de nombreuses femmes dans ta situation, et beaucoup étaient hystériques. Elles pleuraient, tremblaient, n'écoutaient pas ce que nous leur demandions de faire pour leur propre sécurité. Et si quelque chose allait de travers lors de leur sauvetage, elles craquaient complètement. Tu as fait tout ce qu'il fallait. Tu n'as pas paniqué. Tu as gardé la tête sur les épaules, et même quand tu as eu peur, tu as gardé ton sang-froid. Les trente dernières minutes m'ont à vrai dire rassuré sur ton état mental.

— Comment le fait que je craque peut-il te rassurer ? demanda-t-elle en serrant sa serviette avec plus de force.

— Parce que tu réagis. Tu ressens. Je déteste ce que tu as vécu, et je ne sais même *pas* ce que tu as vécu, mais refouler tous tes sentiments ne t'aidera pas sur le long terme. Si tu as besoin de pleurer, tu pleures. Si tu le veux, tu peux te défouler sur moi. Si tu as envie d'en parler, je t'écouterai. Mais réprimer ce que tu ressens n'est pas la meilleure façon de traverser cette épreuve.

— On dirait que tu as de l'expérience dans ce domaine.

— J'ai été un Marine, ma belle. J'ai vu et j'ai fait des choses terribles qui ont fondamentalement changé qui je suis. Il m'a fallu longtemps, pourtant j'ai appris que si j'en parlais, si je déversais les émotions qui pourrissaient en moi, je me sentais plus léger. Le fait de parler ne change pas ce qui est arrivé, mais cela m'a permis de comprendre que les choses qui me sont arrivées et celles que j'ai causées ne font pas de moi une mauvaise personne.

— Je ne suis pas prête à en parler. Je ne sais pas si je le serais *un jour*, avoua-t-elle.

— Laisse le temps faire son travail, dit doucement Arrow. Ce n'est ni le lieu ni le moment, mais je pense que tu finiras par atteindre un point où tu auras besoin de le purger de ton corps. Je ne veux pas que tu penses que tu n'es pas forte ou que tu ne gères pas bien les choses. Au contraire. Tu as été incroyable. Je suis tellement fier de toi, putain, je n'arrive même pas à l'exprimer correctement. Et le fait que tu me laisses te réconforter, même en faisant si peu, m'aide beaucoup à gérer ce que je fais pour gagner ma vie.

— Que veux-tu dire ?

— Je n'ai pas vécu la même chose que toi, mais j'ai vu les conséquences très souvent. Des femmes brisées, des enfants qui ont été maltraités au-delà de ce que peut imaginer une personne moyenne. Je les ai vus s'écarter du simple contact de ma main. Je les ai vus se recroqueviller quand j'essayais de les regarder dans les yeux. Mes coéquipiers et moi sommes souvent traités avec méfiance et dédain. Nous n'en voulons pas aux victimes, pas du tout, mais c'est dur, particulièrement alors que nous avons le respect et la compassion les plus totaux envers les personnes que nous aidons.

— Je n'y avais pas pensé de cette façon, avoua Morgan.

— Ce n'est pas à toi d'y penser, lui dit Arrow. Mais me laisser te réconforter tout à l'heure, c'était un cadeau. Merci. Alors je ne veux plus entendre dire que tu es faible ou sans défense. D'accord ?

— Je vais essayer.

— Bien. Maintenant... vas-y. Va te coucher et j'arrive dès que j'ai fini ici.

— Merci.

— Avec plaisir.

Arrow regarda Morgan sortir de la salle de bains et il lui fallut un instant pour se remettre. Il était incroyablement énervé. Pas contre Morgan, mais contre les enfoirés qui avaient endommagé sa psyché. Elle était forte, c'était certain, mais elle souffrait.

Il se dépêcha de laver sa culotte, son tee-shirt et son jean. Il fit de même avec ses propres sous-vêtements, mais pas son treillis. Il fallait une éternité pour qu'il sèche, et il voulait que Morgan soit aussi à l'aise que possible pendant leur sommeil. Cela impliquait qu'il ne soit pas nu alors qu'ils étaient dans le même lit.

Lorsqu'il eut mis leurs vêtements à sécher, il retourna dans l'autre pièce. Il s'approcha de la porte et vérifia qu'elle était bien fermée. Il posa une chaise devant, au cas où, avant de regarder le lit.

Morgan était couchée sous le drap et le duvet, il voyait tout juste sa tête en dépasser. En souriant, Arrow ramassa la serviette qu'elle avait jetée sur le sol. Il l'accrocha dans la salle de bains avant de passer de l'autre côté du lit. Il s'allongea sur les couvertures et tourna le visage vers Morgan.

— Est-ce que ça va ? Je peux vraiment dormir par terre si tu préfères.

— Je te l'ai dit, ce n'est pas un problème, répondit-elle avant de se tourner vers lui.

— As-tu bu assez d'eau ? demanda Arrow.

Morgan hocha la tête.

— J'ai assez bu dans la douche pour avoir l'impression d'être ballonnée et mal à l'aise avant ma petite crise d'hystérie.

Arrow fronça les sourcils en l'entendant décrire ainsi ce qui était arrivé, mais il se contenta de hocher la tête.

— Et la nourriture ? As-tu besoin d'une autre barre de protéines ? Nous aurons de la vraie nourriture plus tard, mais je ne veux pas que tu t'endormes en ayant faim.

— Je vais bien.

Arrow l'examina. Elle avait les cheveux étalés sur l'oreiller, et cette vue lui suffit à vouloir pleurer et crier de rage à cause de ce qui lui était arrivé. Cependant, il garda son calme.

— Pourrais-tu...

Elle s'interrompit.

— Quoi donc ? demanda-t-il. Je ferai tout ce que tu veux ou dont tu as besoin.

Il n'était pas du tout surpris de se rendre compte que c'était absolument vrai. Il aurait déplacé des montagnes pour lui donner tout ce dont elle avait besoin.

— Pouvons-nous endormir comme nous l'avons fait dans cet immeuble en ruines ? demanda-t-elle.

Il dut paraître perplexe, car elle développa en expliquant :

— Tu me tiens dans tes bras, mais j'ai le dos contre toi, cette fois ?

Arrow fut surpris par sa demande, et il dut mettre trop longtemps à répondre, car elle lui dit :

— Pas grave. C'est trop. Oublie ça.

Avant que le dernier mot ait quitté sa bouche, il s'était décalé juste à côté d'elle. Il l'aida à se tourner sur le côté et il se colla contre elle. Elle s'imbriquait parfaitement avec lui. Elle lui parut encore plus minuscule dans ses bras. Sa personnalité et sa force l'avaient fait paraître plus grande pendant qu'ils se faufilaient dans la ville.

Elle poussa un soupir de contentement en se collant encore plus contre lui.

Arrow avait des difficultés à ne pas se sentir lié à cette femme. Il voulait qu'elle ait confiance en lui. Toute l'équipe des Mercenaires Rebelles avait appris à faire attention aux victimes qui semblaient trop se raccrocher à leur sauveteur, mais pour une fois, Arrow ne pensa pas du tout à son entraînement.

Pour la toute première fois de sa carrière profession-nelle, il sentit disparaître son objectivité.

C'était trop agréable d'avoir Morgan dans ses bras.

Ses fesses contre son entrejambe.

La sensation de son ventre sous sa main.

Sa tête posée au creux de son cou.

Plusieurs minutes s'écoulèrent et Arrow se rendit compte qu'elle ne dormait pas. Elle aurait dû. Ils avaient été tendus pendant des heures, et le voyage à travers les rues de Santo Domingo jusqu'au motel avait été dur et stressant.

— Qu'est-ce qu'il y a ? demanda doucement Arrow.

— Je ne sais pas ce qui arrivera plus tard dans la journée, ou demain, ou la semaine prochaine. Pendant toute l'année qui vient de passer, j'ai pensé que ce qui m'était arrivé n'était qu'une mauvaise coïncidence. Que j'étais au mauvais endroit au mauvais moment. Mais... après avoir entendu certaines des choses que tu as dites depuis que tu m'as sauvée, je sais que ce n'était pas une coïncidence, finale-ment. Que quelqu'un voulait me faire disparaître, mais apparemment pas me tuer. Ça me fait terriblement peur... et je veux découvrir qui me déteste à ce point. M'aideras-tu ?

— Oui.

Arrow n'aurait pas pu lui donner une autre réponse.

— Maintenant ?

— Non. Tu as besoin de dormir, ma belle. Tu es en sécu-rité. Je ne laisserai rien t'arriver, mais je veux aussi attendre et avoir cette discussion quand mon équipe sera là. Je sais que tu ne les connais pas, mais ce sont vraiment les meilleurs des meilleurs. Et si quelqu'un peut le découvrir, c'est bien eux.

— D'accord.

Arrow n'aima pas son ton distant.

— L'autre raison pour laquelle je ne peux pas parler de

ta vie en Géorgie maintenant, c'est parce que je suis égoïste. J'aimerais t'avoir dans mes bras et je sais que si tu commences à parler des gens dans ta vie qui pourraient vouloir te faire disparaître, ça va m'énerver, et ça va te stresser. Je ne veux pas que tu aies besoin de répéter les choses perturbantes, alors je préfère profiter de te voir détendue et pas stressée. Si ça te convient.

— Je veux juste m'assurer que quelqu'un est au courant de ma vie... juste au cas où, dit-elle.

— Je comprends. Mais Morgan, je ne te fais pas des promesses en l'air. Je vais te faire sortir de ce pays en sécurité. Je le jure sur ma vie, je ne partirai pas sans toi.

Ces mots semblèrent être exactement ce dont elle avait besoin, car il sentit tous ses muscles se détendre. Enfin. Elle fondit dans ses bras et poussa un long soupir de soulagement.

— Crois-moi, je veux être au courant de toutes les personnes que tu as rencontrées, peu importe qu'elles te paraissent sans conséquence, simplement afin d'avoir une idée de qui pourrait t'en vouloir. Mais pour l'instant, je veux que tu dormes en sachant que je suis là pour veiller sur toi.

— Et si c'était un enlèvement par un inconnu ? demanda-t-elle.

— C'est possible, mais improbable, lui dit Arrow avec franchise. Un inconnu n'irait pas aussi loin pour te garder ici... et en vie. Je te promets que nous en parlerons bientôt. Veux-tu bien essayer de dormir maintenant ?

— D'accord.

— D'accord, acquiesça Arrow.

Et entre deux respirations, Morgan s'endormit. Elle commença presque immédiatement à ronfler de sa façon si mignonne.

Mais Arrow ne dormit pas. Pas du tout. Il prenait ses

responsabilités et ses promesses au sérieux. Personne ne toucherait un autre cheveu sur la tête de cette femme. Lui et ses coéquipiers allaient découvrir qui était le crétin qui avait voulu écraser cette belle femme sous le talon de sa chaussure... et ils allaient l'écraser, lui.

Morgan Byrd serait libre de vivre sa vie comme elle l'entendait. Il allait faire en sorte que ça arrive, ou il allait mourir en essayant.

6

Des heures plus tard, Morgan passa du sommeil au réveil immédiat, comme elle en avait pris l'habitude pendant l'année écoulée. Elle ne pouvait pas se permettre de se réveiller lentement. Elle devait tout le temps être pleinement consciente.

Elle s'assit en regardant les couvertures autour d'elle et elle poussa un soupir de soulagement en voyant Arrow assis au petit bureau minable dans le coin. Il bricolait le radioréveil et il avait étalé des composants partout sur la table devant lui.

— Que fais-tu ? demanda-t-elle doucement.

Il leva la tête et Morgan fut surprise de le voir rougir légèrement.

— Tu es réveillée, dit-il.

— Effectivement.

Arrow sourit.

— Je n'arrivais pas à dormir, et je ne voulais pas te déranger ou te laisser ici toute seule. J'avais besoin de réfléchir, et j'y arrive mieux quand j'occupe mes mains.

— Alors tu as décidé de tuer le radioréveil ?

Il sourit encore.

— Je suis électricien à Colorado Springs. J'aime bricoler. J'ai allumé la radio pour essayer de masquer les bruits du dehors afin que tu puisses dormir plus longtemps, et je n'ai pas réussi à avoir une station assez nette. Je me suis dit que je pouvais essayer de le réparer.

Il haussa les épaules avant de continuer :

— Une chose en a entraîné une autre... et voilà.

Morgan regarda son air gêné puis le tas de fiches et de plastique sur le bureau devant lui. Elle l'imaginait enfant, démontant sans cesse les objets pour regarder comment ils fonctionnaient.

— As-tu découvert pourquoi les stations n'étaient pas bien reçues ?

— Non, dit-il en souriant.

Morgan lui rendit ce sourire. Les muscles de son visage étaient raides, comme si cela faisait trop longtemps qu'elle n'avait pas souri, comme si elle avait oublié comment s'en servir.

— J'allais te réveiller dans environ dix minutes de toute façon, dit Arrow en repoussant les morceaux de la radio et en se levant. Nous devons partir et rejoindre les autres.

Morgan hocha la tête.

— Tes vêtements sont presque secs. Tu peux prendre une autre douche et t'habiller. Puis nous sortirons, nous irons manger un morceau, quelque chose de mieux que des barres protéinées, et nous irons à l'autre hôtel. Black a dit qu'il avait des affaires de toilette pour toi, y compris toute une bouteille d'après-shampooing. Si tu me fais confiance, je pourrais essayer de t'aider à démêler tes cheveux avant que nous choisissions de les couper.

Elle posa une main sur ses cheveux pour les protéger, comme si cela pouvait empêcher de devoir les couper. La veille dans la douche, elle avait su que ce serait compliqué. Cela faisait très longtemps qu'elle n'avait pas utilisé de brosse ou de peigne, et elle ne savait pas si elle pourrait sauver ses cheveux. Elle ne devait pas être bouleversée par cela – elle était en vie, ses cheveux repousseraient –, mais d'une certaine façon, perdre ses longs cheveux blonds semblait être le doigt d'honneur ultime que lui envoyait l'univers. Comme si elle n'avait pas déjà assez traversé d'épreuves.

En se forçant à baisser la main et en posant les pieds hors du lit, elle marmonna :

— D'accord.

Avant qu'elle puisse se lever, Arrow fut devant elle, accroupi à ses pieds. Il ne la touchait pas, mais son regard sincère la poussa à s'arrêter et à le regarder.

— Si tu préfères, nous pourrons te trouver une coiffeuse.

Elle écarquilla les yeux de surprise.

— Une coiffeuse ? Ici ?

— Oui. Je ne sais pas du tout où nous en trouverons une, mais je peux demander à Meat de chercher. C'est un de mes coéquipiers à la maison. C'est un génie de l'informatique et je suis certain qu'il saura. Nous pourrions la faire venir à l'hôtel. En fait, c'est sans doute une meilleure idée. Je le contacterai dès que...

Morgan posa la main sur le bras d'Arrow lorsqu'il commença à se lever, l'interrompant au milieu de sa phrase.

— Je te fais confiance pour le faire, dit-elle. Pas besoin d'appeler une professionnelle. Je veux simplement partir d'ici dès que possible. En outre, je ne suis pas certaine d'avoir confiance en quelqu'un d'autre que toi et tes amis.

Arrow s'était accroupi dès le premier contact de sa main.

— D'accord, même si je préfère me couper la main plutôt que de faire quoi que ce soit qui te fait souffrir, ma belle. Et cela inclut tout ce qui pourrait te perturber émotionnellement.

— Je sais. Ça va. Ce ne sont que des cheveux. Ils repousseront.

— Ne fais pas ça, ordonna-t-il. Ne fais pas semblant que ça ne t'ennuie pas. Tu as le droit d'être inquiète pour tes cheveux.

Morgan le regarda longuement avant de hocher la tête.

— Merci.

— Ne me remercie pas. Tu ne dois pas me remercier pour mon aide. Tout d'abord, c'est mon travail, mais surtout, le fait que je t'aide n'a en réalité aucun rapport avec mon travail. Maintenant, va te doucher. Et fais attention, c'est glissant là-dedans.

Il sourit à cette dernière phrase, et Morgan fit de même en entendant la référence au soir précédent, quand elle avait craqué. Elle eut envie de lui demander d'expliquer pourquoi son aide n'avait aucun rapport avec son travail. Était-ce qu'il n'aidait pas les autres femmes qu'il sauvait autant qu'elle ? Cela lui parut difficile à imaginer. Même en le connaissant depuis peu, Morgan avait l'impression qu'il faisait tout son possible pour que chaque femme se sente à l'aise en sa présence.

Elle ne savait donc pas ce qu'il voulait dire... mais elle n'était pas certaine d'être prête à entendre sa réponse. Cela ne faisait même pas deux jours complets qu'elle était libre. Elle ne ressentait rien d'autre pour son sauveteur que de la gratitude... non ?

Arrow lui tourna respectueusement le dos une fois qu'elle fut debout. Son tee-shirt la couvrait jusqu'aux cuisses, mais c'était néanmoins très attentionné de sa part. Elle partit à la salle de bains et ferma la porte.

Elle évita de se regarder dans le miroir et elle se désha-

billa avant de passer dans la douche. Elle resta trop longtemps sous l'eau chaude, mais c'était si agréable. Cela faisait
un an qu'elle n'avait pas pu se laver tranquillement sans
craindre que quelqu'un entre dans la pièce et la surprenne.

Au bout de vingt minutes, ils furent habillés et ils quittèrent le motel. Arrow n'avait pas pris la peine d'informer le
réceptionniste de leur départ, mais il laissa un billet de vingt
dollars sous les restes du radioréveil qu'il avait démonté. Il
avait expliqué à Morgan qu'il aurait pu tout remonter, mais
qu'il lui aurait fallu plus de temps qu'ils n'en avaient.

Au bout de quelques minutes, quand Arrow ne dit rien
de plus, Morgan demanda :

— Où allons-nous ?

Il indiqua une direction du menton.

— De l'autre côté de la baie, là-bas. Mais d'abord... le
déjeuner.

Morgan savait qu'il était midi passé. Ils étaient arrivés
au motel très tôt dans la matinée, et il l'avait laissée faire la
grasse matinée. Elle avait faim, mais elle n'en tenait plus
compte, car elle avait faim depuis un an. Ses ravisseurs lui
avaient donné assez de nourriture pour la garder en vie, pas
plus. Elle n'avait même pas pensé à demander de la nourriture à Arrow parce qu'elle avait l'habitude qu'on lui refuse
ou qu'on se moque d'elle quand elle suppliait pour
manger.

Bien décidée à rompre cette habitude et à demander ce
dont elle avait besoin, quand elle en avait besoin, Morgan
déclara :

— Dis-moi qu'il n'y aura pas de fruits de mer.

Arrow s'arrêta soudain et il l'observa.

Mal à l'aise à cause de cet examen soudain, Morgan fit
de son mieux pour le regarder dans les yeux et ne pas s'excuser de cette plaisanterie un peu inappropriée.

Puis il courba les lèvres en un sourire. Ses dents blanches semblèrent plus brillantes dans la lumière du jour.

— Compris, ma belle.

Puis il serra sa main et il se remit en route.

— Pendant que tu prenais ta douche, j'ai contacté Meat. Il a fait des recherches sur la zone et sur le chemin qui nous ramènera à Ball et Black, et il a pris l'initiative de commander notre nourriture. Elle sera prête quand nous arriverons là-bas.

— Sérieusement ? demanda-t-elle. C'est possible ?

Arrow gloussa.

— Tout est possible avec Meat. C'est un génie avec son ordinateur... pas aussi doué que Rex, mais d'un autre côté, je suis convaincu que Rex a davantage de contacts clandestins que les Russes.

— Rex ?

Morgan essayait de suivre tous les noms de ses amis, mais c'était dur.

— Oui. Rex est notre... chef, par manque d'un meilleur terme. C'est lui qui décide sur quelles affaires nous travaillons.

— Il a donc décidé que vous deviez aller chercher Nina ?

— Exactement. Nina et sa mère viennent de Colorado Springs. Elle a appris ce que nous faisons et elle était assez désespérée pour le contacter. Il a écouté son cas, fait quelques recherches, et accepté de l'aider.

— Waouh. Alors elle l'a simplement appelé ?

— Non. Ce n'est pas ainsi que ça marche. Elle a demandé au détective qui enquêtait sur la disparition de sa fille de le contacter. Rex est très connu dans les cercles de la police et des détectives privés. Il n'accepte pas toutes les affaires. Il choisit seulement celles qui ont le plus d'informations solides et les meilleures chances de réussite.

Morgan y réfléchit un moment, avant de dire :

— Tu as su qui j'étais dès que j'ai dit mon nom. Tu as expliqué que mon père insistait pour que l'on me retrouve depuis ma disparition. A-t-il contacté ce Rex ? Ai-je été considérée comme un mauvais risque à prendre et est-ce pour cela que personne n'est venu me chercher ?

Arrow s'arrêta encore si soudainement que Morgan se serait cognée contre lui s'il ne s'était pas retourné en lui attrapant les épaules.

— Non, Morgan. Absolument pas.

Elle secoua la tête.

— Tu ne le sais pas.

— Si.

Il dit le mot avec tant de conviction, que Morgan voulut le croire, mais elle ne le pouvait pas.

— Je suis tellement perdue. Mon père et moi ne nous entendons pas très bien. Il a trompé ma mère quand j'étais petite, et c'est pour cela qu'ils ont divorcé. Je l'ai vu en grandissant, mais il était vraiment juste un papa du week-end. Il n'était pas réellement là pour moi. Je ne comprends pas pourquoi c'est lui qui était dans les journaux et qui insistait pour que l'on me retrouve alors que je ne sais même pas s'il m'appréciait vraiment. Mais s'il était aussi désespéré que tu le dis, n'aurait-il pas exploré toutes les options ? Les policiers ne lui auraient-ils pas parlé de Rex ? A-t-il menti tout le long et seulement fait semblant de vouloir me retrouver ?

— Je n'ai pas de réponses pour toi, ma belle, mais je vais les trouver. Cependant, je sais sans le moindre doute que si Rex avait été mis au courant de ton affaire, il l'aurait acceptée et il aurait fait tout son possible pour te retrouver.

— Pourquoi ?

Arrow pinça les lèvres un instant, comme s'il luttait intérieurement, avant de dire :

— Je vais te raconter quelque chose que mes autres amis ne savent pas. Pour l'instant, j'ai besoin que tu gardes cela entre nous. Peux-tu le faire ?

Elle hocha immédiatement la tête.

— Je fais partie d'un groupe qui s'appelle les Mercenaires Rebelles. Rex est à la tête de ce groupe. Il envoie mes coéquipiers et moi sur des affaires pour sauver des femmes et des enfants dans des situations dangereuses. Maltraitance, enlèvement, terrorisme... il y a de tout. Mais ce que mes amis ne savent pas, c'est pourquoi il a commencé ce groupe. La raison pour laquelle il est tellement passionné par le fait d'aider les femmes. C'est parce que sa propre femme a disparu. Il a fait tout ce qu'il a pu pour la retrouver, mais la police a dit qu'il n'y avait aucune piste. Les détectives privés qu'il a engagés ont perdu sa trace quand elle a été emmenée hors des États-Unis. Il était face à un mur et n'a trouvé personne pour l'aider.

— Oh mon Dieu, souffla Morgan. L'a-t-il retrouvée ?

Arrow secoua lentement la tête.

— Pas que je sache. Il a appris beaucoup de choses pendant ses recherches, au sujet de ce dont les lois peuvent nous protéger ou pas. Il a appris comment passer sous les radars et obtenir des informations sans laisser de traces. Il utilise ces informations pour aider les autres. Il a été désespéré quand il n'a pu trouver personne avec les capacités et les connaissances pour retrouver sa femme, alors il est devenu cette personne. Mais malheureusement, il n'a toujours pas été capable de la retrouver.

— Comment sais-tu cela ? Te l'a-t-il dit ?

— Il ne parle vraiment pas beaucoup de lui-même. En fait, mes coéquipiers et moi nous ne l'avons jamais rencontré en personne. Il nous a tous rassemblés pour un entretien d'embauche, et quand il n'est jamais venu, nous avons pensé qu'on nous avait joué un tour. Mais il nous avait manifestement observés tout le temps, car quelques heures plus tard, il nous a contactés et nous a proposé de travailler avec les Mercenaires Rebelles si nous le voulions.

— Mais tu n'es pas vraiment un mercenaire, dit Morgan. Tu es un sauveur.

Arrow sourit en entendant cela.

— Quoi ?

— C'est juste qu'Allye et Chloé ont dit la même chose à Gray et Ro.

— Qui ?

Il balaya sa question de la main.

— Je t'en parlerai plus tard. Quoi qu'il en soit, nous n'avons jamais rencontré Rex. Il camoufle sa voix quand il appelle pour nous donner nos ordres. Une nuit, il m'a appelé après une mission. Nous étions partis au Venezuela pour sauver un groupe de femmes qui avaient été enlevées après avoir répondu à des annonces pour des femmes de ménage. Elles étaient hispaniques pour la plupart, mais nous avions dit à Rex que d'après l'une d'entre elles, une femme américaine était là à leur arrivée. Nous l'avons cherchée sans pouvoir la retrouver. Rex m'a appelé et il a posé toutes sortes de questions au sujet de l'Américaine disparue. À quoi elle ressemblait, quelle taille elle faisait, ce genre de choses. Quand j'ai avoué ne pas le savoir, il a perdu les pédales. Il m'a traité de tous les noms, ce qui ne lui ressemblait pas du tout. Je lui ai donc demandé pourquoi cette femme était si importante, et il m'a parlé de sa femme disparue. Du fait qu'il la cherchait constamment. À chaque affaire qu'il acceptait, il se demandait s'il trouverait un lien avec sa propre femme.

— Mon Dieu, c'est terrible, souffla Morgan. Depuis quand a-t-elle disparu ?

— Je ne sais pas trop. Nous travaillons pour lui depuis quelques années. Je dirais que c'était au moins deux ans avant cela.

— Penses-tu qu'elle est encore en vie ?

Arrow la regarda dans les yeux et demanda :

— Selon toi, quelqu'un a pensé que *tu* étais encore en vie après une année sans la moindre piste ?

Morgan déglutit. Il n'avait pas tort. Son père avait peut-être essayé de garder l'enlèvement à l'esprit de tout le monde, mais apparemment, ce n'était pas le cas de qui que ce soit d'autre. Elle pensa à ses amis, à son ex, à sa mère... avaient-ils tous supposé qu'elle était morte ? C'était une pensée déprimante.

— Quoi qu'il en soit, pour conclure cette conversation, Meat nous aide avec tout ce qui est informatique. Il vérifie les vidéos de surveillance, il pirate les messageries si nous en avons besoin... et il trouve un endroit sûr à des milliers de kilomètres de Colorado Springs pour nous commander le déjeuner.

Morgan voulut parler davantage de Rex et de sa femme disparue. Elle voulait discuter de son propre cas. Mais elle reconnut le besoin d'Arrow de changer de sujet. Elle hocha donc la tête.

— D'accord. Que mangeons-nous ?

— Aucune idée. J'ai seulement une adresse. Mais je te promets que ce ne sont pas des fruits de mer.

— Vraiment ? Je mangerais n'importe quoi. J'ai appris à ne pas être difficile depuis que je suis ici. Je serais morte de faim, sinon. Mais je dois admettre que je suis soulagée de ne pas devoir manger de poisson.

Arrow se pencha en avant, puis il posa les lèvres sur le haut de sa tête. Il ne fit pas passer ses bras autour d'elle. Il ne la colla pas inutilement. Morgan savait qu'elle aurait pu l'éviter et il l'aurait permis. Mais l'avoir près d'elle était agréable. C'était bien.

Elle essaya de se dire qu'il partirait dès leur retour aux États-Unis, mais elle savait qu'elle se mentait. Arrow ne la traitait pas de la même façon que les autres victimes qu'il avait sauvées. Elle le sentait tout au fond d'elle. Elle ne savait pas du tout ce que le sort leur réservait. Elle savait seulement qu'il l'aidait à se sentir elle-même, ce qui ne lui était pas arrivé depuis très longtemps.

— Tu es incroyable, Morgan, chuchota-t-il contre ses cheveux.

Il s'écarta et il lui reprit la main.

— Allez, viens. Allons voir ce que Meat nous a trouvé à manger. Puis, nous te ramènerons voir Nina. Elle a besoin de toi. Elle ne s'adapte pas bien.

Vingt minutes plus tard, Morgan fixa les néons du bâtiment avec incrédulité.

— Un Hard Rock Cafe ? demanda-t-elle en riant.

Arrow haussa les épaules.

— Je t'ai dit que ce n'était pas du poisson.

Morgan eut l'impression d'être passée de l'autre côté du miroir. Ce n'était pas sa vie, si ?

Sans un autre mot, Arrow la tira par la main et se dirigea vers la porte.

Elle s'arrêta, refusant d'avancer.

— Quoi ? demanda Arrow, alarmé, cherchant le danger.

— Je ne vais pas entrer là-dedans ! siffla Morgan.

— Pourquoi pas ?

— Parce que ! Regarde-moi ! Je suis sale. Je sens encore le poisson. Je crois que cette puanteur est coincée dans mes cheveux pour de bon.

— As-tu faim ? demanda Arrow.

Elle leva les yeux vers lui et se mordit l'intérieur de la joue avant d'admettre :

— Oui.

— Alors, on entre. Je ne vais pas te laisser dehors, Morgan, alors ne le suggère même pas. Personne ne dira rien. Meat a déjà commandé la nourriture pour nous. Il nous suffit d'aller au comptoir et de leur dire que nous venons la chercher. Je vais payer, puis nous sortirons d'ici. Il faut dix minutes, maximum.

Elle voulut continuer à refuser, mais elle ne put pas résister aux odeurs délicieuses qui s'échappaient du bâtiment.

— Je n'aime pas ça, lui dit-elle.

— Je comprends. Et je regrette de ne pas pouvoir te conduire à l'intérieur comme si nous avions un rendez-vous galant. Tu porterais une robe noire moulante qui révélerait trop tes jambes et ton décolleté que je pourrais fixer toute la soirée. Je regrette de ne pas pouvoir être un homme différent à ce moment précis, qui ne serait pas armé pour tuer un homme de huit façons différentes, sans compter mes mains nues. Mais si j'étais un homme différent, alors je te laisserais sans doute ici en allant chercher la nourriture à l'intérieur, et tu serais vulnérable aux passants, ou à quelqu'un qui observerait l'endroit à la recherche d'une Américaine qui s'est enfuie et qu'il veut désespérément garder enfermée. Nous allons donc entrer ensemble. Je te protégerai de quiconque ose essayer de t'arracher à moi. Nous allons prendre le déjeuner commandé par Meat et nous rendre à l'hôtel, où tu pourras voir Nina. Ensuite, nous pourrons commencer à chercher qui est à l'origine de l'année infernale que tu as dû endurer, et faire quelque chose pour tes cheveux magnifiques. D'accord ?

— Je ne pense pas avoir déjà possédé une robe noire moulante, lâcha-t-elle.

Et tout d'un coup, le regard sombre d'Arrow fut remplacé par un air qu'elle ne put interpréter. Elle inspira profondément en le voyant. C'était intense : comme s'il voyait directement son manque de confiance et ses doutes dans son cerveau.

— Alors, je ferai en sorte que tu en aies une dans ton armoire quand je t'inviterai à sortir. Maintenant, viens. Je suis mort de faim.

— Et là-dessus, Morgan le suivit à l'intérieur du restaurant américain emblématique.

Exactement dix minutes plus tard, ils sortirent par la même porte. Morgan portait un énorme sac de nourriture. Arrow s'était excusé, avait dit qu'il le porterait, mais il voulait avoir les mains libres, au cas où. Elle s'était empressée d'attraper les anses, contente de le laisser s'occuper de leur protection. Ça ne la gênait pas du tout de porter la nourriture.

Elle avait l'eau à la bouche pendant qu'ils marchaient le long du trottoir en essayant de se mêler aux autres touristes. Elle se demanda pourquoi les amis d'Arrow ne s'étaient pas installés dans l'hôtel Marriott, près du Hard Rock, mais elle ne posa pas la question. Il avait ses raisons pour tout, et jusqu'ici cela avait fonctionné, alors elle n'avait pas l'intention d'émettre des doutes. Ceci était un quartier très différent de celui où elle avait été gardée en captivité. Il était plutôt touristique par comparaison, et elle se sentait donc un peu plus en sécurité.

Elle savait cependant que même à un pâté de maisons de là, les choses pouvaient changer très rapidement. Ils pouvaient être entourés d'étrangers en vacances ou d'hommes d'affaires, puis se trouver dans les bidonvilles l'instant d'après.

Ils longèrent plusieurs pâtés de maisons en direction de la rive, avant de tourner à gauche et de se diriger vers un bâtiment qui semblait complètement déplacé dans ce pays pauvre.

— Un casino ? demanda-t-elle, incrédule.

— Oui, répondit Arrow. C'est un endroit parfait pour passer inaperçu.

— On se cache à la vue de tous, hein ?

— Exactement.

Arrow la regarda avec une telle fierté qu'elle se sentit rougir. Ils passèrent sous un panneau très lumineux annonçant que le bâtiment était un hôtel et un casino, et ils se dirigèrent tout droit vers l'ascenseur. Morgan supposa qu'Arrow savait dans quelle chambre se trouvaient ses amis, et elle fut surprise lorsqu'il appuya sur le bouton de l'étage supérieur.

— Je m'étais dit qu'il faudrait une chambre pas trop haute, afin de pouvoir s'échapper plus facilement si nécessaire.

— Ce n'est pas bête, mais plus l'étage est élevé, plus il est difficile de nous surprendre. Black a installé des caméras sans fil dans les cages d'escalier et les ascenseurs. Personne ne pourra nous surprendre.

— Et s'ils ne cherchent pas à entrer discrètement, mais plutôt rapidement ? demanda Morgan.

Encore une fois, Arrow sembla content de sa perspicacité.

— Alors, ils le regretteront. Crois-moi, entre moi, un ancien Marine, Black, ancien Seal de la Navy, et Ball, ancien garde-côte solide... personne ne pourra mettre les mains sur toi ou Nina.

Elle savait qu'il voulait la rassurer, et ce fut efficace.

Savoir que les deux hommes étaient tout aussi capables qu'Arrow de les protéger, elle et Nina, aida Morgan à se détendre... un tout petit peu.

Dans le couloir, une porte s'ouvrit et une petite fille sortit en courant. Elle se précipita vers Morgan aussi vite que ses jambes purent la porter.

Laissant tomber le sac de nourriture, Morgan ouvrit les bras et attrapa Nina. Heureusement, Arrow fut là pour l'équilibrer, l'empêchant de retomber sur ses fesses.

Nina ne dit pas un mot, mais Morgan la sentit trembler dans ses bras.

— Allez, viens, ma belle. On entre dans la chambre, lui dit Arrow à l'oreille.

Morgan hocha la tête et elle se leva, avec son aide, avant de passer les bras sous Nina en la serrant contre elle pour marcher dans la direction de la chambre.

Un homme extrêmement grand, même plus grand qu'Arrow, se tenait dans l'encadrement de la porte de la chambre sept cent quarante-huit. Il avait les cheveux blonds et ses yeux étaient d'un bleu glacial. Morgan frissonna après les avoir vus deux secondes seulement. Il était presque effrayant, mais elle vit qu'Arrow était étendu à côté d'elle, alors elle sut qu'elle n'avait rien à craindre de cet homme.

L'autre homme dans la chambre n'était pas aussi grand que ses coéquipiers. Il avait les cheveux bruns et des yeux marron et il la fixait d'un regard intense. Il n'était pas non plus aussi musclé que ses amis, mais elle avait l'impression qu'il était le plus dangereux du groupe. Morgan ne savait pas du tout comment elle devinait cela, mais elle se dit qu'il valait mieux essayer de ne pas l'énerver.

— C'est bon de te voir, dit le grand homme à Arrow.

— Toi aussi, Ball. Tout se passe bien ici ? demanda Arrow.

Morgan suivit leurs mouvements des yeux. Elle était assise à l'extrémité d'un des lits, Nina toujours dans ses bras.

— Elle a été... perturbée, dit l'autre homme.

Raisonnant par élimination, Morgan supposa qu'il s'agissait de Black.

— A-t-elle eu besoin d'un traitement médical ? demanda Arrow en s'accroupissant devant Morgan et Nina.

Morgan le regarda dans les yeux lorsque Black répondit.

— Rien que j'ai pu voir. Mais je n'avais pas l'intention de la faire paniquer encore plus en l'examinant autant que je l'aurais voulu.

Morgan lut entre les lignes. Nina avait sans doute jeté un coup d'œil aux deux hommes dangereux et elle s'était renfermée. Black n'avait sûrement pas souhaité lui retirer ses vêtements pour l'examiner et la traumatiser encore plus qu'elle ne l'était déjà.

Nina gémit encore contre sa poitrine.

— Chut, bébé. Tout va bien. Ce sont des gentils. Ils ne te feront pas de mal.

La petite fille tourna la tête jusqu'à voir les yeux de Morgan.

— Pas comme les méchants qui t'ont fait du mal ?

— Non, bébé. Ils nous ont sauvées des méchants. Tu vois ? Je suis ici et je vais bien. Je me suis même douchée. N'aimerais-tu pas te laver, toi aussi ?

Elle sentit la main d'Arrow sur ses genoux, et ce petit contact suffit à l'encourager. Il lui donna la force d'essayer de gérer les traumatismes de Nina.

La petite fille hocha la tête.

— Que dirais-tu de manger d'abord ? suggéra Arrow. Je sais que Morgan a faim, et moi aussi. Aimerais-tu voir ce que nous avons pris pour le déjeuner ?

Nina posa la joue sur l'épaule de Morgan et fixa Arrow avec de grands yeux.

Morgan soupira.

— Tout va bien, Nina. Il n'est pas comme ton père. Il ne te fera pas de mal si tu fais tomber de la nourriture.

— T'obligera-t-il à faire quelque chose si tu as envie de manger ? Comme les autres hommes ? demanda doucement la petite fille, révélant ainsi que Morgan avait fait tout ce qui était nécessaire pour empêcher les ravisseurs de s'approcher de Nina.

Elle ignora les souffles coupés des hommes dans la chambre et elle se concentra sur la fillette dans ses bras.

— Non. Nous sommes en sécurité ici. Je suis en sécurité. Ce sont les gentils, répéta-t-elle.

Elle montra Arrow.

— Et voici Arrow. Son prénom est Archer. C'est ainsi qu'il a eu son surnom. Un archer, c'est quelqu'un qui tire avec un arc et des flèches.

— Comme la princesse Mérida ?

Morgan sourit.

— Exactement comme la princesse Mérida.

Elle jeta un coup d'œil à Arrow, qui sembla amusé, mais perplexe.

— C'est l'héroïne du dessin animé *Rebelle*, l'informa-t-elle.

— Je ne l'ai jamais vu, avoua Arrow. Il est bien ? demanda-t-il à Nina.

Elle hocha la tête avec enthousiasme.

— Elle est vraiment rebelle et courageuse.

Morgan sourit en entendant Nina affirmer une évidence.

— Alors, elle te ressemble beaucoup, hein ? demanda Arrow. Je parie qu'elle serait super fière de ton courage.

Nina ne répondit pas, mais Morgan vit qu'elle réfléchissait aux paroles d'Arrow. Elle prit le relais :

— Black et Ball sont aussi des gens bien. Ils ne te feront pas de mal. Ils font tout ce qu'ils peuvent pour te ramener chez ta maman.

— Maman me manque, gémit Nina.

— Je le sais, bébé. Mais pour te ramener auprès d'elle, nous devons faire ce que Black, Ball et Arrow nous disent. Ils garderont les méchants à distance. Nous devons aussi prendre soin de nous-mêmes. Ça veut dire qu'il faut rester propre et manger la nourriture qu'ils nous apportent.

— J'ai faim, chuchota Nina.

— Moi aussi. Tu veux voir ce que nous avons apporté pour le déjeuner ?

Nina hocha la tête.

Morgan leva les yeux et elle vit qu'Arrow l'observait d'un air étrange.

— Quoi ?

Il se contenta de secouer la tête et il attrapa le sac du Hard Rock Cafe. Il en sortit boîte après boîte jusqu'à ce que cela couvre presque tout le lit.

— Waouh, souffla Morgan. Je suppose que ton ami Meat s'est dit que nous avions vraiment faim, hein ?

Black gloussa.

— Il sait ce que c'est que d'être coincé dans un pays étranger et d'avoir très envie de manger un bon fast-food à l'américaine.

— Eh bien, ça se voit, fit remarquer Morgan.

Il y avait des frites, un hamburger, des nuggets de poulet, des pommes de terre au four, une salade César au poulet, des macaronis au fromage, trois steaks, un hot dog et trois morceaux de gâteau au chocolat pour le dessert.

— Il y a là assez de nourriture pour une semaine !

— Pas avec trois hommes adultes et vous deux, lui dit Arrow. Allez-y, dit-il en poussant son genou contre le sien. Choisissez ce que vous voulez. Nous prendrons ce que vous ne mangerez pas.

Franchement, Morgan avait envie de tout. Voir toute cette nourriture étalée devant elle la fit saliver.

— Que veux-tu, Nina ?

La fillette choisit le hot dog, quelques frites et un nugget. Morgan prit le hamburger, les frites, la moitié de la salade et la moitié d'une part de gâteau. Elle savait qu'elle ne pourrait jamais tout finir, mais avoir cela devant elle, c'était déjà le paradis.

Trente minutes plus tard, il ne restait plus que quelques frites et quelques bouchées de gâteau au chocolat. Nina s'était endormie à la moitié du déjeuner. Black avait expliqué qu'elle avait à peine dormi la nuit précédente parce qu'elle avait eu si peur de Ball et lui.

Morgan avait l'impression que son ventre était sur le point d'éclater, mais elle ne se souvenait pas d'avoir été déjà aussi satisfaite. Deux jours auparavant, elle n'aurait jamais cru être assise dans la chambre d'hôtel d'un casino dans un pays qui était devenu sa prison et son pire cauchemar. Non seulement ça, mais elle se sentait en sécurité et protégée. C'était presque un miracle.

Ses paupières lui semblèrent lourdes, et elle avait même un peu froid dans la chambre climatisée.

Juste au moment où elle avait décidé de s'allonger à côté de Nina et de faire une sieste elle aussi, Black dit :

— Rex veut savoir où nous devons te conduire après avoir ramené Nina à sa mère.

7

Arrow jeta un regard noir à son ami qui venait de gâcher l'humeur détendue de Morgan. C'était la première fois qu'il la voyait baisser sa garde, mais elle se raidit aux mots de Black et les lignes inquiètes sur son visage refirent surface.

Sans réfléchir, il posa la main sur son genou. Nina dormait profondément sur le lit à côté de Morgan. Elle était assise au milieu d'un lit queen size avec le dos appuyé contre la tête de lit, et lui était installé au bord du lit, près de sa hanche.

— Je... je suppose que je vais rentrer à Atlanta, dit Morgan en hésitant.

— Avant que tu prennes une décision, nous devrions peut-être avoir une discussion au sujet des gens dans ta vie, afin de découvrir qui pourrait être à l'origine de ton enlèvement, suggéra doucement Arrow.

Morgan hocha la tête, mais il remarqua qu'elle se mordait la lèvre d'angoisse.

Il voulut tendre la main et sortir sa lèvre, puis frotter la chair maltraitée avec le pouce, mais il se retint... tout juste.

— Morgan, accepterais-tu que nous appelions le reste de

l'équipe et qu'ils écoutent pendant cette discussion ? demanda Black. Nous travaillons mieux quand nous pouvons tous réfléchir ensemble.

Elle hocha la tête, mais elle continua à se mordiller la lèvre.

Arrow ne put plus le supporter. Il utilisa le pouce pour sortir la lèvre de Morgan d'entre ses dents.

— Si tu as encore faim, je pourrais te trouver autre chose à manger, la taquina-t-il.

Elle leva des yeux surpris vers lui et secoua la tête.

— Non, je n'ai plus du tout faim. Je viens de manger plus en une seule fois que ce que je recevais en général pour une semaine.

Arrow voulut alors retourner en ville et pourchasser les enfoirés qui avaient détenu Nina et elle.

— Tu peux avoir autant confiance en eux qu'en moi, lui dit-il. Je leur confierai ma vie. Je leur ai confié ma vie plus d'une fois.

— Combien êtes-vous en tout ? demanda Morgan.

Arrow écarquilla les yeux de surprise, puis il se rendit compte qu'il ne lui avait jamais vraiment parlé des autres.

— Trois. Quatre, si tu comptes Rex. Il y a Gray, Ro et Meat. Je t'ai déjà un peu parlé de Meat. C'est notre gourou de l'informatique, mais il fait également les meubles les plus incroyables. Gray est comptable quand il n'est pas en train d'escorter sa petite amie, Allye, à ses nombreux spectacles de danse. Et Ro est mécanicien. Chloé et lui se sont rencontrés il n'y a pas très longtemps, quand nous avons aidé à faire tomber son horrible frère.

Elle le fixa un moment.

— Oh... euh... d'accord. Trois ou quatre personnes qui m'écoutent, je peux m'y faire. J'avais peur qu'il y ait dix autres personnes qui entendent mon expérience humiliante.

Ball était appuyé contre le mur opposé, mais à ces mots, il se repoussa du mur et s'approcha d'eux. Arrow vit Morgan se recroqueviller à cause du mouvement soudain, mais elle le cacha vite et leva le menton presque d'un air de défi. Il était fier qu'elle affronte ses peurs, mais il détestait qu'elle ressente le besoin de se protéger de ses amis.

— Rien de ce qui t'est arrivé n'est humiliant, dit Ball d'une voix grave. Tu n'as pas demandé à être enlevée. Tu n'as pas demandé à être conduite ici. Tu n'as pas demandé tout ce qui était arrivé pendant que tu étais ici. Franchement, j'en ai plus qu'assez que les hommes utilisent leur taille et leur force supérieure pour faire du mal aux femmes et aux enfants. Particulièrement quelqu'un qui te ressemble.

— Qui me ressemble ? demanda Morgan.

— Oui. Qui ressemble à une princesse Disney. Si quelqu'un peut te faire du mal à toi, alors il n'y a vraiment pas d'espoir pour lui. Aucun.

Arrow voulut glousser en voyant le regard de Morgan, mais il se retint. Ball avait raison. Elle ressemblait effectivement à un personnage de Disney. Petite et délicate... mais il savait qu'elle avait des nerfs en acier.

— J'appelle Rex en premier, dit Black. Il nous mettra en lien avec les autres.

— Je vais nettoyer ce bazar, proposa Ball en rassemblant les boîtes et les sachets vides.

Arrow se tourna vers Morgan. Son genou la frôla, et il fut ravi de voir qu'elle ne grimaça pas.

— Si ça devient trop dur, tu pourras faire une pause.

— Je vais bien, répondit immédiatement Morgan.

— D'accord, mais il faut que tu saches que ce n'est pas un interrogatoire, insista Arrow.

Elle inspira profondément, regarda Nina qui dormait toujours, avant de se retourner vers lui.

— Je sais. Je veux connaître la vérité plus que toi, Arrow. En réalité, je suis morte de peur à l'idée de rentrer chez moi. Je ne peux m'empêcher de penser que la personne qui a fait ça m'attend déjà là-bas. Il ne s'attendait évidemment pas à ce que je m'échappe, mais maintenant que c'est fait, il sera certainement encore plus déterminé à me renvoyer ici. Sans toi et tes amis, je sais que je ne découvrirais pas qui c'est avant que ce soit trop tard. Alors, même si je ne suis pas très enthousiaste à l'idée de vous raconter les erreurs que j'ai faites dans ma vie et toutes mes bêtises, je sais qu'il le faut.

— Morgan, je...

— Je n'ai pas terminé, dit-elle en le coupant. Chaque jour de l'année passée, j'ai voulu abandonner. J'ai voulu trouver un moyen de me tuer afin de ne pas avoir à gérer ce que je traversais. Mais j'ai alors compris que si je le faisais, personne ne saurait jamais ce qui m'est arrivé. Ma mère, mes amis, Lane et même mon père se poseraient toujours la question. Je ne voulais pas mettre ce genre de fardeau sur leurs épaules. J'ai donc fait ce que j'ai pu pour me battre à travers la dépression. J'ai vécu au jour le jour. Heure par heure. Parfois même minute par minute. Je sais qu'une partie de mes sentiments viennent de la situation, mais... je n'ai encore jamais eu autant confiance en quelqu'un qu'en toi. Si tu penses qu'il vaut mieux que je ne retourne pas à Atlanta, j'en serais soulagée, et j'irai partout où tu me diras d'aller pour ma sécurité. Toi et tes amis, vous avez toute l'expertise. Je veux bien faire tout ce qu'il faut pour aller au fond des choses afin de pouvoir retourner à ma vie.

Arrow n'avait encore jamais été aussi impressionné par quelqu'un. Il le lui avait déjà dit, mais chaque fois qu'elle ouvrait la bouche, il était encore plus émerveillé. Il pensait déjà être en train de tomber amoureux, mais il était bien trop tôt pour brouiller les cartes avec des sentiments.

— Nous allons découvrir ce qu'il en est afin que tu puisses partir où tu veux et faire ce que tu veux.

— Merci.

— Tu n'es jamais obligée de me remercier, lui dit-il en prenant sa main et en déposant un baiser sur sa paume avant de refermer les doigts, comme s'il l'aidait à garder le baiser.

— Le fait que tu vives ta vie est déjà un assez grand remerciement. Je suis tellement soulagé que tu n'aies pas abandonné.

— Es-tu prête ? demanda Ball.

Arrow leva un sourcil en regardant Morgan.

Elle inspira profondément et elle ne détourna pas les yeux de lui en répondant :

— Je suis prête.

— Morgan ? demanda une voix désincarnée et modifiée par ordinateur dans le téléphone très spécial que Ball posa au pied du lit.

Il avait expliqué qu'il s'agissait d'une sorte de téléphone satellite qui ne pouvait pas être piraté.

— Oui, je suis là.

— Je m'appelle Rex. Et tout d'abord, j'aimerais te dire comme nous sommes contents de t'avoir trouvée.

— Merci. Mais je parie que je suis plus heureuse que vous, dit Morgan.

Les bruits de rires de plusieurs hommes leur parvinrent du téléphone et résonnèrent dans la chambre d'hôtel.

— Je m'appelle Gray, dit une voix grave. Je m'excuse que les autres et moi ne soyons pas avec toi en ce moment.

— Pas de problème, lui dit Morgan.

— Moi, c'est Ro, dit un homme à l'accent britannique. Si

tu as besoin de quoi que ce soit, il te suffit de poser la question et nous le trouverons pour toi.

— Et moi, c'est Meat, dit un autre homme. Si ça ne te gêne pas, je vais faire quelques recherches pendant que nous parlons. Si tu as l'impression que je pose des questions complètement aléatoires, sois indulgente. J'essaie de vérifier des informations que j'affiche sur l'ordinateur pendant que nous parlons.

— J'apprécie tout ça, leur dit Morgan. Mais sérieusement, je ne suis pas si intéressante. J'ai vécu une vie normale. Je ne comprends pas pourquoi quelqu'un voudrait me faire tout ça.

— Laisse-nous nous inquiéter de ça, lui dit Rex. Ton travail est de tout nous raconter, même si tu penses que c'est bête ou sans importance.

Arrow n'aimait pas avoir comme Morgan semblait stressée, mais il savait qu'il ne pouvait pas y faire grand-chose. Ils avaient besoin d'informations. Des informations qu'elle était la seule à détenir. Sans elle, ils tiraient dans le noir. Il tendit le bras et couvrit sa main qu'elle avait posée sur le ventre. Tout en lui se mit à fondre lorsqu'elle se détendit visiblement. C'était lui qui avait fait ça pour elle. Il se promit de faire tout son possible pour que la discussion soit plus facile pour elle.

— Parle-nous du jour où tu as été enlevée, ordonna Rex.

— Waouh, souffla Morgan. Je vois que nous n'allons pas commencer par quelque chose de facile, hein ?

— Il vaut mieux se débarrasser du plus dur, répondit Rex, qui l'avait apparemment entendue.

Morgan inspira profondément avant de commencer à parler.

— C'était un soir normal, en tout cas je l'ai cru. Je suis sortie avec un groupe d'amis et nous...

— Qui ? demanda Meat. Et où ?

— Sarah Ellsworth et son petit ami, Thomas Hunting-ton. Karen Garver et son petit ami Lance Buswell. Et mon petit ami de l'époque, Lane Buswell. Nous étions dans une boîte de nuit en centre-ville appelée Harlem Nights.

— Lance et Lane sont donc frères ? demanda Black.

Morgan hocha la tête.

— Oui, Lance a quatre ans de moins que Lane, mais ils sont assez proches.

— Que font-ils dans la vie ? demanda Meat.

— Euh... Lane est courtier immobilier et son frère travaille avec une espèce d'entreprise de construction, je crois. Je ne me souviens pas de son nom, désolée.

— Pas de problème. Je peux le trouver, la rassura Meat. Et leurs petites amies ? Que peux-tu nous dire sur les filles ?

— Karen a mon âge et elle possède sa propre boutique. Elle vend des produits d'épicerie bio et des cosmétiques et des bougies écologiques. C'était une de mes premières clientes quand j'ai commencé à vendre mon miel. Nous sommes amies depuis quelques années, et c'est moi qui lui ai présenté Lance. Sarah a quelques années de moins que moi. Je l'ai rencontrée un soir quand Lane et moi sommes sortis. Elle était barmaid et nous nous sommes bien enten-dus. Son petit ami, Thomas, je ne le connais pas aussi bien. Ils venaient de sortir ensemble et pour être franche, il a toujours été un peu distant. Il n'a jamais agi comme s'il aimait traîner avec nous. Comme si nous étions inférieurs à lui.

Morgan haussa les épaules.

— Mais je n'imagine pas que l'un d'entre eux veuille me faire du mal.

— Parfois, la dernière personne que tu penses pouvoir t'en vouloir est celle qui te déteste le plus, dit Rex sans

émotion dans la voix. Alors, que s'est-il passé ce soir-là ?
Comment t'ont-ils enlevée ?

— Comme je l'ai dit, nous étions au Harlem Nights.
C'était un jeudi et nous nous étions dit qu'il y aurait moins
de monde, car ce n'était pas le week-end. Nous avions tort.
L'endroit était bondé. Nous pouvions à peine bouger. On a
réussi à obtenir une petite table dans un coin au fond, mais
la musique était si forte que j'avais très mal à la tête. Je
voulais partir tôt, mais les autres s'amusaient bien. Je ne
voulais pas faire la rabat-joie alors, je leur ai dit de rester et
que je les rejoindrais une autre fois.

— Ton petit ami t'a laissée partir toute seule ? demanda
Arrow, qui se sentit extrêmement énervé.

Il fut encore plus contrarié quand Morgan sembla
surprise par sa question.

— Bien sûr. Nous sommes arrivés dans des voitures
séparées.

— S'il te plaît, dis-moi qu'il t'a au moins raccompagnée à
ta voiture, demanda Arrow.

Morgan secoua la tête.

— Il l'a proposé, mais je lui ai dit de rester et de
s'amuser.

— Quel connard, dit quelqu'un à l'autre bout du
téléphone.

— Continue, suggéra Black. Ignore les commentaires
des autres.

— Ce n'était pas de sa faute, dit Morgan en défendant
Lane. Nous nous étions éloignés, et à ce moment-là, nous
étions presque juste des amis, même si nous n'avions pas
officiellement rompu. J'avais l'impression qu'il s'intéressait à
une des serveuses de la boîte de nuit, et je pense qu'il était
aussi soulagé que moi quand je suis partie. Quoi qu'il en
soit, je suis sortie et j'ai marché vers ma voiture. Je m'étais

garée dans un garage public pas très loin du bar. Il y avait plusieurs personnes autour, et je n'ai remarqué personne qui me pousse à me sentir nerveuse en marchant seule. Je suis arrivée à ma voiture et j'avais les clés dans la main. Je l'ai déverrouillée et je me suis assise. C'est... c'est la dernière chose dont je me souviens. Soit quelqu'un s'est précipité vers moi par le côté, ou alors ils étaient dans ma voiture à l'arrière, et dès que je me suis assise, ils ont fait en sorte de me faire perdre connaissance.

Arrow sentit la main de Morgan se mettre à trembler, alors il la serra entre les siennes. Il fut récompensé par un petit sourire avant qu'elle continue à parler.

— J'ai plus ou moins perdu connaissance pendant un moment. Je ne sais pas du tout durant combien de temps. Je pensais être en train de rêver. Je me souviens de voix autour de moi et de gens qui se disputaient, mais pas qui ou ce qu'ils disaient. Mon ravisseur a dû me maintenir endormie, car quand je me suis enfin réveillée, je transpirais à l'arrière d'un véhicule en mouvement. Je pense qu'il s'agissait d'un camion de déménagement. J'étais dans l'obscurité et enfermée dans une sorte de cage. Je ne sais pas combien de temps nous avons voyagé, mais quand la porte a été ouverte, un homme portant un uniforme de police est venu vers moi. Je l'ai supplié de m'aider, mais il n'a pas dit un mot... il a simplement levé un pistolet et il m'a tiré dessus.

Arrow sursauta et Ball posa la question qu'il avait au bout de la langue.

— Quoi ? Il t'a tiré dessus ?

— Avec une espèce de fusil anesthésiant, leur expliqua vite Morgan. J'ai retiré la fléchette aussi vite que possible, mais c'était trop tard. Le produit a agi très vite et je me suis encore une fois endormie. Bref, c'est arrivé plusieurs fois. On m'a gardée dans cette cage pendant ce que j'estime être plusieurs jours. Je n'ai même pas eu le droit de sortir pour aller aux toilettes.

Elle baissa la tête et une nouvelle fois, Arrow eut envie de retourner à la maison où ils avaient trouvé Nina et Morgan afin de tuer tout le monde.

— Ils m'ont traité plus mal qu'un chien, continua-t-elle. J'avais le droit à une bouteille d'eau par jour, et ils ne prenaient la peine de me nourrir que de temps en temps. À un moment donné, j'ai dû être embarquée à bord d'un avion, mais à ce moment-là j'étais déjà tellement assommée et déprimée que je n'ai pas fait trop attention. J'ai été conduite ici à Santo Domingo... et finalement, vous êtes apparus.

Arrow fronça les sourcils. Elle omettait beaucoup de choses... une année de détails. Et même s'il voulait lui épargner de revivre tout ça, ils avaient besoin de tout savoir. Pas seulement pour découvrir qui était à l'origine de son enlèvement, mais aussi pour l'aider émotionnellement.

— As-tu été maintenue en captivité dans la même maison tout le temps ? demanda Arrow.

— Non. On m'a... faite tourner... on va dire. J'ai été gardée dans une maison pendant un moment, puis droguée, remise dans la cage, chargée dans un camion et déplacée dans une autre maison. Je ne sais pas du tout ce qui a été dit par les gens qui me détenaient, car je ne connais pas l'espagnol. Je regrette de ne pas l'avoir au moins pratiqué au lycée... j'aurais pu comprendre *quelque chose*. Certains des hommes qui me gardaient étaient plus gentils que d'autres. Certains m'ont nourrie plus souvent que les autres et n'ont pas... vous savez. J'étais déménagée toutes les deux semaines environ, au moment où je commençais à reconnaître les hommes qui me surveillaient.

— Que veux-tu dire ? demanda Gray.

— Ils avaient une espèce d'emploi du temps qui tournait, leur dit Morgan. J'en ai compté dix. Je reconnaissais même les chambres dans lesquelles ils me gardaient au bout d'un moment.

— Hmm d'accord, il y avait donc un groupe principal de dix hommes responsables de te garder, avant de te transporter jusqu'à la personne suivante sur la liste. C'est malin, commenta Gray. Ces dix hommes sont sans doute ceux qui partageaient l'argent reçu pour te garder ici.

— Nous devons te conduire à l'hôpital, dit Rex. Il faut te faire examiner, surtout si on considère ce que tu as traversé entre les mains des hommes qui t'ont gardée captive.

— Non ! dit Morgan avec force. Je veux seulement sortir de Santo Domingo.

— Morgan... commença Rex dont la compassion était facile à entendre, malgré la voix modifiée.

— Écoutez. Je ne suis pas une idiote, dit fermement Morgan. Je sais qu'il faut que je me fasse examiner au cas où ils m'auraient transmis des maladies, mais tout ce qui ne va pas avec moi aujourd'hui ne partira pas, même si je vois le docteur ce soir. Je n'ai pas d'objection à l'idée d'en voir un, mais pas ce soir. Et pas *ici*.

Il y eut un moment de silence dans la chambre. Arrow sentit la colère s'accumuler dans sa poitrine. Morgan ne leur avait raconté rien de ce qu'il avait déjà deviné, mais cela sembla soudain beaucoup plus personnel. Il regretta de ne pas avoir croisé davantage de ses ravisseurs pendant le sauvetage. Il souhaitait leur mort à tous. Jusqu'au dernier.

— Je comprends ta réticence, mais nous pourrions faire contrôler le médecin que tu verrais par Rex, afin de t'assurer qu'il ou elle va bien. Et tu as raison, voir un médecin ce soir ne fera pas soudain disparaître tout problème, mais ça pour-

rait empêcher les choses d'empirer, dit Arrow aussi doucement qu'il le put.

— S'il vous plaît, chuchota-t-elle. Je ne peux pas. Pas ici.

Arrow hocha la tête en soupirant. Il n'était pas ravi de sa
décision, mais il ne pouvait pas la forcer à voir un médecin.

— Parle-nous de tes parents, concéda Rex en changeant
de sujet.

Arrow fut soulagé. Morgan n'arrivait pas trop à parler de
son temps en captivité. Personne ne demanda des détails de
ce qu'elle avait traversé entre les mains de ces dix hommes.
Ils le savaient. Il se dit qu'il allait l'encourager à voir un psy
dès que possible après le retour aux États-Unis... mais pas
avant d'avoir vu un médecin.

— Mes parents ? demanda Morgan en écarquillant les
yeux, perplexe.

C'était un gros changement de sujet, mais Arrow savait
que Rex l'avait fait pour la sortir des mauvais souvenirs qui
devaient lui tourner dans la tête.

— Oui. Ils sont divorcés, n'est-ce pas ?

— Oui. *Très* divorcés. Ma mère déteste mon père, et mon
père n'est pas non plus très amical avec ma mère. Ils se sont
mariés assez jeunes et je suppose que c'était bien pendant
un moment, mais quand je suis née et que c'est devenu plus
dur, ils se sont éloignés. Mon père a trompé ma mère, et elle
l'a trompée à son tour. Le divorce a mis longtemps à être
finalisé parce qu'ils se disputaient pour chaque petite chose.
Pour finir, mon père a dû payer une pension alimentaire à
ma mère, ce qui l'a énervé, et ma mère était furieuse qu'il
puisse demander à me voir aussi souvent qu'il le voulait
puisqu'il payait la pension. Je n'étais pas très proche de mon
père parce que j'ai grandi en écoutant les histoires affreuses
que ma mère me racontait à son sujet. Je passais les week-
ends chez lui, mais quand j'étais vraiment très jeune, je

pleurais en demandant ma mère tout le temps. Ce n'est qu'à la fac que j'ai compris combien l'attitude amère de ma mère envers lui m'avait affectée. J'ai fait un effort pour essayer de mieux le connaître après ça.

— Cela a-t-il fonctionné ? demanda doucement Arrow.

Morgan haussa les épaules.

— Un peu. Nous n'étions quand même pas très proches. Mais nous avons tous les deux fait des efforts. Il était très occupé par son travail de directeur financier d'une entreprise faisant partie des 500 cotées par le magazine Fortune. Moi, j'étais occupée par l'université et les amis et puis mon lancement dans l'apiculture.

— Où en était votre relation quand tu as été enlevée ? demanda Meat.

— Elle était cordiale. Je ne l'appelais pas vraiment tout le temps pour bavarder, mais quand nous déjeunions par exemple, il n'y avait pas vraiment de rancune, dit Morgan.

— Et ta mère ? demanda Meat.

— Quoi donc ?

— Qu'a-t-elle pensé du fait que tu essaies d'avoir une meilleure relation avec ton père ? clarifia Meat.

— Elle était d'accord. Je veux dire, je suis adulte. Elle ne voulait pas savoir quand je le voyais ou ce dont nous parlions, mais elle a fini par admettre que puisqu'il était mon père et qu'il le serait toujours, c'était une bonne chose que j'ai une sorte de relation avec lui.

— Que fait ta mère comme travail ? demanda Ball.

— Elle est assistante dentaire.

— Toi et elle, vous n'avez pas le même nom de famille, n'est-ce pas ? demanda encore Meat.

— Non. Elle a repris son nom de jeune fille, Jernigan, après le divorce. Elle voulait officiellement changer mon nom, mais mon père a résisté et il a refusé de la laisser faire.

— Sais-tu où était ton père la nuit où tu as été kidnappée ? demanda Meat.

Morgan fronça les sourcils et elle secoua la tête.

— Non. Je n'en ai aucune idée. Nous n'étions pas assez proches pour savoir ce que faisait l'autre. J'avais déjeuné avec lui la semaine précédente, mais c'est tout.

— D'après les rapports de police, il n'a pas d'alibi. En tout cas, pas un qui puisse être corroboré, dit Rex. Il a quitté le travail vers dix-huit heures, ce qui a été confirmé par sa carte d'employé, et sa voiture a été vue quittant le parking sur une caméra de vidéosurveillance. Il dit être rentré tout droit chez lui et qu'il a passé la nuit à la maison, mais d'un autre côté, il n'a personne pour confirmer ses dires.

— Vous pensez que c'est mon *père* qui a fait ça ? demanda Morgan, incrédule. Impossible.

— Pourquoi pas ? Le père de Nina l'a enlevée de la seule maison qu'elle a connue et il n'avait pas l'intention de la ramener, dit Black. Ça arrive, Morgan. Tout le temps.

— Pas mon père, insista-t-elle.

— Tu as dit toi-même que tu ne le connaissais pas très bien, dit Rex sans la moindre trace de compassion dans sa voix. Peut-être s'est-il vengé parce que tu l'as rejeté pendant toutes ces années. Ou bien il s'est vengé de ta mère parce qu'elle l'avait trompé. Les humains peuvent garder une rancune pendant très longtemps, Morgan. Nous ne pouvons éliminer personne comme suspect.

— Très bien, cracha Morgan dont les yeux lancèrent des éclairs vers le téléphone posé au bout du lit. Dans ce cas, c'est peut-être Lane qui l'a fait parce qu'il ne voulait pas que je fréquente quelqu'un d'autre, alors même qu'il ne m'aimait plus. Peut-être que Lance avait le béguin pour moi et qu'il me voulait pour lui tout seul, ou bien il était furieux que j'aie l'intention de rompre avec son frère. Non, je sais...

c'est peut-être Karen et Sarah ensemble, et elles ont juste voulu que quelqu'un me fasse peur, et ça a dérapé. Ou quelqu'un en boîte de nuit ce soir-là m'a vue et s'est dit qu'il allait simplement m'enlever.

Elle respirait fort, comme si elle venait de courir à toute vitesse.

Arrow murmura :

— Du calme, ma belle.

Morgan se tourna alors vers lui.

— Non ! C'est n'importe quoi.

— Ce n'est pas parce que nous nous intéressons à quelqu'un que nous pensons nécessairement que c'est cette personne qui est coupable, dit-il d'un ton apaisant.

— Alors, pourquoi en parler ? rétorqua Morgan d'un ton angoissé. Vous pourriez aussi bien accuser toutes les personnes auxquelles j'ai vendu du miel, ou le sans-abri auquel je donne de l'argent quand je vais en centre-ville pour rejoindre mon père, ou mon prof de cinquième pour lequel j'avais le béguin quand j'avais douze ans. Vous pourriez aussi bien accuser ma mère, ou mon facteur, ou le videur de la boîte de nuit. Où est-ce que ça s'arrête ? À quel moment la liste commence-t-elle à rétrécir ? Si vous accusez mon propre père de m'avoir enlevée, cela pourrait être n'importe qui avec qui j'ai échangé quelques mots dans ma vie.

— C'est exactement cela, répondit Rex avec sévérité. Ça peut être n'importe qui, Morgan. Plus tôt tu le comprendras, plus vite tu seras capable de réfléchir clairement et de nous aider à trouver la solution. Les gens peuvent être mauvais. Certains le cachent seulement beaucoup mieux que d'autres. Nous ne pointons le doigt sur personne pour l'instant. Nous parlons juste. Nous essayons d'obtenir des informations sur les personnes les plus proches de toi afin de pouvoir les éliminer. Nous ne ferions pas notre travail si nous rejetions quelqu'un simplement parce que tu penses qu'il ne peut pas être coupable. Nous sommes doués dans ce que nous faisons parce que nous ne sommes pas liés émotionnellement aux personnes de l'affaire.

Arrow garda le regard rivé sur Morgan. Il ne pouvait pas détourner les yeux, même si sa vie en dépendait. Il voulait la prendre dans ses bras et lui assurer qu'ils allaient trouver la solution. Elle était en sécurité. Mais il ne le pouvait pas. Il n'en avait pas le droit. Il devait rester là et la regarder pendant que son monde était encore une fois mis en pièces.

Il aurait dû savoir qu'elle allait puiser dans ses ressources et trouver la même force qu'elle avait utilisée pour traverser les épreuves jusqu'ici. Elle ferma les yeux et inspira profondément. Puis elle inspira encore.

Arrow se serait écarté, lui laissant de l'air pour respirer, si elle n'avait pas tourné sa main dans la sienne et serré avec tant de force qu'il savait qu'elle laissait des marques en demi-lune autour de sa main.

— Tu as raison. Pardon. C'est juste... c'est tellement difficile.

— Je sais que c'est dur, répondit Rex. Tu y arrives très bien. Et encore une fois, nous sommes tellement soulagés et heureux de t'avoir retrouvée. Je ne vais pas t'ennuyer avec des statistiques, mais j'imagine que tu as entendu dire qu'en général, les personnes qui disparaissent aussi longtemps que toi ne sont pas retrouvées, et si elles le sont, alors elles ne sont pas en état de marcher et de parler, si tu vois ce que je veux dire.

— Oui. Merci, répondit Morgan.

Nina sursauta sur le lit et commença à gémir de détresse. Morgan se tourna immédiatement vers elle et passa la main sur sa tête.

— Tout va bien, dit-elle doucement. Tu es en sécurité. Rendors-toi, bébé. Je suis là.

Ses paroles eurent l'effet voulu. Nina s'apaisa sans même s'être complètement réveillée.

— Comment va-t-elle ? demanda Gray doucement.

— Je ne sais pas trop, répondit Morgan.

— Elle a eu une nuit difficile, expliqua Black. Elle s'est réveillée en hurlant à peu près toutes les heures. Rien de ce que nous avons fait n'a fonctionné, et elle avait très peur de nous.

— Le fait que Morgan soit là l'aide vraiment, ajouta Ball. Je pense que le fait que ce soit une femme joue en sa faveur.

— C'est plus que cela, rétorqua Arrow. C'est Morgan. Elle a protégé Nina quand elles étaient ensemble dans cet enfer. Nina sait que Morgan était la seule chose qui la séparait d'un danger extrême. Il lui faudra un moment pour que ce sentiment de vulnérabilité s'estompe.

— Ce qui nous conduit à un autre point, reprit Rex, et nous ramène au début de la conversation. Où conduisons-nous Morgan quand vous reviendrez aux États-Unis ?

Pendant un instant, personne ne dit mot.

— Pendant que nous parlions, j'ai fait des recherches sur Ellie Jernigan, dit Meat.

— Ma mère ? Pourquoi ? Qu'est-ce qui ne va pas ? Elle va bien ? demanda Morgan.

— Elle va bien, la rassura vite Meat. Mais elle ne vit plus à Atlanta. Elle a déménagé.

— Ah bon ? Où ça ?

— Albuquerque, au Nouveau-Mexique, précisa Meat. On dirait qu'elle a déménagé là-bas quelques mois après ton enlèvement. Apparemment, elle a voulu s'éloigner de la ville, de ton père et des journaux télévisés qui parlaient constamment de ta disparition. Cependant, elle a appelé les inspecteurs responsables de l'enquête toutes les semaines en souhaitant connaître d'éventuelles nouvelles informations, et s'il y avait des pistes concernant ta disparition. Elle a expliqué à un journaliste qu'elle n'était restée à Atlanta que parce que tu étais là. Elle a trouvé un travail auprès d'un dentiste d'Albuquerque et elle vit une vie tranquille.

— Waouh. Je n'aurais jamais cru qu'elle déménagerait, répondit Morgan.

— Albuquerque n'est pas si loin de Colorado Springs, dit doucement Arrow. Ce n'est qu'à cinq heures ou cinq heures et demie.

Elle le fixa et il vit qu'elle comprenait exactement pourquoi il l'avait mentionné. Elle finit par demander :

— Quelqu'un a-t-il dit à mes parents que je suis en vie ?

— Pas encore, répondit Rex.

— Après notre discussion d'aujourd'hui, sur le fait que n'importe lequel de mes amis pourrait être à l'origine de mon enlèvement, je ne suis pas très à l'aise à l'idée de retourner à Atlanta. J'ai l'impression que je passerai mon temps à regarder derrière moi, à me demander si quelqu'un me suit. Chaque fois que je parlerai à Lane ou Karen ou n'importe quelle personne avec laquelle je travaillais, je me demanderai s'ils sont en train de comploter pour me renvoyer ici. J'aime assez l'idée de recommencer dans une nouvelle ville comme Albuquerque. Je n'y ai encore jamais été.

— Comme ils disent là-bas, il fait chaud, oui, mais c'est une chaleur sèche, dit Black avec un sourire.

Morgan gloussa et Arrow fut soulagé. C'était un rire un peu tendu, mais elle faisait un effort. Il était tellement fier d'elle.

— Ta mère serait-elle contre l'idée que tu vives avec elle le temps de trouver tes repères ? demanda-t-il à Morgan.

Elle secoua lentement la tête.

— Je ne le pense pas. Je veux dire, elle a pleuré le jour où je suis partie à l'université. Même après mon diplôme, elle voulait que je revienne vivre avec elle. Elle adorait venir me rendre visite et nous parlions de mes abeilles et de mon entreprise pendant des heures. Je ne pense pas qu'elle serait contre l'idée que j'emménage avec elle maintenant. Surtout pas alors que je reviens plus ou moins d'entre les morts.

— Je vais l'appeler et lui parler, proposa Gray. Je lui raconterai autant que possible comment tu vas et où tu as été. Ensuite, je lui demanderai si elle veut bien que tu restes chez elle le temps que tu te remettes sur pied.

— Cependant, je devrais sans doute retourner à Atlanta. Au moins pendant quelque temps. Je dois voir mes abeilles. Et mon entreprise. Je devrais sans doute aussi aller voir Lane. Et mon père. Je dois…

— Nous nous occuperons autant que possible du côté financier, lui répondit Rex. Bien sûr, tu voudras voir ton père et tes amis, mais ne t'inquiète pas pour tes biens et les choses légales et administratives. Nous ferons envoyer tes affaires au Nouveau-Mexique. Et si des choses ont été vendues ou données, nous t'en achèterons d'autres.

Arrow détesta le regard triste qui passa sur son visage quand elle pensa à la vente de ses affaires, mais elle se remit suffisamment pour remercier Rex.

— Merci. Il faudra sûrement que je calcule mes impôts pour le travail, mais j'espère surtout que mes abeilles vont bien.

— Je t'aiderais à en acquérir d'autres, dit Arrow.

Il détestait ces foutues bestioles. Depuis qu'il avait regardé une émission sur les abeilles tueuses quand il était petit, il ne supportait plus aucun type d'insecte volant et piquant : les abeilles, les guêpes, les frelons… même les bourdons l'horrifiaient. Mais pour Morgan, il pouvait surmonter son aversion.

— Merci, chuchota-t-elle en le fixant avec beaucoup de gratitude.

Arrow vit qu'elle était à bout de forces.

— Je crois que cette conversation est terminée, dit-il à leur patron. Morgan est crevée, et la journée a été longue.

— Compris, répondit Rex. Alors, Morgan, une dernière question : es-tu d'accord pour passer brièvement à Colorado Springs ? Je vais travailler sur ce que tu m'as dit, et je suis certain que j'aurais d'autres questions. Une fois que tu auras rencontré le reste de l'équipe, nous pourrons t'accompagner à Albuquerque, chez ta mère.

— Oui, ça me va, répondit-elle. Mais comment allez-vous me faire sortir du pays ? Je n'ai pas de papiers d'identité.

— J'ai travaillé avec Rex, et c'est réglé, dit Meat. Et si quelqu'un pose la question... c'est toi qui as signé le formulaire pour obtenir une copie de ton passeport de la part de l'ambassade américaine de Santo Domingo.

Arrow fut soulagé de voir un léger sourire sur le visage de Morgan.

— Compris. Merci, Meat.

— Pas besoin de me remercier. Il te suffit de prendre soin de toi et de ramener tes fesses à la maison. Il me tarde de te rencontrer.

— Pareillement.

Après quelques politesses, Rex coupa la connexion. Un vol était prévu pour le lendemain. Ils allaient quitter Santo Domingo et voler tout droit jusqu'à Colorado Springs, où les attendait la mère de Nina. Arrow se rappela qu'il devait parler à Morgan de ce à quoi elle devait s'attendre et comment gérer la presse, mais pour l'instant il voulait qu'elle se détende, rassurée par le fait d'être en sécurité. En sécurité avec lui.

— Veux-tu faire une courte sieste ? lui demanda Arrow.

— Je pourrais bien dormir, oui, répondit-elle.

— Bien. Black et Ball vont sortir pour vous trouver des affaires à toi et Nina. D'autres affaires de toilette, quelques vêtements... des choses comme ça. Aimerais-tu demander quelque chose en particulier ou une marque plutôt qu'une autre ?

Arrow avait brièvement discuté avec ses coéquipiers avant qu'ils appellent Rex, et ils s'étaient mis d'accord non seulement pour retourner dans le quartier où Morgan et lui avaient été pourchassés afin de rassembler des informations, mais aussi pour faire quelques courses.

— Ce n'est pas nécessaire... commença Morgan, mais Black l'interrompit.

— Je ne suis pas fan des courses, lui dit-il. J'ai de la chance si je me rends dans mon épicerie locale une fois par quinzaine. Je préfère faire mes courses en ligne, mais pour toi, je serais ravi d'acheter ce dont tu as besoin pour te sentir mieux. Laisse-nous faire ça pour toi, Morgan. Laisse-nous t'aider.

— Eh bien, waouh, dit comme ça, comment puis-je refuser ? plaisanta-t-elle.

— Tu ne le peux pas, affirma Black. Mais ne t'y habitue pas. Je peux te garantir que lorsque nous retournerons à Colorado Springs, Allye et Chloé prendront le relais pour le shopping.

— Ce sont les petites amies de Gray et Ro, n'est-ce pas ? demanda-t-elle.

— Oui, lui dit Arrow. Et elles sont aussi incroyables et fortes que toi.

Il adora la voir rougir légèrement.

— Il me tarde de les rencontrer, dit doucement Morgan. Ça fait longtemps que je n'ai pas eu la compagnie d'une femme.

— Veux-tu que l'on rapporte quelque chose en particulier ? demanda Ball.

Morgan secoua immédiatement la tête.

— Non. Ça fait si longtemps que je n'ai rien porté d'autre que ça – elle montra le tee-shirt et le jean – que n'importe quoi serait déjà le paradis. Mais... Nina est obsédée par Elsa, du film *La Reine des neiges*. Nous avons parlé d'elle plusieurs fois et imaginé comme ce serait bien de faire apparaître une tempête de neige dans la chambre étouffante où nous étions emprisonnées.

Elle sourit avant d'ajouter :

— Si vous trouvez quelque chose en lien avec ce film, cela pourrait contribuer à ce qu'elle vous fasse un peu plus confiance.

— Considère que c'est fait, dit Black. Je déteste voir ce genre de terreur dans les yeux d'une enfant, particulièrement quand tout ce que nous voulons faire, c'est l'aider.

Et là-dessus, les deux hommes levèrent le menton et disparurent par la porte de la suite, laissant Morgan et Arrow seuls avec Nina endormie.

8

Morgan se réveilla quelques heures plus tard, momentanément perdue et morte de peur. Il faisait froid, ce qui était
inhabituel. C'était le premier signe qu'elle n'était plus
prisonnière.

Elle ouvrit les yeux...

Et elle se jeta immédiatement sur la gauche, s'éloignant
de l'homme qui se tenait au-dessus d'elle.

— Mince, Morgan. Je suis désolé ! C'est moi. Arrow. Tout
va bien. *Merde.*

Arrow. Morgan cligna des paupières et s'assit lentement
sur le lit. Nina n'était plus à côté d'elle et Arrow et elle
étaient seuls dans la chambre.

— Es-tu réveillée ? Je suis vraiment désolé, ma belle.
J'ai cru que tu avais entendu Nina se réveiller et sortir
du lit. Elle est dans votre chambre avec Ball et Black...
ce qui est un grand pas pour elle. Ils ont trouvé une
vidéo du film *La Reine des neiges* ainsi que quelques
jouets. Elle est en ce moment même au paradis des
petites-filles : elle regarde le film en jouant avec les
figurines.

Morgan apprécia le fait qu'Arrow lui parle pour lui donner le temps de trouver ses repères.

— Je ne l'ai pas entendue partir, dit-elle, stupéfaite. Je n'arrive pas à y croire. Quand nous étions dans cette maison, si elle ne bougeait que d'un centimètre, j'étais immédiatement réveillée. Je ne voulais surtout pas prendre le risque que des hommes décident de la choisir à ma place.

Arrow s'assit lentement au bord du matelas en lui laissant beaucoup d'espace.

— Je pense qu'une part de toi sait que vous êtes toutes les deux en sécurité ici. Black et Ball ne lui feront jamais aucun mal, à toi non plus.

— Je sais. C'est juste...

La voix de Morgan s'estompa.

— Rex travaille avec une thérapeute qui se spécialise dans les crimes contre les femmes. Je pense que cela te ferait beaucoup de bien de lui parler.

Morgan voulut immédiatement protester. Elle voulut dire qu'elle allait bien et qu'elle n'avait pas besoin de parler à qui que ce soit de ce qui lui était arrivé. Mais elle savait qu'elle se mentait. Elle avait traversé un enfer. Et si elle voulait un jour reprendre une vie normale, elle devait purger la haine et la peur de son cœur. Contre ses ravisseurs, contre la personne à l'origine de son enlèvement, et contre elle-même. Elle voulait être fière d'avoir survécu. Mais pour l'instant, elle ne ressentait que du dégoût.

Elle détestait avoir fait ce qu'elle avait fait. Détestait s'être arrêtée de lutter contre ses ravisseurs. C'était plus facile et moins douloureux de céder et de les laisser prendre ce qu'ils voulaient que de se battre.

Si parler avec quelqu'un pouvait la convaincre qu'elle avait agi ainsi dans le but de survivre, lui permettre un jour d'aimer à nouveau le sexe, et avec un peu de chance lui permettre d'avoir une relation avec un homme, elle était prête à le faire.

Observant Arrow d'en bas, Morgan pensa qu'il représentait une grande partie de la raison pour laquelle elle voulait à nouveau se sentir normale. Tout chez lui l'attirait. Sa taille. Ses muscles. La barbe mal rasée sur ses joues. Le fait qu'il avait avoué être claustrophobe. La façon dont il la serrait contre lui quand elle en avait besoin et gardait ses distances à d'autres moments. Il était extrêmement perspicace en ce qui la concernait, et sa manière de faire passer les besoins de Morgan avant les siens avec autant de facilité lui faisait tourner la tête. Cela faisait si longtemps que personne ne s'était soucié d'elle.

Elle avait peur de ressentir tout cela pour lui simplement parce qu'il l'avait sauvée, et c'était la seule chose qui l'empêchait de se jeter dans ses bras. Elle en avait envie, cependant ; terriblement envie ! Elle ne s'était pas sentie en sécurité depuis une éternité, jusqu'à ce qu'il la serre contre lui.

— D'accord, lui dit-elle au bout de plusieurs minutes bien trop longues. Je ne suis pas vraiment à l'aise pour parler de ce qui m'est arrivé, mais je ne veux pas non plus que cela m'enfonce. Je ne veux pas être une folle sans domicile dans dix ans, me débattant toujours avec les conséquences de mon enlèvement.

— Que veux-tu ? demanda-t-il sérieusement.

— Je veux avoir une famille. Une petite fille à laquelle je peux apprendre à se défendre et à avoir de la compassion pour ceux qui peuvent être différents. Je veux un fils auquel je peux apprendre à être altruiste et protecteur.

— Et un mari ? demanda Arrow.

— Ça aussi, chuchota Morgan en ne détournant pas les yeux de son regard intense. Je veux quelqu'un en qui je peux avoir confiance pour m'aider avec les enfants et les corvées de la maison. Je veux épouser mon meilleur ami, qui me fera rire même quand rien ne va plus. Je veux danser des solos dans la cuisine à minuit, simplement parce que nous le pouvons. Je veux *vivre*, Arrow.

Arrow ne dit rien pendant un long moment, mais il vit le désir et la fierté reflétée dans ses yeux en la regardant.

— Tu auras ta famille, dit-il. Je ne crois pas que quelqu'un ou quelque chose puisse t'empêcher d'obtenir ce que tu veux.

— Merci, chuchota-t-elle, enivrée par l'admiration dans son regard.

Cela faisait longtemps qu'elle n'avait rien senti d'autre que du dégoût en compagnie d'un homme. Elle était loin d'être prête pour une relation, mais elle ne pouvait nier qu'elle aimait ce qu'elle voyait quand elle regardait Arrow.

Il s'éclaircit la gorge.

— Je suis venu voir si tu voulais essayer de démêler tes cheveux. Les autres ont trouvé du démêlant.

Il montra un flacon blanc.

Gênée, Morgan posa la main sur sa tête. Elle savait que ses cheveux étaient dans un état horrible, elle les avait vus dans le miroir. Elle n'avait pas voulu les couper, mais elle avait peur que ce soit inévitable.

— D'accord. Mais je ne sais pas si on pourra y changer quelque chose, lui dit-elle franchement.

Arrow se leva et il lui tendit la main.

— Nous pouvons essayer.

Elle aimait ce *nous*.

Elle posa la main sur la sienne et il l'aida à se relever. En marchant main dans la main vers la salle de bains, Arrow dit :

— Oh, ils vous ont acheté quelques vêtements quand ils

étaient dehors. Je ne garantis pas qu'ils soient très à la mode, mais moi, j'aimerais voir brûler les vêtements que tu portes maintenant.

Morgan s'arrêta brusquement et Arrow se tourna pour voir quel était le problème.

— Ils m'ont acheté des vêtements ?

— Oui. Un jean. Un jogging. Un pyjama. Des culottes et un soutien-gorge de sport. Et quelques tee-shirts afin que tu puisses décider ce que tu préfères. Ils ont acheté à peu près la même chose pour Nina... y compris une chemise de nuit avec Elsa de *La Reine des neiges* dessus.

Il sourit comme un petit enfant.

Morgan sentit les larmes lui envahir les yeux, et elle ferma les paupières en essayant de reprendre le contrôle de ses émotions.

— Tout va bien, la rassura Arrow. Je sais que ça peut te sembler beaucoup.

— Non, rétorqua Morgan sans ouvrir les yeux. Ce n'est pas beaucoup, c'est carrément tout. Ça fait des mois que personne n'a fait quelque chose de gentil pour moi. Enfin, quelque chose de désintéressé.

Elle sentit les doigts d'Arrow lui frôler la joue en une caresse presque imperceptible avant qu'il tire sur sa main, l'encourageant à continuer jusqu'à la salle de bains.

— Il faut que tu t'y habitues, ma belle, dit-il. Je découvre que faire des choses gentilles pour toi pourrait devenir ma nouvelle mission dans la vie.

Morgan gloussa. Étrangement, l'idée qu'Arrow fasse des choses pour elle ne la mettait pas mal à l'aise, comme cela avait parfois été le cas dans le passé quand les hommes avaient fait de leur mieux pour l'impressionner. C'était peut-être le temps qu'elle avait passé en captivité qui lui faisait apprécier les petites choses.

Arrow attrapa le seau à glace en route vers la salle de bains. Morgan resta debout, un peu embarrassée, pendant qu'Arrow posait le démêlant au bord de la baignoire. Il mit les mains sur les hanches en scrutant la pièce. Il se tourna vers elle et indiqua la baignoire.

— Vas-y et installe-toi là-dedans. Je vais m'asseoir sur le bord et travailler sur tes cheveux.

— Euh... je ne sais pas trop...

Morgan ne savait pas comment lui dire qu'elle n'avait pas l'intention d'être nue avec lui là-dedans, malgré l'incident au bain de la nuit précédente.

Elle fut surprise de voir Arrow rougir.

— Je ne voulais pas dire que tu devais te déshabiller. Je me suis dit que quand nous aurons fini ça, tu pourras jeter ton tee-shirt et ce jean. Tu peux les garder pendant que je travaille sur tes cheveux, et quand j'aurai terminé, tu pourras prendre une douche et j'irai chercher ce que les autres t'ont acheté aujourd'hui.

— Oui, ça pourrait marcher, dit Morgan, soulagée.

Arrow fit un pas vers elle et elle se força à ne pas reculer.

— Je ne ferai jamais volontairement quelque chose pour te mettre mal à l'aise, Morgan. Je sais que tout ceci est dur pour toi. Et franchement, c'est aussi dur pour moi. Je ne suis normalement pas quelqu'un de doux. Je jure beaucoup trop, et je dis et je fais des choses qui ne sont pas respectables en société. Je me moque de la mode. Mais je ferai tout ce que je peux pour rendre la transition vers ton ancienne vie aussi facile que possible.

— Je ne suis pas sûre de vouloir retourner à mon ancienne vie, lâcha Morgan.

Au lieu de sembler choqué ou inquiet, Arrow se contenta de hocher la tête.

— Ça ne m'étonne pas. Tu es une personne complètement différente d'il y a un an. Et ce n'est pas une mauvaise chose. Tu as traversé des épreuves que peu de personnes vivent, et tu es sortie de l'autre côté en étant une Morgan Byrd différente.

— Je me sens déjà coupable, avoua-t-elle.

— Ne le sois pas, rétorqua immédiatement Arrow. Tu es qui tu es. Si tes anciens amis ne peuvent pas s'y faire, alors trouves-en des nouveaux. Tu n'es pas obligée de faire tes preuves pour qui que ce soit et tu n'as de comptes à rendre à personne sauf toi-même.

— Merci, chuchota Morgan.

— Avec plaisir. Maintenant, viens.

Il lui tendit la main.

Morgan permit à Arrow de l'aider à enjamber le bord de la baignoire, et elle s'assit les jambes croisées avec le dos vers lui. Elle le sentit s'installer derrière elle, les jambes de chaque côté de ses épaules.

— Tu vas te mouiller, l'avertit-elle.

— Oui, acquiesça-t-il.

Il tendit la main et ouvrit l'eau, attendant qu'elle se réchauffe avant de remplir le seau à glace qu'il avait mis à sa portée.

— Ferme les yeux et incline la tête en arrière, dit-il.

Morgan obéit et elle soupira de contentement quand l'eau chaude tombe en cascade sur sa tête. Elle coula aussi sur son front et son visage et sur le tee-shirt qu'elle portait, mais elle s'en moquait. Ses cheveux furent rapidement trempés et elle entendit Arrow ouvrir le flacon de démêlant. La crème était froide sur sa tête maintenant réchauffée, mais elle fut très étonnée par la patience et la douceur d'Arrow qui imprégnait ses cheveux de démêlant.

— Tu es doué pour ça, fit-elle observer au bout de quelques minutes.

— J'ai eu de l'entraînement.

Morgan se raidit. Oh, merde. Elle n'avait même pas demandé s'il était marié ou s'il avait des enfants. Était-elle attirée par un homme marié ? Avait-elle mal compris les signaux qu'il envoyait ? Et si c'était le cas, pourquoi agissait-il comme si elle lui plaisait ? Comme si elle lui plaisait plus qu'une simple fille qu'il sauvait ?

Avant de pouvoir paniquer davantage, il ajouta sur le ton de la conversation :

— Ma sœur a sept ans de moins que moi. C'était un vrai garçon manqué. Elle passait son temps à se traîner dans la boue et les saletés. Mon père est mort quand j'étais jeune, et ma mère a beaucoup travaillé pour joindre les deux bouts, alors c'était le plus souvent à moi de coucher Kandi le soir, et cela voulait dire que je devais l'aider avec son bain et retirer toutes les saletés de ses cheveux.

Morgan se détendit un peu. Puis elle tourna la tête afin de pouvoir le regarder en demandant :

— Le nom de ta sœur est Kandi ?

Arrow sourit.

— Oui. Je ne sais pas ce qui est passé par la tête de ma mère. Elle a beaucoup été embêtée à l'école à cause de ça. Maintenant tourne la tête, je n'ai pas fini.

En faisant ce qu'il ordonnait, Morgan ne put s'empêcher de laisser échapper un gloussement.

— Les enfants peuvent être très cruels, mais avec un nom de sucre d'orge comme Kandi Kane, je ne suis pas surprise.

— Ne la plains pas trop. Je lui ai appris à se défendre.

— Ça ne m'étonne pas.

Et tout à coup, Morgan se sentit mélancolique.

— Qu'y a-t-il ? demanda Arrow, perspicace comme toujours.

— J'ai toujours souhaité avoir un frère ou une sœur, lui dit-elle.

— Kandi est pénible. Tu peux l'avoir.

Morgan gloussa encore. Elle entendait l'affection dans sa voix quand il parlait de sa sœur.

— Vit-elle à Colorado Springs ?

— Non. Dieu merci. Je deviendrais fou à m'inquiéter pour elle tout le temps. Elle vit dans le Michigan avec ma mère. Cela fait des années qu'elle sort avec le même type, et je n'arrête pas de les menacer de monter là-bas et de lui casser la figure s'il ne se dépêche pas de la demander en mariage.

— Il te plaît ?

— Oui. C'est un type super. Il veille sur ma mère puisque je ne peux pas être là-bas. Je lui envoie de l'argent, mais ça ne l'aide pas quand elle a besoin de mettre les stores en été ou de tondre la pelouse. Je déteste ne pas pouvoir être là pour elle.

— Je parie qu'elle est fière de toi.

— C'est le cas. J'ai rejoint les Marines juste après le lycée. Je sais qu'elle ne voulait pas que je le fasse, mais elle n'a rien laissé paraître. Elle m'a toujours soutenu dans tout ce que je voulais faire. J'ai obtenu mon diplôme quand je me suis enrôlé et elle m'a encouragé jusqu'au bout.

— Mes parents m'aiment, mais pas de cette façon, dit Morgan.

— Que veux-tu dire ?

Elle ferma les yeux pendant que les doigts d'Arrow caressaient son cuir chevelu et qu'il faisait de son mieux pour retirer les nœuds.

— C'est juste que j'ai été un sujet de dispute entre eux toute ma vie. Ils essaient toujours de se surpasser l'un l'autre. Mon père a beaucoup d'argent, et il n'a jamais hésité à l'utiliser pour que ma mère se sente mal de ne pas pouvoir m'acheter les mêmes choses que lui. Les vacances, c'était ce qu'il y avait de pire. Je veux dire, j'aimais recevoir des jouets et des vêtements, mais je savais qu'il les achetait seulement pour irriter ma mère. Et ma mère ne ratait jamais une occasion de se plaindre de mon père. Elle râlait au sujet des femmes avec lesquelles il sortait, les traitant de salopes et me disant que mon père ne m'aimait pas vraiment, qu'il me donnait des choses pour lui faire du mal à *elle*. C'était... dur.

— Putain, ma belle. Je suis désolé. C'est nul.

Elle haussa les épaules.

— Oui. Mais ils ont fini par arrêter d'agir comme des gamins de trois ans, et les choses se sont améliorées. Mon père a commencé à me donner de l'argent pour les anniversaires et les vacances, et je n'étais pas obligée d'essayer de cacher ses cadeaux extravagants à ma mère. De son côté, elle a appris à garder pour elle ce qu'elle ressentait pour lui.

— Je suis content que ça se soit amélioré. Je ne supporte pas d'entendre parler d'enfants pris au milieu des querelles d'adultes.

— Comme Nina, fit remarquer Morgan.

— Exactement.

— Je n'arrive pas à croire que son père l'a simplement enlevée.

— Ça arrive tout le temps. Je suis content que nous ayons pu intervenir si vite et venir la chercher.

— Moi aussi, chuchota Morgan.

Arrow se pencha tout près et elle fut surprise de sentir ses lèvres sur sa joue. Il ne dit rien, se contentant de démêler ses cheveux, mais Morgan savait qu'elle rougissait.

— Puis-je te demander quelque chose ? lâcha-t-elle, bien décidée à avoir le cœur net.

— Bien sûr. Tout ce que tu veux.

— Es-tu marié ? Ou avec quelqu'un ?

Elle voulut en dire plus. Qu'elle commençait à l'apprécier, et que s'il lui disait qu'il n'était pas disponible ou qu'il ne voulait rien avoir à faire avec elle après cela, il valait mieux qu'elle s'éloigne de lui maintenant et non plus tard.

— Regarde-moi, ordonna Arrow.

Elle n'en avait pas envie, mais elle redressa le dos et se tourna afin de pouvoir le regarder dans les yeux.

— Je ne suis pas marié et je ne fréquente personne. Cela fait des années que je n'ai pas eu de véritable rendez-vous et environ aussi longtemps que je n'ai pas été avec une femme. Je n'ai jamais ressenti ce que je ressens pour toi, Morgan. Et non, je ne peux pas te dire ce que c'est, car je ne l'ai pas encore découvert moi-même. Mais ce que je sais, c'est que je veux te voir quand nous serons de retour aux États-Unis... et pas simplement pour m'assurer que tu vas bien. Je veux dire, oui, ça aussi, mais c'est plus... Merde, je fais tout rater, dit-il nerveusement.

Ses épaules s'affaissèrent et il détourna le regard.

— Pas du tout, insista Morgan en se sentant bien plus légère après cet aveu. Je ne suis pas certaine d'être un très bon pari pour toi. J'alterne entre être morte de peur et énervée contre le monde à cause de ce qui m'est arrivé. Mais... quand je suis avec toi, les choses ne me paraissent pas aussi effrayantes. J'ai plus confiance en toi qu'en n'importe qui dans ma vie, et ce n'est pas parce que tu m'as sauvée. Je veux dire, j'ai confiance en Black et Ball, mais pas comme avec toi. Suis-je compréhensible ?

— Oui, ma belle.

Arrow enfonça ses doigts visqueux dans les cheveux de Morgan et il lui soutint le cou pendant qu'elle le regardait.

— Nous avons une route difficile devant nous, l'avertit-il. Entre ta santé mentale, la résolution du mystère de celui qui t'a fait ça... mon travail, le fait que nous vivrons dans deux villes différentes... ça fait beaucoup.

Morgan déglutit et hocha la tête, ne sachant pas trop quoi dire. Essayait-il de la rejeter gentiment ? Lui montrait-il que ça n'allait pas fonctionner entre eux, l'empêchant d'avoir de faux espoirs ? Elle n'en était pas certaine. Elle n'avait pas eu à gérer des problèmes relationnels depuis une année complète.

— Malgré tout ça, poursuivit Arrow, je veux essayer. Parce que je vois quelque chose en toi que je n'ai encore vu chez aucune autre femme que j'ai rencontrée. Oui, je me sens protecteur envers toi. Oui, je sais qu'une partie de ce que je ressens vient de ta situation. Mais, franchement, je pense qu'il y a plus. Je veux que tu continues à avoir confiance en moi. À savoir que je te soutiens. Peu importe ce que tu veux faire. Que tu récoltes du miel des abeilles ou que tu tricotes des bonnets dans ta maison... je serai là, pour te soutenir et t'encourager. Que ce soit en tant qu'ami ou plus, ça reste à voir. Mais j'espère que tu seras là pour moi aussi.

— J'ai peur de ne pas être à la hauteur de tes attentes, avoua-t-elle doucement.

— N'importe quoi. Tu les as déjà surpassées, ma belle. La seule chose que tu dois faire, c'est être toi-même. Nous découvrirons bien tout le reste.

Elle hocha la tête, puis elle humidifia ses lèvres et demanda :

— Penses-tu que nous allons trop vite ? Je veux dire que nous ne nous connaissons que depuis deux jours. C'est peut-être la situation. Les choses seront différentes à la maison.

— C'est possible, acquiesça Arrow. Mais je ne le pense pas. Si tu crois qu'il s'agit d'une espèce de complexe du protecteur ou que je me sens responsable de toi parce que je t'ai sauvée, n'y pense plus. Je ne peux même pas compter le nombre de femmes que j'ai sauvées. Et je n'ai jamais ressenti pour elles une infime fraction de ce que je ressens pour toi. D'accord ?

— D'accord.

Il se pencha et il l'embrassa sur le front avant de dire :

— Je sais que nous devons ralentir. Il faudra un moment avant que nous soyons à l'aise avec n'importe quelle forme sérieuse d'intimité. Dormir l'un à côté de l'autre est une chose, mais coucher ensemble en est une autre. Je te donnerai tout le temps dont tu as besoin, mais sache qu'à la fin, c'est le genre de relation que j'espère avoir avec toi.

— Tu ne peux pas le savoir.

— Si. Et je ne dis pas que les choses ne changeront pas entre nous. Nous pourrions rentrer et décider qu'il vaut mieux que nous soyons amis plutôt qu'amants. Ou juste que nous ne sommes pas compatibles. Ou bien tu pourrais jeter un coup d'œil à ma maison trop propre et décider que tu ne veux rien avoir à faire avec moi. Ou bien Kandi pourrait te raconter un peu trop d'histoires d'horreur sur mon enfance, et tu partiras en courant.

Il sourit en lui faisant savoir qu'il plaisantait.

— Mais en tout cas, je veux essayer.

— Moi aussi. Je pense cependant avoir plus de casseroles que toi. Et si je ne découvrais jamais qui m'a fait ça ? Il me faudra passer le reste de ma vie à surveiller mes arrières en me demandant s'ils attendent de me sauter dessus. Et ma famille, ce ne sont pas vraiment les parents de l'année.

— Nous allons découvrir qui t'a enlevée, rétorqua Arrow. Et si nous ne le pouvons pas, qu'il en soit ainsi. Je serai auprès de toi pour surveiller tes arrières. Et je saurai gérer tes parents.

Ils se regardèrent un instant avant qu'elle demande :

— Alors... on sort ensemble maintenant ?

Il gloussa.

— Je n'ai pas entendu cette expression depuis le lycée. Je vais retrouver ma chevalière et la veste de mon équipe sportive et te les donner pour que tout le monde sache que tu es prise.

— Merci, chuchota Morgan. Parler avec toi me donne toujours l'impression d'être moins paniquée. Tu me fais presque me sentir normale.

— C'est parce que tu es normale, répliqua Arrow. Nous créerons notre propre normalité... ensemble.

— Ça me plaît, lui dit-elle.

— Bien. Maintenant, tourne-toi et laisse-moi continuer à travailler. J'ai presque fait cette partie. Ce n'était pas aussi terrible que je le croyais.

Il lui fallut encore quarante-cinq minutes, et quand il eut terminé, Morgan frissonnait au fond de la baignoire, mais il avait réussi. Ses cheveux n'avaient plus de nœuds et ils tombaient librement dans son dos.

— Douche-toi, ma belle. Je vais chercher tes vêtements. Tu te sentiras toute différente quand tu auras terminé.

Là-dessus, il passa la main sur le haut de sa tête et quitta la salle de bains.

— Je me sens déjà différente, dit doucement Morgan quand la porte se fut refermée derrière Arrow.

Elle retira son tee-shirt et son jean et resta au moins dix minutes sous le jet d'eau chaude avant de se savonner, de se rincer et de couper l'eau. Une pile de nouveaux vêtements était posée sur le bord du lavabo et elle les fixa longuement avant de se sécher et de les enfiler.

Elle essuya le miroir et elle s'examina. Elle ressemblait beaucoup à ses souvenirs. Un peu plus maigre, peut-être, mais sinon, personne ne pouvait voir ce qu'elle avait traversé simplement en la regardant. C'était à la fois une bénédiction et une malédiction, car elle savait qu'elle avait fondamenta-lement changé après son année à Santo Domingo.

— Au jour le jour, se chuchota-t-elle avant d'ouvrir la porte pour rejoindre les autres.

9

Quitter Santo Domingo avait été étonnamment facile. Le jet privé que Rex avait organisé pour eux les attendait à l'aéroport. Morgan embarqua à bord de l'avion en tenant la main de Nina dans sa main gauche et la main d'Arrow dans sa main droite.

Nina était encore méfiante avec les hommes, mais les jouets, les vêtements et le film *La Reine des neiges* l'avaient beaucoup détendue. La petite fille se recroquevillait encore en présence de personnes qu'elle ne connaissait pas, mais tout allait mieux quand elle s'accrochait à Morgan.

Arrow lui avait dit que Black et Ball n'avaient rien trouvé d'utile quand ils étaient retournés à la maison où ils l'avaient découverte avec Nina. D'après eux, la maison avait été saccagée et plus ou moins détruite. C'était une impasse frustrante.

Ils atterrirent dans le petit aéroport de Colorado Springs après plusieurs heures de vol. Arrow avait gardé un œil attentif sur Morgan, souhaitant s'assurer qu'elle aille bien avec tout ce qu'il se passait.

À la seconde où ils atterrirent, le téléphone de Black sonna. Il décrocha et l'expression de son visage indiqua à Arrow que la personne à l'autre bout lui disait quelque chose qui ne lui plaisait pas.

Il coupa son téléphone et sans tourner autour du pot, il annonça :

— C'était Rex. Morgan, il a appelé et informé ton père de ta situation... et il est ici.

— Rex ? demanda Morgan en inclinant la tête, perplexe.

— Non. Ton père.

Arrow posa la main au creux du dos de Morgan lorsqu'ils se levèrent dans l'allée, attendant de descendre. Il la sentit trembler, mais quand elle parla, sa voix resta posée et forte.

— Sérieusement ?

— Oui.

— Et ma mère ? S'il te plaît, dis-moi qu'elle n'est pas là aussi. Ce serait un désastre de les avoir tous les deux au même endroit en même temps.

Black gloussa.

— Non, d'après ce que je sais, elle n'est pas ici en ce moment. Même si Rex l'a appelée et l'a aussi informée que tu allais bien.

Morgan hocha la tête et se tourna vers Arrow.

— Mon père est là, chuchota-t-elle.

— Te sens-tu prête à le voir ?

Elle hocha lentement la tête.

— Oui.

— Tu n'as pas l'air très sûre de toi, remarqua-t-il.

— C'est juste...

Sa voix s'estompa.

— Je ne sais pas expliquer ce que je ressens.

— De l'enthousiasme à l'idée de le voir. De l'appréhension parce que ça fait si longtemps. De la nervosité au sujet de ce qu'il va dire ? demanda Arrow.

Elle esquissa un sourire.

— Oui. Tout ça.

— Tu as le droit de ressentir tout cela et bien plus. Tu ne dois pas penser qu'il y a une bonne ou une mauvaise manière d'agir et de ressentir. Tu as traversé beaucoup de choses au cours de l'année passée. Tu as changé. Lui aussi, sans doute.

— Vous voudrez bien... vous voudrez bien rester près de moi ? Voir quelqu'un que j'ai connu avant m'angoisse. Je veux dire, c'est mon père. Il ne va pas sortir un couteau et me poignarder au milieu d'un aéroport public, mais...

Une fois de plus, sa voix se tut.

— Bien sûr, dit Ball.

Au même moment, Black s'exclama :

— Carrément !

Arrow se pencha et l'embrassa sur la tempe.

— Je serai à tes côtés, ma belle.

— Merci, dit-elle et Arrow se sentit bien quand elle se pencha subtilement contre lui. Je ne pense pas que mon père soit à l'origine de mon enlèvement, mais je n'arrive pas à chasser l'impression que ce doit être quelqu'un que je connaissais bien.

— Chut, la rassura Arrow. Ne pense pas à ça maintenant. Détends-toi et profite du fait d'être à la maison. Mon équipe et moi veillerons sur tes arrières. Il ne t'arrivera rien. D'accord ?

— D'accord, acquiesça-t-elle.

— Une dernière chose, dit Black dont le visage prépara Arrow au pire. La presse est là. Je suppose que ton père les a appelés après avoir appris que tu avais été retrouvée et que tu étais en route.

Morgan posa une main sur ses cheveux.

— Oh merde.

— Tu as l'air très bien, lui dit Arrow. Détends-toi.

— Je ne... je ne peux pas...

— Tu le peux, dit Arrow. Tu peux faire tout ce que tu veux. Il te suffit de les ignorer. Rex prépare sans doute une conférence de presse en ce moment même. Ils auront des réponses à toutes leurs questions. Il te suffit d'être toi-même.

— Et si je ne sais plus qui je suis ? demanda Morgan.

— Une minute à la fois, ma belle. Une minute à la fois.

Elle hocha la tête et il la vit inspirer profondément.

— Pouvons-nous y aller maintenant ? Je veux voir maman, dit Nina en contournant Arrow et en s'agrippant à la main de Morgan.

— Presque, dit Ball. Ta mère est à l'intérieur, et il lui tarde de te voir.

Un sourire magnifique s'étala sur le visage de la petite fille. C'était pour *ça* qu'Arrow et les autres travaillaient. Ce genre de retrouvailles leur permettait de surmonter les moments les plus sombres de leurs missions. Voir la joie et le soulagement sur les visages des proches était ce qu'il y avait de plus précieux.

Au bout d'une minute ou deux, ils débarquèrent de l'avion sur le tarmac. Ils montèrent dans une petite navette, puis ils furent à l'intérieur du terminal. À la seconde où la porte s'ouvrit, une voix féminine poussa un cri et Nina arracha sa main de celle de Morgan et courut vers la femme.

Arrow observa en souriant Nina qui se faisait soulever et presque étouffer contre la poitrine d'une femme forte qui sanglotait de façon incontrôlable.

Ils entendirent alors un homme dire :

— Morgan ?

Elle se figea sur place et Arrow eut très envie de la prendre dans ses bras et de la protéger de l'angoisse émotionnelle qu'elle ressentait très clairement.

Mais comme la femme solide qu'il avait appris à connaître, elle redressa le dos et marcha vers l'homme qui avait prononcé son nom.

Il était un peu plus petit que la moyenne pour un homme, et même si Arrow savait qu'il n'avait que cinquante et un ans, il paraissait bien plus âgé. Son visage était strié de rides d'inquiétude et ses cheveux étaient presque entièrement blancs. Il avait vu des photos de cet homme datant de quelques années auparavant, quand il avait les cheveux couleur acajou. Le stress de la disparition de sa fille n'avait pas fait du bien à son apparence.

Mais ce furent le soulagement et l'amour dans ses yeux qui détendirent un peu Arrow.

Il avait vu les yeux de nombreux tueurs, et il aurait pu parier presque n'importe quoi que le père de Morgan était innocent. Bien sûr, il avait aussi eu beaucoup de temps pour s'adapter au rôle du parent éploré, et c'était peut-être un très bon acteur. C'était pour ces raisons qu'Arrow allait garder un œil sur cet homme.

— Papa, dit Morgan en s'approchant de lui.

Ils se prirent dans les bras et Arrow vit une larme tomber du visage de M. Byrd pendant qu'il tenait sa fille.

— Je n'ai jamais abandonné, dit-il doucement. J'ai prié tous les soirs pour que tu sois là quelque part et que l'on te retrouve.

— Merci, lui dit Morgan.

— Tu n'es pas obligée de me remercier, la gronda-t-il

doucement. Je suis ton père. Je remuerai ciel et terre pour toi.

— J'ai entendu dire que c'est plus ou moins ce que tu as fait, plaisanta Morgan en s'écartant.

M. Byrd passa une main sur les cheveux de Morgan et continua à la scruter.

— Est-ce que tu vas bien ? Je n'ai pas appris tous les détails de ce qui t'est arrivé. Tout ce que je sais, c'est que tu as été retrouvée à Santo Domingo. Comment es-tu arrivée là-bas ? Est-ce qu'ils t'ont fait du mal ?

Quand Morgan grimaça, Arrow intervint. Il reposa la main au creux de son dos et la caressa brièvement avec le pouce.

— Nous aurons le temps pour les questions plus tard, dit-il à Carl Byrd. Et si nous sortions ici ? Les journalistes attendent de l'autre côté de la porte et Morgan n'a surtout pas besoin de gérer ça maintenant.

— Bien sûr, dit le père de Morgan. Je suis tellement heureux de te voir, dit-il à sa fille. Laisse-moi gérer la presse. Je suis devenu plutôt doué avec eux pendant l'année passée. On se rejoint au Broadmoor, d'accord ? J'ai réservé une suite, alors il y aura plein de place pour discuter, et tu auras une chambre pour toi.

Arrow observa Morgan qui déglutit avant de tourner des yeux suppliants vers lui. C'était fou qu'il arrive à la déchiffrer si facilement après si peu de temps, mais il sut sans qu'elle dise un mot qu'elle n'avait pas du tout envie de passer la nuit dans une chambre d'hôtel avec son père... et encore moins de parler de son épreuve avec lui.

— En réalité, M. Byrd, pour l'instant elle doit rester avec moi. Il y a quelques détails de son sauvetage que nous devons approfondir.

— Cela peut certainement se faire demain ? Elle a

traversé beaucoup de choses et elle a besoin de sa famille en ce moment, affirma-t-il d'un ton assez énervé.

— *Elle* se tient devant vous et elle peut prendre les décisions elle-même, dit fermement Morgan. Papa, je t'aime et je te suis extrêmement reconnaissante de ne pas avoir abandonné l'idée de me retrouver. Mais les choses se sont passées très vite, et il y a des détails dont j'ai besoin de parler avec Arrow et son équipe ce soir. Je te verrai demain, et nous réfléchirons à ce que nous pourrons dire à la presse, d'accord ?

Et sur ces mots, la colère s'estompa des yeux de Carl.

— D'accord, bébé. Tout ce que tu veux.

— Merci, papa, dit-elle avant de le serrer dans ses bras.

Carl s'éclaircit la gorge en s'écartant.

— Il nous faut une diversion. Je vais sortir par là, dit-il en indiquant les portes qui menaient à la partie publique de l'aéroport, et m'occuper de la presse. Pourras-tu... peut-être m'appeler plus tard ?

— Bien sûr, papa.

— Je t'aime, bébé. J'espérais tant te revoir, mais je ne savais pas si c'était possible.

— Je suis là et tout ira bien, dit Morgan.

Carl hocha la tête en pinçant les lèvres, puis il tira sur la veste de son costume en marchant vers les doubles portes pour affronter les médias impitoyables. Nina et sa mère avaient été escortées ailleurs pendant que Morgan parlait à son père. Arrow savait que Rex allait faire un suivi pour s'assurer que Nina allait bien. Il avait très certainement déjà organisé un rendez-vous afin que Nina rencontre le meilleur pédopsychiatre de la ville.

— Prête à y aller ? demanda Arrow à Morgan.

— Oui.

— Tu n'as pas demandé où nous allions, fit-il observer.

Morgan haussa les épaules.

— Peu importe. J'ai confiance en toi.

Ça. Là, précisément. C'était la raison numéro quatre cent vingt-sept pour laquelle Arrow tombait follement amoureux de Morgan Byrd. Elle n'avait pas idée de ce que signifiaient ses paroles.

Il enroula ses doigts autour des siens et il serra. Puis ils suivirent Black et Ball dans la direction opposée de celle qu'avait prise son père.

Morgan était épuisée. Elle n'avait pas vraiment dormi dans l'avion, et les retrouvailles éprouvantes avec son père avaient un peu plus drainé son énergie. Elle se moquait de savoir où Arrow la conduisait, tant qu'il était avec elle.

Quand son père avait suggéré qu'elle reste avec lui dans sa suite de l'hôtel Broadmoor, elle avait paniqué intérieurement. Elle n'était pas prête à être séparée d'Arrow. Elle n'était pas prête à parler de ce qui lui était arrivé, certainement pas avec son *père*. La réaction qu'il avait eue en la voyant lui avait donné l'impression que ce n'était pas lui qui l'avait fait enlever, mais elle avait le sentiment que ce devait être une personne qui la connaissait bien. Cela la rendait méfiante à l'idée de fréquenter des proches.

Heureusement, Arrow était encore venu à son aide. Elle ne savait pas s'ils avaient vraiment besoin de parler de son sauvetage ou de sa captivité, mais elle s'en moquait.

Ils étaient sortis de l'aéroport sans être vus, grâce à son père : il avait détourné l'attention des journalistes qui s'étaient rassemblés. Elle se trouvait maintenant à l'intérieur d'une longue limousine noire avec l'équipe.

— Alors, où allons-nous ? demanda-t-elle quand ils furent installés et en route.

Black et Ball avaient sauté dans la limousine avec eux. Pour quelqu'un qui avait été terrorisé et abusé par des hommes pendant une année, Morgan se sentait étonnamment à l'aise avec les Mercenaires Rebelles.

— La maison de Gray, dit Black.

— Merde, soupira Arrow.

Morgan le regarda avec inquiétude.

— Quoi ? Ce n'est pas bien ?

— Non, ce n'est pas ça, la rassura-t-il. Mais je suppose qu'Allye et Chloé seront là aussi.

— Ainsi que Ro et Meat, ajouta Ball.

— Ce n'est pas une bonne idée, marmonna Arrow.

— Pourquoi ? demanda Morgan en serrant les mains sur ses genoux.

Arrow le remarqua – évidemment – et il posa sa main sur les siennes, en les serrant doucement.

— Je ne suis pas certain que tu doives rencontrer tout le monde dès ta première nuit de retour aux États-Unis. C'est tout.

— Apparemment, Allye espère que Morgan restera passer la nuit, poursuivit Black.

— Quoi ? demanda Arrow. Elle a besoin de se détendre et de se réadapter. Elle ne doit pas avoir à s'inquiéter d'être une invitée bien polie.

— Encore une fois, *elle* est assise ici, dit Morgan d'un ton un peu irrité. Pendant un an, j'ai dû supporter des gens qui parlaient de moi alors que j'étais devant eux. Ils ont pris des décisions concernant ma vie sans demander mon opinion ou se soucier de ce que je pensais. D'accord, je ne pouvais pas les comprendre, mais vous, je vous comprends. J'apprécierais beaucoup que vous arrêtiez ça.

— Tu as raison. Pardon, dit Black immédiatement.

— Pardon, s'excusa Ball.

Elle regarda Arrow, dans l'expectative. Il la fixa longuement avant de hocher la tête.

— Très bien, alors... je veux bien rencontrer tout le monde. Je ne veux pas vraiment être traitée comme un morceau de verre fragile. Je dois avouer être curieuse au sujet de vos amis depuis que j'ai parlé avec eux au téléphone. Et être avec du monde... vos amis... me donne l'impression d'être plus en sécurité. Je suppose qu'Allye vit avec Gray dans la maison où nous nous rendons ? Et Chloé est avec un de vos coéquipiers, n'est-ce pas ?

— Tes suppositions sont correctes, répondit Arrow. Je suis désolé de ne pas avoir dit à ton père où tu allais passer ta première nuit. En fait, je suis désolé de ne pas en avoir parlé avec *toi*. Franchement, nous avons tellement l'habitude de prendre des décisions dans des cas comme celui-ci, que je n'y ai même pas réfléchi. Alors... voilà ce que nous faisons : nous nous rendons chez Gray. Il vit avec Allye. La maison est énorme, il y a des millions de chambres et un système de sécurité si poussé que Gray est au courant si un écureuil pète dans sa propriété. Je sais qu'Allye aimerait beaucoup que tu restes la nuit. Elle a été dans une situation similaire à la tienne, mais pas exactement...

— Elle a été maintenue en captivité ? l'interrompit Morgan.

— Elle a été enlevée par un homme obsédé qui voulait qu'elle soit son esclave sexuelle. Gray l'a aidée à s'échapper, mais elle a été recapturée. Nous sommes intervenus et nous l'avons presque immédiatement retrouvée.

— Je ne suis pas certaine que le fait que l'on soit détenu pendant une journée ou trois cent soixante-cinq importe, dit Morgan. Le sentiment d'impuissance est le même.

— Bon sang, tu as une sagesse impressionnante, dit Black avec un petit sourire.

Morgan haussa les épaules.

— Je suis pragmatique. J'ai dû apprendre à l'être.

Arrow souleva sa main et lui embrassa la paume avant de la reposer sur ses genoux.

— Tu pourras rencontrer le reste de l'équipe, Allye et Chloé. Elle est avec Ro, le Britannique. Elle a récemment perdu son frère, qui était la seule famille qu'il lui restait. Je suis certain que Ro et elle vont aussi te proposer de rester avec eux. Ou je peux te conduire à l'hôtel, si tu préfères. Ou tu peux venir chez moi. Ce n'est qu'un appartement, et ce n'est pas du tout aussi beau ou élégant que la maison de Gray, mais tu y seras en sécurité.

— Dois-je décider tout de suite ? demanda Morgan.

— Non. Et une fois que tu auras décidé, tu pourras changer d'avis quand tu veux, lui dit Arrow.

— Merci.

— Nous devons discuter de demain et de la conférence de presse, dit Black.

— Sans parler du fait qu'elle doit vraiment se faire examiner par un médecin, ajouta Ball.

Arrow leva la main pour empêcher ses amis de continuer.

— Pour l'instant, nous allons célébrer le fait que Morgan est en liberté. Elle est rentrée à la maison et elle est en sécurité avec des gens qui se soucient d'elle. Tout le reste peut attendre demain.

Black hocha la tête et se détendit sur son siège.

Morgan vit que l'autre homme était frustré, mais elle lui fut reconnaissante de laisser tomber. Et Arrow avait raison. Elle était submergée et elle ne voulait surtout pas réfléchir, et encore moins parler de la gestion de la presse demain ou de la visite d'un médecin. Elle ne savait pas du tout quoi dire aux médias. Ils allaient vouloir savoir ce qui lui était arrivé et où elle se trouvait pendant l'année écoulée. Ils allaient lui demander qui l'avait enlevée d'après elle et d'autres choses pour lesquelles elle n'avait pas de réponse. Rien que d'y penser lui donnait mal à la tête.

— Ne fais pas ça, dit doucement Arrow.

Elle le regarda. Il s'était rasé avant de partir de Santo Domingo, mais les poils commençaient à repousser, lui donnant un air de bad boy. Lui et les autres portaient encore les pantalons de treillis noir qu'ils avaient dans les Caraïbes, mais ils avaient retiré les vestes et vidé une grande partie de leurs poches.

— Ne fais pas quoi ? demanda-t-elle.

— Ne pense pas à demain maintenant. Une minute à la fois, tu te souviens ?

Elle sourit.

— Oui.

Il lui rendit son sourire et Morgan fit de son mieux pour se détendre. Elle avait confié sa vie à ces hommes et ils ne l'avaient pas laissée tomber. Cela fait longtemps qu'elle n'avait pas traîné avec des gens pour s'amuser... depuis qu'elle avait été enlevée, en fait, mais ceci était différent. Plus important. Elle voulait qu'Allye et Chloé l'apprécient pour ce qu'elle était. Pas parce qu'elle était une autre femme sauvée par les Mercenaires Rebelles.

Ils roulèrent pendant un moment et Ball expliqua que Gray vivait au nord de Colorado Springs, dans un quartier assez isolé où la plupart des maisons faisaient face à Pikes Peak. Elle finit par voir de moins en moins d'immeubles et de plus en plus d'arbres. Ils longèrent une rue bordée de grands pins de chaque côté et la limousine s'engagea dans une longue allée que Morgan n'aurait même pas vu si c'était elle qui conduisait.

Elle vit une immense maison par la vitre. Les hommes

dans la limousine avec elle n'avaient en fait pas exagéré la taille de l'endroit. Il y avait un garage sur le côté de la maison principale, mais toute l'attention de Morgan était rivée sur les personnes debout sous le porche.

La limousine s'arrêta et Black et Ball en sortirent immédiatement, laissant Morgan et Arrow.

— Ils ne vont pas te mordre, la taquina Arrow.

Morgan se tourna vers lui.

— Je sais. C'est juste... et s'ils ne m'aiment pas ?

— Ma belle, ils vont t'adorer. Allez, viens.

Et là-dessus, il se décala vers la portière et tendit la main. Morgan inspira profondément avant de placer sa main dans la sienne. Dès qu'il referma ses doigts autour des siens, elle se sentit plus calme. C'était suffisant.

Ils descendirent de la voiture et se dirigèrent vers le groupe. Arrow lui tint fermement la main, comme s'il savait qu'elle était sur le point de repartir en courant vers la limousine. Il s'arrêta après avoir monté quelques marches et il salua tout le monde.

— Voici Morgan Byrd, annonça Arrow. Morgan, voici le meilleur groupe d'amis que l'on peut rêver d'avoir.

— Salut, dit doucement Morgan. Je suis ravie de vous rencontrer.

— Non, nous sommes ravis de *te* rencontrer, dit Allye avant de s'avancer et de serrer chaleureusement Morgan dans ses bras.

Morgan se raidit un instant, ne sachant pas ce qu'elle ressentait en étant prise dans les bras d'une inconnue, mais Allye dut le percevoir, car elle la relâcha et recula immédiatement d'un pas.

— Moi, c'est Chloé, dit la femme avec les cheveux bruns raides en lui tendant la main. Nous sommes tellement contentes que tu vas bien. Nous ne rencontrons pas très souvent les femmes aidées par nos hommes, alors c'est un honneur pour nous d'être à ta fête de bienvenue.

— Gray, dit un homme qui faisait plus de trente centimètres qu'elle en lui tendant la main.

Morgan lui serra la main en gardant la gauche fermement prise dans celle d'Arrow.

— Et moi, Ro.

L'homme avec l'accent britannique n'était pas beaucoup plus petit que Gray, mais ses yeux bleus pétillaient, lui donnant un air moins effrayant.

— Ne m'oubliez pas ! dit le dernier homme. Moi, c'est Meat. Enfin, en réalité je m'appelle Hunter, mais ces idiots m'appellent Meat. Je travaille à retrouver ce qui t'appartient. Ça devrait être assez simple, et...

— Meat, l'avertit Arrow.

L'autre homme prit un air contrit, mais il continua à sourire.

— Pardon. Bienvenue à la maison, Morgan.

— Merci.

— Pouvons-nous s'il vous plaît quitter ce porche maintenant ? demanda Ro.

Chloé se pencha vers Morgan et lui dit en aparté :

— Il est un peu parano. Mais je ne peux pas lui en vouloir, puisque la mafia a plus ou moins fait exploser une partie de sa maison pour m'atteindre.

— La mafia ? demanda Morgan en écarquillant les yeux.

— Entrez, insista Ro.

Chloé fit un clin d'œil à Morgan, et malgré ce qu'elle avait dit, elle se détendit un peu. Si cette femme avait été enlevée par la mafia et qu'elle réagissait de façon aussi incroyable, elle l'admirait déjà énormément. Espérant savoir réagir comme Chloé dans sa propre situation, Morgan suivit le groupe à l'intérieur.

. . .

Quelques heures plus tard, Arrow gardait les yeux rivés sur Morgan pendant qu'elle souriait et plaisantait avec Allye et Chloé. Elles rangeaient les couverts dans la cuisine et elles semblaient s'amuser comme des folles, à glousser et rire comme si elles se connaissaient depuis des années et non quelques heures.

Il n'avait pas été très confiant à l'idée de conduire Morgan ici pour sa première nuit de retour, mais elle semblait avoir eu raison. Elle était certainement plus détendue qu'avant. Elle s'était immédiatement entendue avec les deux autres femmes, non pas qu'il ait eu des craintes à ce sujet. Elles étaient très sympathiques et comme elles avaient beaucoup de choses en commun, ce n'était pas étonnant qu'elles s'entendent bien.

Mais Arrow voyait également le stress de la journée rattraper Morgan dans les plis de son front. Elle avait mal à la tête, mais elle refusait de l'admettre.

— Elle a l'air de très bien s'en sortir, fit doucement remarquer Gray.

— Je pense qu'elle a enfoui beaucoup de ce qui lui est arrivé. Nous verrons bien comment elle réagira quand tout remontera à la surface.

— Elle va y arriver, dit Ro, elle est forte.

— Ça ne signifie pas qu'elle n'aura pas besoin d'aide, rétorqua Arrow.

— Je n'ai pas dit ça. Tu as raison, elle va avoir besoin d'aide. Il lui faudra un moment avant de vraiment faire confiance à quelqu'un. Il faudra qu'elle parle de ce qui lui est arrivé, mais elle va s'en sortir. Je le vois, dit Ro.

— J'ai fait des recherches sur les gens dans sa vie, intervint Meat. Nous devons en parler.

— Pas ce soir, dit Arrow.

— Bien sûr que non, répondit l'autre homme. Mais il faut le faire assez rapidement. Peut-être après la conférence de presse, demain ?

— Allons-nous préparer ça, d'ailleurs ? demanda Black.

— Je lui en parlerai demain matin, proposa Arrow. Ce soir, elle n'en peut plus.

— Oui, je vois ça, répondit Ball avant d'ajouter : elle te plaît.

— Quoi ?

— Elle te plaît, répéta-t-il.

— Bien sûr. Elle est incroyable, dit Arrow.

— N'aie pas peur de le lui avouer, conseilla Gray. J'ai fait l'erreur de penser qu'il ne pouvait rien y avoir entre Allye et moi parce qu'elle était une mission. *Ensuite*, j'ai fait l'erreur de croire que je savais ce qui était mieux pour elle sans même lui en parler.

— Oui, Morgan m'a déjà remis les points sur les I dans ce domaine, expliqua Arrow.

— Je savais qu'elle me plaisait pour une raison ou pour une autre, le taquina Gray.

— Elle ne peut pas retourner à Atlanta avant que nous ayons découvert qui a voulu se débarrasser d'elle, dit Meat.

— Quelles sont ses options ? demanda Ro.

— Elle pourrait rester chez sa mère au Nouveau-Mexique, loger avec son père dans un hôtel ici, mais il devra bientôt retourner en Géorgie, car il a une entreprise là-bas, ou bien elle pourrait rester ici à Colorado Springs, énuméra Meat.

— En parlant de sa mère, savons-nous *quand* elle arrive ? demanda Gray.

— Rex m'a dit qu'il avait appelé Ellie Jernigan hier, et elle arrivera ici à Colorado Springs demain. Elle devait travailler aujourd'hui, mais elle a pris quelques jours de congé à partir de demain, expliqua Black.

— Quand et où ? demanda Arrow.

Il voulait que Morgan soit au courant. Il ne voulait surtout pas la prendre de court. Il savait qu'elle était pressée de voir sa mère, car elles semblaient très proches, mais elle avait eu quelques journées pleines d'émotion, et elle avait besoin d'être prévenue.

— Je ne sais pas. Je vais appeler pour le savoir. Elle pourrait venir au Pit et nous y rejoindre demain après la conférence de presse ? suggéra Black. Je sais qu'elle ne s'entend pas avec son ex, alors il vaut mieux les garder séparés devant les médias.

Arrow se dit que pour le bien-être de leur fille, Carl et Ellie pouvaient sans doute rester polis, mais il n'allait pas tenter le coup. Ils pouvaient demander à Dave, le barman du Pit, de fermer momentanément le bar au cas où les choses débordent avec les parents de Morgan.

— Ça me paraît bien.

— Elle me plaît, mon vieux, dit Gray doucement.

Arrow sourit à son ami.

— Ça me fait plaisir, mais franchement, ça n'aurait rien changé si ce n'était pas le cas.

Gray gloussa.

— C'est bien ce que je pensais, mais sérieusement... je me vois dans la façon que tu as de la regarder.

— Et quelle est cette façon ?

— Comme si tu préférais te couper le bras plutôt que de faire quelque chose qui pourrait la blesser.

— C'est à peu près ça, marmonna Arrow.

— Il faut que tu y ailles doucement avec elle, l'avertit Ro.

Arrow jeta un regard noir à son autre ami.

— Je le sais, crétin.

— Non, je suis sérieux. Elle s'en sort incroyablement bien. Je vois qu'elle est solide, mais il y a quelque chose qui m'inquiète dans ses yeux. Tu te souviens de la femme albinos que nous avons sauvée dans le zoo humain de Nightingale ?

— Oui ? dit Arrow en fronçant les sourcils.

Il ne se souvenait que trop bien du sadisme de Gage Nightingale. Il avait torturé les femmes qu'il enlevait et il les avait forcées à satisfaire tous ses désirs. La femme dont parlait Ro était née sans pigments dans sa peau et ses cheveux, et Nightingale l'avait « collectionnée » et fait de son mieux pour la briser.

— Aux dernières nouvelles, elle vivait chez elle avec ses parents en Caroline-du-Sud et elle s'en sortait bien.

— Elle s'est suicidée, dit Ro sans ménagement. Rex a eu des nouvelles de sa mère pendant que vous étiez aux Caraïbes. Même sa mère pensait qu'elle allait bien, mais ils ont lu ses journaux intimes après l'avoir retrouvée. En apparence, elle avait l'air de très bien surmonter ça, mais elle était complètement brisée à l'intérieur.

— Morgan n'est pas comme ça, insista Arrow, en jetant un coup d'œil à la cuisine pour se rassurer qu'il avait raison.

— Je pense que si quelqu'un peut l'aider à surmonter ce qui lui est arrivé, c'est toi, dit doucement Ro. Laisse-lui du temps quand elle en a besoin, laisse-la parler quand elle en a envie, mais ne la laisse pas t'exclure.

Arrow courba l'échine.

— Comment suis-je censé faire ça ? Je ne la connais que depuis quelques jours. Elle va sans doute vivre à Albuquerque avec sa mère. Ma vie est ici.

— Quand on veut, on peut, dit Gray. La vie d'Allye était à San Francisco, mais elle est maintenant ici. Nous ne savons pas quelle direction prendra cette affaire dans les semaines ou les mois qui viennent. Si tu veux vraiment donner une chance à ce qu'il se passe entre vous, tu dois faire en sorte qu'elle sache que tu ne l'abandonnes pas. Appelle-la. Envoie des messages. Fais des trajets le week-end pour aller la voir. Le Nouveau-Mexique n'est pas si loin.

Arrow se redressa.

— Tu as raison, dit-il, davantage pour lui-même que pour son ami.

— Je sais, répondit Gray avec arrogance. J'ai toujours raison.

— N'importe quoi, dit Arrow en secouant la tête et en levant les yeux au ciel.

— Mais fais attention, ajouta Black. On voit des démons du passé dans ses jolis yeux verts.

— Je sais. Je les vois, dit Arrow.

Et c'était vrai. Il se souvenait de la première fois qu'il l'avait vue, défendant Nina avec un couteau qu'elle avait volé aux ravisseurs. Elle semblait déterminée... et désespérée.

Il devait s'y prendre en douceur avec Morgan. Doucement, mais avec insistance. Il avait l'intention de la faire sienne, mais il voulait lui donner le temps dont elle avait besoin pour se préparer à des parties plus intimes d'une relation.

Arrow se rendit compte qu'il ne paniquait pas malgré la direction de ses pensées. Il avait vu à quelle vitesse Gray et Ro étaient tombés amoureux de leurs femmes. Au lieu de considérer leurs relations comme un obstacle à leur travail, il savait que cela les rendait meilleurs. Ils étaient même plus prudents en mission... parce qu'ils avaient quelqu'un qui les attendait à la maison.

Et Arrow voulait aussi cela.

Il voulait Morgan.

Gray se leva et partit dans la cuisine. Il passa un bras autour d'Allye.

— Prête à aller au lit, ma belle ?

Arrow avait rejoint les autres dans la cuisine, et il se tenait à côté de Morgan. Il ne la touchait pas, mais il était assez proche pour qu'elle sache qu'il était là.

— Oui. Morgan a l'air épuisée. Je pense qu'elle est prête à rentrer à la maison, dit Allye doucement.

Arrow regarda Morgan.

— À la maison ?

Elle hocha la tête.

— Si tu es d'accord.

— Juste pour clarifier, tu veux venir à mon appartement avec moi ?

— Oui. Allye m'a proposé de rester ici avec Gray et elle, et Chloé m'a aussi invitée à loger chez eux, mais... si ça te va, je préfère t'accompagner.

— Ça me va très bien, la rassura-t-il en lui prenant la main.

Il se tourna vers Allye et Gray.

— Merci de nous avoir invités ce soir.

— Oui. Ça fait longtemps que je ne me suis pas sentie aussi... détendue.

Morgan avait hésité avant son dernier mot, mais personne ne lui fit la remarque.

Allye se pencha en avant et la serra dans ses bras, et Chloé fit de même.

— On te voit demain, dit Chloé.

— Ah oui ? demanda Arrow.

— Oui. Après la conférence de presse et quand vous aurez terminé votre réunion, nous viendrons jouer au billard au Pit. Morgan a dit qu'elle était assez douée, alors nous l'avons défiée pour une partie, ou deux, ou trois.

— Tu joues au billard ? demanda Arrow à Morgan en levant un sourcil de surprise.

Elle rougit et haussa les épaules.

— Autrefois. Je ne sais pas si j'ai encore des restes.

— Je suis certain que tu vas leur mettre la pâtée, ma belle, dit Arrow.

Elle sourit et reporta son attention vers l'ouverture de la cuisine lorsque les autres hommes entrèrent afin de se joindre à la conversation. Arrow n'aurait pas remarqué que Morgan s'était raidie s'il ne s'était pas tenu juste à côté d'elle en lui tenant la main. Elle ne laissa apparaître aucun malaise sur son visage, mais elle n'aimait certainement pas être coincée au milieu de plusieurs grands hommes.

Il se déplaça jusqu'à se trouver entre ses amis et Morgan et il lui fit signe de se décaler le long du comptoir. Elle le fit sans un mot, jusqu'à ce qu'ils se trouvent à l'extérieur de l'espace, plutôt qu'au milieu.

Arrow savait que les gars avaient immédiatement compris ce qu'il avait fait. Allye et Chloé n'étaient pas aussi perspicaces, mais contrairement à l'équipe, elles n'avaient pas vu ce que des mois de captivité et ce genre d'abus pouvaient faire à une femme.

— On va partir, dit Arrow au groupe. Gray, merci pour ce soir. Si possible, dis à Rex que je l'appelle demain matin pour avoir des informations au sujet de la conférence de presse.

— Pas de problème. Nous te verrons tous demain.

— Vous venez tous ? demanda Morgan.

— Bien sûr, répondit Black. On ne raterait pas ça. De plus, si tu as besoin de t'échapper, nous ferons diversion.

Il fit un clin d'œil après l'avoir dit, indiquant qu'il plaisantait, mais Arrow savait qu'il était très sérieux. Ils allaient tous soutenir Morgan, sans se poser la moindre question.

— On y va, ma belle, tu dors debout, dit Arrow à Morgan, puis il les salua et la traîna vers la porte.

— Comment allons-nous... oh ! dit-elle en sortant de la maison.

La limousine dans laquelle ils étaient arrivés attendait toujours dans l'allée.

— Est-il resté là tout ce temps ? demanda Morgan, surprise.

— Qui ? Le chauffeur ? Bien sûr.

— Mais c'est... tellement impoli ! s'exclama-t-elle. Nous aurions dû l'inviter à entrer !

Arrow gloussa.

— Il a l'habitude de nous attendre, ma belle. De plus, il est payé pour attendre. Ça ne lui pose pas vraiment de problème.

Le chauffeur sortit de la voiture dès qu'il les vit quitter la maison et il se précipita pour ouvrir la portière à l'arrière. Quand ils furent installés, il le referma et refit le tour de la voiture.

— C'est quand même impoli, râla Morgan.

Arrow sourit, passa le bras autour des épaules de Morgan et l'attira contre lui. Il l'avait fait sans réfléchir, et il relâcha immédiatement sa prise, ne voulant pas l'effrayer. Elle ne se débattit pas. À la place, elle se détendit contre lui, en posant une main sur son torse.

Ils restèrent ainsi pendant un moment, le chauffeur démarrant la voiture et quittant l'allée de Gray. Il leur fallait environ vingt ou trente minutes avant d'arriver à son appartement. Il se pencha et enclencha la ceinture de Morgan avant de faire de même avec la sienne. Puis il la colla à nouveau contre lui.

— Ferme les yeux, ma belle. Tu as le temps de faire une sieste rapide avant d'arriver à la maison.

Elle hocha la tête, et au bout de quelques secondes, il entendit son léger ronflement.

Avoir Morgan contre lui en sachant qu'elle était en sécurité, c'était un sentiment enivrant. Il se jura silencieusement de découvrir qui avait osé la torturer autant.

10

—

— Si tu n'es pas prête, on peut s'en aller, chuchota Arrow à Morgan le lendemain matin.

Ils se trouvaient dans un bureau relié à la salle de presse du commissariat de police de Colorado Springs, où la conférence de presse concernant son retour était sur le point de commencer. Ils avaient parlé du déroulement de la journée, y compris du passage à une clinique privée. Elle allait y être examinée par une femme médecin à laquelle l'équipe faisait fréquemment appel pour examiner les femmes et les enfants qu'ils sauvaient. Ensuite, il y avait la discussion avec l'équipe au Pit.

— Je vais bien, insista-t-elle pour la dixième fois.

Il savait que ce n'était pas vrai. Elle lui serrait la main comme dans un étau et elle avait mangé très peu ce matin-là, expliquant que son estomac était perturbé.

Son père se tenait de l'autre côté du bureau, il souriait et parlait avec tout le monde, ne remarquant pas la réticence de sa fille.

— T'ai-je déjà parlé de la fois où j'ai dû faire un briefing devant les huiles de la Marine ?

Elle leva la tête vers lui.

— Non.

— J'étais mort de peur. Je n'étais pas préparé, et j'étais sorti me bourrer la gueule la veille. J'avais un mal de tête terrible et je savais que j'allais faire honte à mon unité et à moi.

— Qu'est-il arrivé ? demanda Morgan.

Arrow fut ravi d'avoir détourné son attention sur lui et non sur ce qui allait arriver. Ils avaient parlé avec Rex ce matin-là, et ils avaient mis au point leur histoire. Personne ne voulait que les Mercenaires Rebelles passent à la télévision nationale, mais ils devaient expliquer pourquoi et comment Morgan avait été retrouvée. La mère de Nina était interviewée en ce moment même, et c'était bientôt au tour de Morgan et de son père de passer sous les feux des projecteurs.

Arrow ne pouvait pas en vouloir au public de s'intéresser à la fois à Nina et à Morgan. Les enlèvements faisaient toujours les gros titres, mais trouver des personnes kidnappées en vie et en bonne santé était un scoop énorme.

— Je me suis levé devant la salle et j'ai fait ma présentation de trente minutes en seulement quinze, lui dit-il. Je parlais vite à cause de ma nervosité et parce que j'avais peur de vomir au milieu de ma présentation, c'est pourquoi je suis passé bien trop vite sur mes notes et mes diapos. Quand j'ai terminé, je n'ai même pas demandé s'il y avait des questions. J'ai juste pris mes affaires et je suis retourné m'asseoir.

— As-tu eu des problèmes ? demanda Morgan.

Arrow secoua la tête.

— En réalité, certains des hauts gradés sont venus me féliciter pour mon efficacité et parce que je n'avais pas laissé la possibilité de poser des questions, ce qui aurait « brouillé les pistes ». Un des types m'a dit que c'était culotté et que je donnais l'impression d'être aux commandes, de savoir que ce que je disais était correct à cent pour cent. Je pense que c'est ce que tu devrais faire, toi aussi.

— Que veux-tu dire ?

— Ils veulent t'entendre, comme une grande partie de l'Amérique. Ils ont entendu parler de toi pendant un an grâce à ton père. Ils savent tout de ta vie. Ils ont l'impression de te connaître. Ils seront soulagés que tu ailles bien. Alors tu vas là-bas, tu remercies tout le monde pour leurs vœux et leurs prières. Puis tu leur dis que tu es reconnaissante d'avoir été retrouvée. Ensuite, tu expliques que les choses sont difficiles pour toi en ce moment – tu n'expliques pas en quoi – et que tu apprécierais d'avoir un peu d'intimité pendant que tu essaies de te réadapter à ta vie ici aux États-Unis. Puis tu souris, tu hoches la tête vers les caméras, et tu quittes la scène. Ignore les questions et reviens tout droit vers moi. Je te ferai sortir de là.

— Mais je suis censée rester et répondre aux questions, rétorqua Morgan, alors qu'Arrow voyait clairement le soulagement dans ses yeux.

— Tu ne dois rien à personne, ma belle. Laisse les flics gérer les questions. Et ton père. Cela fait un an maintenant qu'il s'occupe de la presse. Fais-lui confiance pour continuer.

Morgan se mordit la lèvre.

— Qu'y a-t-il ? demanda Arrow.

— Et si c'était lui qui avait orchestré tout cela ? chuchota-t-elle.

Arrow lui lâcha la main et posa les paumes sur son visage.

— Ne pense pas à ça maintenant.

Elle lui saisit les poignets.

— Comment faire autrement ?

— Ton seul travail est d'aller là-bas, de faire ton discours et de revenir vers moi. Peux-tu le faire ? Nous parlerons d'un coupable plus tard cet après-midi. Même si c'était ton père, il ne pourra rien devant toutes ces caméras. Il aime les feux de la rampe autant que tu les détestes. Garde en tête une version plus jeune de moi, qui tremble parce que j'avais tellement peur de parler à tous ces patrons de la Marine alors que j'avais la gueule de bois. Et fais comme moi : fais semblant, ma belle.

Elle esquissa alors un petit sourire.

— Je suis douée pour faire semblant.

Arrow ne put s'en empêcher, les mots quittèrent sa bouche avant même qu'il ait réfléchi à ce qu'il disait :

— Tu ne feras pas semblant avec moi, ma belle. Tu seras si prête à tout que tu me supplieras.

Quand elle écarquilla les yeux de surprise, il poussa un juron.

— Merde, pardon. Oublie ce que j'ai dit. Bon sang, quel idiot ! Je...

— Eh bien, maintenant je ne pense plus du tout à cette foutue conférence de presse, dit-elle doucement avec un petit sourire, interrompant ses excuses.

Arrow était soulagé qu'elle ne panique pas.

— Ceci n'est ni le moment ni l'endroit, mais... tu me plais, Morgan. Beaucoup. Je veux voir jusqu'où peut aller ce lien insensé que nous semblons avoir. Je sais que ta vie est en suspens, mais j'espère que tu es prête à ce que j'en fasse partie, d'une façon ou d'une autre. De toutes les façons que tu voudras bien.

— Je... j'aimerais ça, mais je me sens si perturbée en ce moment. Je ne sais pas du tout ce qui va arriver dans un futur proche.

— Quoi qu'il arrive, je serai là pour t'aider. Nous sortons

ensemble maintenant, tu te souviens ? demanda-t-il en souriant. Je pense qu'être là pour aider sa petite amie est obligatoire dans le manuel des amoureux.

Morgan sourit.

Arrow entendit les journalistes lever la voix pour poser des questions à la mère de Nina. La petite-fille n'était pas apparue devant les caméras – elle était dans une autre pièce avec sa tante –, mais d'après ce qu'Arrow voyait depuis les coulisses, sa mère avait été très douée pour gérer la presse. C'était presque au tour de Morgan.

Il la serra dans ses bras et poussa un soupir de contentement lorsque son corps s'adapta parfaitement au sien. Elle passa les bras autour de son dos et le serra contre elle. Elle sentait le frais et le propre, pas du tout comme les jours précédents, quand ils étaient allongés ensemble sous les décombres, se cachant de leurs poursuivants.

— Il est temps, lui dit-il à contrecœur. Tu vas y arriver. Souviens-toi de ce que j'ai dit. Un discours gentil et court, puis tu repars sans jeter un regard en arrière.

Morgan inspira profondément.

— Très bien. Je peux le faire.

— Tu peux tout faire, dit Arrow avant de reculer d'un pas pendant qu'elle se tournait et qu'elle se dirigeait vers la porte qui ouvrait sur la salle de presse. Elle monta sur la petite scène avec son père à ses côtés.

Dès qu'elle fut assez loin, Meat s'avança vers Arrow et dit :

— J'ai fait des recherches sur son petit ami. Il semble hors de cause, mais je ne suis pas aussi catégorique au sujet de son frère. Cette Karen n'a pas non plus vraiment le meilleur goût en ce qui concerne les hommes.

Arrow hocha la tête, mais il n'écoutait qu'à moitié. Son attention était rivée sur Morgan. Elle était assise sur une chaise derrière une petite table. Les flashs des appareils photo se déclenchaient en continu et il détestait qu'elle doive traverser tout cela. Il n'avait pas exagéré quand il l'avait retrouvée et qu'il lui avait dit que tout le monde savait qui elle était. Et à cause de cela, le grand public avait besoin d'une forme de conclusion à ce qu'elle avait traversé, car grâce à son père, ils avaient en quelque sorte traversé l'épreuve avec elle.

Il avait très souvent vu ce genre de situation. Avec Elizabeth Smart, Jaycee Dugard, Shawn Hornbeck et même Danielle Cramer. Le public était horrifié par ce que les enfants disparus avaient traversé, mais fasciné par leurs histoires de survie.

Arrow savait que Morgan était dans le même cas. Elle n'était pas une enfant, mais avec sa petite taille et ses yeux hagards, elle serait perçue de la même façon. Sans parler de son lien avec Nina Scofield.

— M'as-tu entendu ? demanda Meat.

— Je t'ai entendu, dit Arrow sans quitter Morgan des yeux. Mais pour l'instant, je ne peux absolument rien y faire. Je ne peux pas en parler parce que je dois être là au cas où Morgan aurait besoin de moi. Je ne peux pas prendre un avion pour la Géorgie et faire venir Lane ou Lance Buswell pour leur casser la gueule jusqu'à ce qu'ils me disent ce qu'ils savent. Je ne peux pas forcer Karen à me parler de ses ex-débiles ou de qui que ce soit que tu as pu trouver dans sa vie et qui aurait pu menacer Morgan. Je peux seulement avoir confiance en toi et les autres pour comprendre tout ça pendant que je me concentre afin d'empêcher Morgan de se briser en un million de morceaux.

— Euh... d'accord. Compris. Tu as toujours l'intention d'aller à la clinique juste après, puis de la conduire au Pit ?

Arrow hocha la tête.

— Elle n'est pas ravie de voir un médecin, mais elle sait qu'il faut le faire. Sa mère nous rejoint au Pit après ça. Elles ont besoin de se voir. Une petite fille a toujours besoin de sa mère pour aller mieux.

— C'est vrai. D'accord, Black et Gray sont déjà en route là-bas. Ils vont parler avec Dave et faire en sorte que la salle privée soit fermée jusqu'à ce que nous ayons terminé. Allye et Chloé nous rejoindront là-bas plus tard dans l'après-midi, et nous autres, nous pourrons gérer tout problème éventuel avec la presse trop zélée.

Arrow quitta Morgan assez longtemps des yeux pour regarder Meat.

— Merci, mon vieux. J'apprécie.

— Je t'emmerde, répondit Meat. Tu ferais pareil pour moi. Et puis, nous sommes une équipe. On ne peut pas la jouer solo dans une équipe.

Arrow leva les yeux au ciel.

— S'il te plaît, dis-moi que nous n'allons pas acheter un poster avec cette inscription à la con.

Meat gloussa.

— Je n'en avais pas l'intention. Mais maintenant, oui. Je l'afficherai dans un coin au Pit. Je la ferai peut-être broder sur un coussin et je te l'offrirai à ton mariage.

— Tout d'abord, Dave ne te laissera jamais afficher cette merde au bar, dit Arrow en faisant référence au barman bourru. Deuxièmement, si tu nous achètes quoi que ce soit de brodé, je te pète la gueule.

— Tu ne protestes pas au sujet du mariage ? demanda Meat.

Arrow sourit et se retourna vers Morgan.

— Non.

Meat donna une tape dans le dos d'Arrow en lui disant :

— Je suis heureux pour toi, mon vieux.

— Ne sois pas encore heureux, l'avertit Arrow. Il nous reste encore une longue route à parcourir.

— Alors c'est une bonne chose que tu sois entêté, n'est-ce pas ? demanda Meat avant de devenir sérieux. S'il arrive quoi que ce soit, sors Morgan de là. Nous nous occuperons de tout le reste.

Arrow hocha la tête. Il avait déjà prévu ça, mais il savait que ses coéquipiers connaissaient ce plan. Ils avaient eu un plan similaire quand Chloé avait dû affronter les journalistes après ce qui lui était arrivé.

Les vingt minutes suivantes furent les plus longues de la vie d'Arrow. Il détestait voir le malaise de Morgan pendant que son père parlait comme s'il était lui-même allé en République dominicaine pour la sauver. Il était un peu vantard et pompeux, mais Arrow supposait que c'était normal pour un directeur financier enthousiaste d'avoir retrouvé sa fille.

Les journalistes posèrent quelques questions, mais il était évident qu'ils attendaient de poser les vraies questions croustillantes à sa fille. Ce fut alors au tour de Morgan de parler. Elle se leva lentement et marcha jusqu'au micro sur le podium.

Les flashs crépitèrent et elle cligna des paupières, éblouie. Elle s'éclaircit la gorge et elle dit ce qu'Arrow lui avait suggéré :

— Merci beaucoup pour votre inquiétude, et pour tous les appels passés afin d'aider la police après ma disparition. Savoir que personne n'a perdu l'espoir de me retrouver est très important pour moi. Je dois encore m'habituer à mon retour aux États-Unis, et j'espère que tout le monde me donnera un peu de temps pour digérer tout ce qui est arrivé au cours de l'année précédente, et récemment. Pour ceux d'entre vous qui ont des proches disparus, la meilleure chose que vous pouvez faire, c'est de ne *jamais* arrêter de croire qu'ils rentreront à la maison. Merci.

Elle hocha alors la tête vers les caméras et elle tourna les talons pour marcher vers Arrow.

Les journalistes perdirent leur sang-froid lorsqu'ils se rendirent compte qu'elle n'allait pas prendre de questions. Ils se mirent à crier pendant qu'elle s'éloignait. Certains essayèrent de passer devant elle pour l'empêcher de partir.

Arrow agit immédiatement. Il poussa une femme avec un petit dictaphone hors de son chemin et il marcha à grands pas vers Morgan. Elle leva la tête et ses grands yeux verts étaient remplis de larmes. Sans un mot, il la prit sous son bras et il la guida vers la sortie.

Il la sentit poser le bras autour de sa taille et enfouir la tête au creux de son épaule pendant qu'ils marchaient. Elle ne voyait rien de cette façon, et le cœur d'Arrow gonfla grâce à la confiance qu'elle lui accordait. Elle n'était peut-être pas prête pour autre chose que de l'amitié en ce moment, mais elle y viendrait. Il le savait.

En l'espace de quelques secondes, Ball, Ro et Meat avaient suffisamment repoussé les journalistes pour permettre à Arrow de s'échapper avec Morgan par une porte sur le côté. Il traversa rapidement les couloirs du commissariat en hochant la tête vers les policiers qu'il croisait. Personne n'essaya de leur parler ou de les empêcher de passer. Il ouvrit une porte de derrière et se dirigea vers son vieux pick-up qui était garé là précisément pour cette raison.

Il avait espéré que les choses resteraient civilisées et qu'il n'aurait pas besoin de sortir rapidement, mais son expérience lui dictait de toujours avoir un plan B. Il aida Morgan à monter à bord avant de lui mettre la ceinture de sécurité. Elle semblait un peu choquée, et Arrow aurait voulu prendre le temps de la réconforter, mais il n'osa pas. Il devait l'éloigner du commissariat avant que quelqu'un les voie et essaie de les suivre. Les journalistes étaient utiles pour beaucoup de choses que faisaient les Mercenaires Rebelles, mais pas à ce moment précis.

Arrow contourna le pick-up en courant et sauta sur le siège conducteur. Il démarra le moteur et mit sa ceinture en même temps. Il quitta le parking aussi calmement que possible, ne souhaitant pas attirer l'attention sur eux. La limousine dans laquelle ils étaient arrivés était toujours garée devant le commissariat, faisant office de leurre. Meat avait conduit le pick-up d'Arrow jusqu'au commissariat et il l'avait garé à l'arrière.

Une fois qu'ils furent assez loin du commissariat, Arrow ne dit toujours rien. Il se contenta de se pencher et d'attraper la main de Morgan. Elle entrelaça leurs doigts et le serra fort. Sachant qu'elle aurait besoin de temps pour digérer la conférence de presse avant de la conduire à la clinique, Arrow roula jusqu'à Memorial Park. C'était un grand espace vert pas trop loin du commissariat, avec un grand lac.

La journée était magnifique, et il savait que le parc serait bondé et que personne ne les regarderait à deux fois. Il se gara sur une place de parking et coupa le moteur. Il continua à tenir la main de Morgan et ne dit rien, lui laissant le temps de se remettre de sa matinée.

— Ça ne s'est pas exactement passé comme prévu, dit-elle longtemps après.

Arrow gloussa.

— C'est souvent le cas, mais je pense que ça s'est passé aussi bien que possible. Ces vautours n'allaient pas abandonner une occasion de te poser des questions.

— J'aurais préféré que ça se passe comme avec toi et ton discours à la Marine, dit-elle.

— En réalité, je ne t'ai pas raconté toute l'histoire, avoua Arrow.

Morgan le regarda pour la première fois depuis qu'elle était montée dans son pick-up. Il détesta voir la douleur dans ses yeux, mais il se réjouit de la curiosité qu'il y vit également.

— Sérieusement ?

— Ouais. Les grands pontes se foutaient de ma courte présentation parce qu'ils avaient déjà dû en écouter trois autres ce jour-là, et ils s'ennuyaient à mourir. Ce n'était qu'une occasion d'apprendre pour les Marines comme moi. Ça ne les intéressait donc pas et ils étaient ravis que ma présentation soit aussi courte. En revanche, ce n'était pas le cas de mon commandant. Après notre départ, quand nous sommes arrivés dans son bureau, il m'a hurlé dessus et m'a dit que j'étais une honte et que ma présentation était la pire qu'il ait vue de ses vingt années de travail.

Morgan écarquilla les yeux.

— Qu'est-il arrivé ?

— J'ai eu de la chance de ne pas avoir été rétrogradé. Il a seulement fait de ma vie un enfer pendant le reste du temps que j'ai servi sous lui… et il a pris soin de ne jamais me faire oublier mon humiliation.

— Eh bien, je suis contente que tu ne m'aies pas raconté cette partie de l'histoire tout à l'heure, dit Morgan en secouant la tête et en laissant échapper un petit gloussement.

Puis elle se tourna vers lui.

— Merci.

— Pour ?

— Être avec moi. Me faire sortir de là. Pour… tout, vraiment.

Arrow retira sa main et la posa tendrement sur la nuque

de Morgan. Il se pencha jusqu'à appuyer le front contre le sien. C'était comme s'ils étaient les deux seules personnes au monde.

— Écoute-moi bien, ma belle. Je serai toujours là pour toi. Même si j'ai pris trois balles ou que ma jambe a été arrachée. Je ferai tout ce qui est en mon pouvoir pour être là quand tu auras besoin de moi.

— Je pense que c'est un peu extrême, dit-elle avec un petit sourire, mais Arrow remarqua qu'elle avait saisi le côté de son tee-shirt d'une main et qu'elle le serrait avec force. Je pense qu'un Arrow Zombie me ferait plus peur que la situation dans laquelle je pourrais me trouver.

Il ricana.

— Ce que je veux dire, c'est… tu peux compter sur moi. Toi et moi, nous nous ressemblons beaucoup.

— J'en doute, souffla-t-elle.

— Mais si. Nous nous battons pour ce que nous voulons. Tu as lutté pour rester en vie et ne pas devenir folle jusqu'à ce que quelqu'un te trouve ou que tu puisses t'échapper. Et je vais me battre pour toi. J'étais un Marine, Morgan. Rien ne nous arrête quand ça part en sucette.

— Crois-tu que ça arrivera ? demanda-t-elle doucement.

— Je n'en ai aucune idée. Mais la première règle est de prévoir le pire et d'espérer le meilleur.

— C'est assez déprimant.

Ce fut au tour d'Arrow de glousser.

— Je pense que tu es bien placée pour apprécier cette maxime.

— C'est vrai, acquiesça-t-elle avant d'ajouter doucement : j'ai peur, Arrow.

— De quoi ?

— De tout. Et si ma mère ne veut pas que je vive avec elle ? J'ai peur d'être à nouveau enlevée. J'ai peur que ce que je ressens pour toi en ce moment ne soit que de la gratitude parce que tu m'as sauvé. Peur que tu reviennes à la raison après mon départ et que tu te rendes compte que je suis trop perturbée. Peur que tu remercies ta bonne étoile de m'avoir fait sortir de ta vie.

— Tu ne sortiras jamais de ma vie, promit Arrow. Tu t'es déjà fait une place ici.

Il souleva sa main et la posa au-dessus de son cœur.

— Si ta mère ne veut pas que tu vives avec elle, ce dont je doute, tu peux rester ici avec moi. Je ne peux rien faire au sujet de ta peur d'être à nouveau enlevée, sauf t'assurer que mon équipe et moi faisons tout notre possible pour découvrir qui est le coupable et pour faire en sorte qu'il ne puisse plus jamais s'approcher de toi.

Morgan inspira profondément avant de hocher la tête.

Arrow écarta son front du sien, posa les doigts sous son menton et leva son visage vers lui.

— Puis-je t'embrasser ?

Il ne se pencha pas en avant. Il ne fit rien pour lui mettre la pression. Il se contenta d'attendre.

Elle baissa très légèrement le menton.

Arrow esquissa un sourire et il se rapprocha. Il frôla ses lèvres une fois. Puis deux. Puis il s'écarta et dit :

— Merci.

Elle écarquilla les yeux.

— C'est tout ?

— Quoi ? Ça ne suffit pas ?

Morgan fronça les sourcils et elle secoua la tête.

— Pourquoi ne m'embrasses-tu pas, dans ce cas ? la défia Arrow.

Il vit une étincelle de détermination passer dans ses yeux une seconde avant qu'elle dise :

— C'est ce que je vais faire.

Puis elle posa ses lèvres sur sa bouche et elle l'embrassa.

Arrow n'avait encore jamais été aussi excité de toute sa vie.

Morgan l'embrassa comme si sa vie en dépendait, comme si elle était désespérée. Il suivit son exemple et la laissa prendre le contrôle. Quand elle sortit sa langue et traça le contour de ses lèvres, il ne put empêcher un petit grognement qui lui échappa. Il ouvrit la bouche pour elle et serra sa nuque lorsqu'elle faufila la langue à l'intérieur.

Elle avait le goût du bonbon à la menthe qu'elle avait pris juste avant le début de la conférence de presse. Il voulait qu'elle soit sous lui, sur lui, il voulait être en elle. Mais il contrôla sa libido et essaya de profiter du moment : deux personnes qui faisaient la première étape vers le reste de leur vie.

Elle s'écarta finalement et se lécha les lèvres en le fixant, les joues roses. Lorsqu'il la vit passer la langue sur ses lèvres, il eut encore envie de l'embrasser. À la place, Arrow traça le contour de ses lèvres humides avec son pouce.

— C'était incroyable, lui dit-il.

— Je n'ai embrassé personne depuis un an et demi. Pas comme ça, lâcha-t-elle.

— Ah oui ?

— Quand j'étais... tu sais... il n'y avait pas de baisers. Ce n'est pas ce qu'ils voulaient. Et avant ça, avec Lane, ce n'étaient que de petits bisous sur les lèvres, mais cela faisait des mois que nous ne nous étions pas *vraiment* embrassés.

— Pour moi aussi, ça fait un moment, ma belle.

Elle lui jeta un regard sceptique.

— Sérieusement, la dernière fois que j'ai eu un rendez-vous c'était...

Arrow marqua une pause en essayant de se souvenir.

— Je ne sais pas du tout. Je crois que c'était en mille neuf cent soixante-quatre.

Il sourit pour lui faire savoir qu'il la taquinait.

Morgan leva les yeux au ciel.

— Je ne suis pas idiote, Arrow. J'ai des yeux. Tu es très beau. Les femmes doivent se jeter sur toi.

Arrow devint sérieux.

— Ce n'est pas parce qu'elles sont intéressées que je tente quoi que ce soit. J'étais bien trop occupée avec l'équipe et nos missions et même mon travail d'électricien pour me préoccuper des femmes.

Elle sembla si pleine d'espoir qu'Arrow continua à parler.

— Ceci dit, si j'avais été intéressé par quelqu'un, j'aurais pris le temps. Je ne suis pas marié à mon travail au point d'abandonner toute chance de trouver la personne avec laquelle je veux passer le reste de ma vie. C'est ce que je veux. Ce n'est peut-être pas très cool de l'admettre, mais c'est vrai. Je vois comme Gray est heureux avec Allye et Ro avec Chloé. C'est ce que je veux pour moi. Mais personne n'a attiré mon attention. Pas comme toi.

Elle ricana.

— Mais bien sûr. C'est vrai que j'ai attiré ton attention. Avec ma coiffure merveilleuse et mes vêtements et mon corps qui sentait mauvais.

— Ne fais pas ça, l'avertit Arrow. Ne te dénigre pas. Veux-tu savoir ce que j'ai vu la première fois que j'ai posé le regard sur toi ?

— Non.

Il continua comme si elle n'avait pas répondu à sa question rhétorique.

— J'ai vu une femme morte de peur, mais qui ne craignait pas de défendre une enfant qui avait besoin d'elle. J'ai vu une femme qui avait traversé l'enfer, mais dont la bonté émanait quand même de tous les pores. Je me considère comme un homme fort. J'ai traversé des épreuves dans ma vie, et j'ai vu des choses que j'aimerais pouvoir ignorer. Mais rien ne m'a préparé au coup de poing dans le ventre que j'ai eu quand je t'ai vue dans cette chambre. Même avant de savoir qui tu étais, et quelle était ton histoire, j'ai su que tu étais quelqu'un de spécial. Que tu changerais ma vie.

— Arrow, chuchota Morgan.

Il continua à parler, voulant lui faire comprendre ce qu'il ressentait :

— Je ne peux pas prédire l'avenir, mais je vais faire ce que je peux pour cultiver ce qu'il y a entre nous. J'aime être avec toi. J'aime le fait que tu ne cèdes pas. Ta façon de dire ce que tu penses et le fait que, malgré tout ce que tu as vécu, tu aies réussi à avoir confiance en mon équipe et moi. C'est quelque chose de rare et je veux l'encourager. Je te l'ai déjà dit et je le répète : tu me plais, Morgan. Je veux faire partie de ta vie. Ça ne me dérange pas d'avancer aussi lentement que tu le souhaites. Je ne veux pas que tu ressentes la moindre pression de faire ce que tu ne veux pas quand tu es avec moi.

— Mais nous pouvons continuer à nous embrasser, n'est-ce pas ? demanda-t-elle avec un petit sourire.

Arrow le lui rendit.

— Oh oui, nous pouvons continuer à nous embrasser.

Et là-dessus, il l'attira doucement vers lui et l'embrassa encore. Il prit son temps et cette fois, c'est lui qui mena la danse. Il goûta et mordilla sa lèvre inférieure avant d'enrouler sa langue autour de la sienne.

Elle fut avec lui tout le long. Enfonçant les ongles dans son bras, faisant de petits bruits de contentement du fond de la gorge qui faisaient directement réagir la queue d'Arrow. Tout chez elle le faisait bander. Il lui tardait le jour où elle serait étalée sur les draps, nue comme au jour de sa naissance, gémissant juste pour lui. Le suppliant de lui faire l'amour.

Mais il fallait attendre, autant qu'il le faudrait, pour avoir cela. Il savait reconnaître une bonne chose et il n'avait pas l'intention de laisser qui que ce soit lui prendre la place qu'il considérait comme la sienne.

Il caressa sa joue en s'écartant et il fit de son mieux pour mémoriser l'air content et satisfait sur son visage. Il l'avait vue vivre diverses émotions depuis le peu de temps qu'ils se connaissaient, mais c'était ainsi qu'il voulait toujours la voir. Détendue et heureuse.

— Es-tu prête à te débarrasser de cette visite chez le médecin ?

Elle fronça le nez, mais elle acquiesça.

— Je sais que je dois me faire examiner, mais je déteste ça.

— Je sais. Ce médecin est vraiment doué. Elle répondra à toutes les questions que tu peux avoir et d'après ce qu'on dit les autres femmes, elle rend tout le processus aussi indolore que possible. Cependant, tu sais que tu n'auras aucun résultat de test sur les MST aujourd'hui, n'est-ce pas ?

Morgan hocha la tête.

— Je sais. Je serai simplement contente d'en être débarrassée.

— Je pense que le Pit te semblera intéressant, dit-il en changeant de sujet.

Il avait très envie de la ramener chez lui après son rendez-vous afin de la laisser décompresser, mais il savait que l'équipe avait besoin de parler de sa situation... et sa mère devait les rejoindre là-bas également.

— C'est quoi comme endroit ? demanda-t-elle. Vous en parlez comme d'un trou à rats.

— De l'extérieur, ça *ressemble* à un trou à rats, lui dit-il franchement.

Il laissa à contrecœur tomber la main de la nuque de Morgan et il redémarra le moteur. En sortant du parking en direction de la clinique, il ajouta :

— Mais à l'intérieur, c'est extrêmement propre, et Dave n'accepte pas les frasques des clients.

— Dave ? Et vraiment... les frasques ? demanda-t-elle. Qui dit encore ça ?

— Moi... vraiment ! Dave est le barman et nous pensons tous qu'il vit secrètement sous le bar. Nous ne sommes pas certains qu'il rentre chez lui.

— Est-il propriétaire ?

Arrow réfléchit un instant à sa question avant de répondre :

— Tu sais quoi ? Je n'en sais rien. Je n'y avais jamais vraiment réfléchi. Mais ça paraît logique. Il est tout le temps là, et si des gens abîment quoi que ce soit ou font quelque chose qu'il n'approuve pas, il le prend extrêmement à cœur.

— Alors qu'est-ce qui en fait un endroit si spécial... en dehors de Dave le barman ? C'est juste un bar, n'est-ce pas ? Avec quelques tables de billard ?

Arrow haussa les épaules.

— Oui. Non. Je ne sais pas. C'est peut-être parce que c'est là que nous nous sommes tous rencontrés pour la première fois. Rex nous avait donné rendez-vous pour un « entretien » et je pense t'avoir déjà dit qu'il n'est jamais venu, alors nous avons tous joué au billard et appris à nous connaître. Nous étions très énervés que Rex n'ait pas pris la peine de venir faire les entretiens et nous avons pensé que tout n'était qu'une plaisanterie, qu'il nous avait fait venir inutilement à Colorado Springs.

— La création des Mercenaires Rebelles est vraiment intéressante, dit-elle.

— Oui.

— D'accord. Je vais donc me retenir de juger avant d'avoir vu cette quintessence de bar, le taquina-t-elle.

— Merci, dit Arrow en lui souriant.

— Je ne sais pas comment tu fais.

— Quoi donc ?

— Me faire me sentir complètement normale alors que je me sentais comme une merde il y a à peine une demi-heure.

— C'est mon travail, ma belle, lui dit Arrow.

— Depuis quand ?

— Depuis que je t'ai vue protéger Nina avec un couteau pourri.

Arrow sentit Morgan le regarder, mais il garda les yeux rivés sur la route, lui laissant le temps de digérer ses paroles.

Elle finit par demander :

— Tu es sérieux au sujet de nous, n'est-ce pas ?

— Heureusement que tu le comprends enfin, plaisanta-t-il, avant de rajouter sincèrement : Oui, Morgan. Je suis très sérieux. Je ferai tout ce dont tu as besoin. Quand tu en auras besoin.

— Nous ne nous connaissons même pas.

— C'est pourquoi je nous donne le temps d'apprendre à nous connaître.

— Je vais sûrement me rendre au Nouveau-Mexique pour vivre avec ma mère, protesta-t-elle. Peut-être même aujourd'hui.

— Albuquerque, ce n'est pas Jupiter, ma belle. Ce n'est pas si loin que ça, tout bien considéré. Et puis il y a ces choses qui s'appellent des téléphones que tout le monde possède de nos jours. Et Internet. Quand on veut, on peut.

— Tu te donnes beaucoup de mal, Arrow.

— Non, ce n'est pas vrai. Ça s'appelle être dans une relation. C'est ce que font les gens.

— Juste parce que nous avons dit des choses dans le feu de l'action à Santo Domingo, ça ne signifie pas que nous devons forcément « sortir ensemble » maintenant que nous sommes de retour aux États-Unis.

— Ce n'était pas dans le feu de l'action pour moi, dit Arrow, un peu frustré maintenant. Je veux continuer à apprendre à te connaître, à te fréquenter. Mais ce n'est pas une décision que je prends tout seul. Si tu as décidé que tu ne veux pas entendre parler de moi, je vais être franc... je ferai de mon mieux pour te faire changer d'avis. Mais si tu ne changes pas d'avis, alors ce sera terminé. Je ne veux pas être avec quelqu'un qui n'est pas aussi investi que moi dans cette relation. C'est juste... il y a quelque chose chez toi qui m'attire. Non, n'importe quoi. Tu es comme un verre d'eau et je suis un homme qui meurt de soif.

Après cet aveu, ils ne dirent rien jusqu'à ce qu'ils se garent dans le parking de la clinique.

— D'accord, dit-elle lorsqu'il coupa le moteur.

— D'accord ?

— Oui. Nous apprendrons à nous connaître. Nous parlerons au téléphone. Nous échangerons des textos. Nous nous rendrons visite. Nous verrons s'il y a quelque chose dans cette relation.

Arrow sourit.

— Cool.

— Oui. Mais je pense toujours que tu es fou. Je ne suis pas un bon pari, Arrow. Les choses qui sont arrivées... je... je ne sais pas quand, ni *si* je serais un jour prête à avoir une vie intime avec qui que ce soit.

— Petit à petit, ma belle.

— Mais ce n'est pas juste pour toi.

Arrow se tourna vers elle et il fit attention à ne pas l'effrayer en disant :

— Je me fous de ce qui est juste. La vie n'est pas juste. Ma queue ne va pas tomber si nous ne faisons pas l'amour. Nous pouvons trouver des solutions créatives si la pénétration te met mal à l'aise. Et je peux toujours me masturber. Il n'y a pas que le sexe dans une relation.

Elle rougit, mais Arrow espérait qu'elle comprenait ce qu'il disait.

— Je te plais vraiment, hein ?

Il ne put s'empêcher de glousser.

— Oui, Morgan. Tu me plais vraiment. Maintenant, viens. Débarrassons-nous de ça pour que tu puisses te rendre au Pit.

Une heure et demie plus tard, ils se garaient devant le bar. Morgan n'avait pas dit grand-chose au sujet de sa visite chez le médecin, et il n'insista pas. Devoir se faire tester pour les maladies sexuellement transmissibles n'était pas vraiment amusant, et il lui avait déjà dit qu'il serait là pour elle quoi qu'il arrive. Il ne voulait pas continuer à le répéter.

Ravi qu'elle se soit débarrassée de cette corvée, Arrow coupa le moteur.

Personne ne dit rien, mais le silence n'était pas gêné. Enfin, Arrow se lança :

— Je suis sûr que Dave sait que nous sommes là et qu'il se demande pourquoi nous sommes assis dans le parking au lieu d'entrer.

— Quoi, il a des caméras de surveillance partout ? demanda Morgan.

— Oui.

— Vraiment ? demanda-t-elle, surprise. Je plaisantais.

— Il y a des caméras partout. Ça t'ennuie ?

— Non. Ça le devrait ?

— Non. Mais je voulais t'avertir quand même. Ne me saute pas dessus pour me lécher le visage si tu ne veux pas que ça figure sur une vidéo.

Elle gloussa, ce qui était l'effet recherché.

— Reste là. Je vais faire le tour, ordonna-t-il en descendant du pick-up.

Il lui prit la main lorsqu'elle sauta de son camion. Il fronça les sourcils en se rendant compte pour la toute première fois de la hauteur de son pick-up. Il n'y avait jamais pensé, mais en voyant les difficultés qu'avait Morgan à monter et descendre, c'était évident. Il allait devoir trouver des marches pour elle, ou bien un marchepied. Ou mieux, il allait peut-être enfin chercher un modèle plus récent qui serait plus confortable pour elle. Cela faisait des années que sa mère et sa sœur le harcelaient pour qu'il en achète un nouveau, mais il les avait ignorées.

Il entrelaça ses doigts avec ceux de Morgan et ils se dirigèrent vers la porte d'entrée du Pit.

— Prête ? demanda-t-il en attrapant la poignée.

— Passe devant, mon grand Marine.

Arrow savait qu'elle le taquinait, mais il aimait qu'elle utilise le possessif. Il ouvrit la porte et lui fit signe de passer devant lui.

Dès qu'ils entrèrent dans le bâtiment sombre, une voix féminine s'écria :

— Oh mon Dieu ! Mon bébé !

11

Morgan se raidit en entendant le cri hystérique, puis elle se détendit rapidement. Cela faisait un moment, mais elle aurait reconnu la voix de sa mère n'importe où.

Elle lâcha la main d'Arrow et courut vers elle. La femme plus âgée se tenait figée au milieu du bar, paralysée par le choc. Elle savait évidemment que Morgan avait été retrouvée en vie, avait sûrement même regardé la conférence de presse, car la télévision du bar était allumée, mais apprendre que sa fille allait bien et la voir de ses propres yeux étaient deux choses très différentes. Morgan le savait.

Elle jeta les bras autour de sa mère et elles s'enlacèrent en pleurant au milieu du bar, se moquant des regards. Elle enfouit la tête dans les cheveux de sa mère et inspira, sentant l'odeur familière de la noix de coco. Elle utilisait le même shampooing depuis des années ; le sentir à nouveau après tout ce qu'elle avait traversé, c'était presque trop dur.

— Mon bébé, répéta Ellie Jernigan en berçant sa fille d'avant en arrière. Je pensais ne plus jamais te revoir. Tout le monde m'a dit de rester positive, mais je ne suis pas stupide. Je sais que quand quelqu'un disparaît, ce n'est qu'une histoire de temps avant de retrouver son cadavre dans les bois, à moitié rongé par les chiens sauvages.

Morgan gloussa. Sa mère avait toujours été si théâtrale. Elle s'écarta, sourit et tendit un bras en disant :

— Je vais bien. Tu vois ? Aucun os rongé.

— Les autres ont dit que tu étais à la clinique pour un examen. Est-ce que tout va bien ? Je sais que tu as eu cet implant, alors tu ne devrais pas être enceinte, mais on ne sait jamais pour le reste.

Morgan rougit et fixa sa mère, gênée. Elle n'arrivait pas à croire qu'elle ait abordé le sujet, parlant ouvertement de ce que sa fille avait dû subir. Morgan n'était pas idiote, elle savait qu'elle risquait d'avoir attrapé une maladie, mais elle ne voulait certainement pas en parler devant tout le monde.

— Je ne suis pas enceinte, choisit-elle de dire doucement en se mordant la lèvre, morte de honte.

— Et si vous veniez vous asseoir ? dit un homme à l'accent du Sud, et Morgan le sentit attraper son coude et la guider vers deux chaises.

Ravie de cette interruption qui lui permettait de ne pas avoir à donner de détails sur son examen médical, Morgan se laissa guider vers les chaises.

— Morgan, voici Dave, dit Arrow de l'autre côté.

Elle se tourna vers l'homme qui avait interrompu sa mère et elle. Non seulement il faisait trente centimètres de plus qu'elle, mais il était massif. Il avait des muscles sur d'autres muscles. Arrow et ses amis étaient solides, mais pas autant que cet homme. Il était aussi plus âgé qu'eux. Si elle avait dû deviner, elle aurait dit qu'il était plus près de l'âge de sa mère que du sien. Peut-être fin de la quarantaine. Il avait des cheveux courts avec un peu de gris, ainsi qu'une barbe saupoudrée de poils gris.

Il était extrêmement bronzé, mais c'était de la grande

cicatrice qui descendait le long de son cou avant de disparaître dans le col de son tee-shirt, qu'elle n'arrivait pas à
détacher le regard. Ce qui lui était arrivé l'avait apparemment presque décapité, ou en tout cas lui avait sévèrement
entaillé le cou.

Elle leva la main jusqu'à sa cicatrice avant de se rendre
compte de ce qu'elle faisait. Heureusement, elle s'en aperçut
avant de le toucher. Rougissant encore une fois de honte,
elle figea sa main dans les airs et fixa ses yeux marron
d'en bas.

— Vous devez être Morgan, dit-il d'une voix profonde
comme celle de Morgan Freeman... sauf qu'il avait un
accent du Sud.

Il lui serra la main avant de la lâcher.

— C'est moi.

— Bienvenue au Pit, poursuivit-il comme si elle ne
venait pas de se ridiculiser devant lui en touchant presque
sa cicatrice. Je m'appelle Dave. Puis-je vous servir quelque
chose à boire ? Un soda ? De l'eau ? Quelque chose de plus
fort ?

— Je n'ai pas bu d'alcool depuis des mois, dit-elle doucement. Ce n'est sans doute pas une bonne idée.

— Ça me paraît merveilleux, dit sa mère à côté d'elle.
Un mimosa me ferait vraiment du bien.

Morgan déglutit et se tourna pour fixer une nouvelle fois
sa mère. Elle la dévisagea de haut en bas et elle se rendit
compte qu'elle avait l'air bien. Elle avait toujours pris soin
d'elle, mais au cours de l'année d'absence de Morgan, et
depuis qu'elle était partie d'Atlanta, Ellie Jernigan avait
appris à être mieux dans sa peau.

Elle avait toujours été plus grande que Morgan, mais les
talons de cinq centimètres qu'elle portait en ce moment la
faisaient culminer à quinze centimètres au-dessus d'elle.

Elle portait un chemisier qui serrait sa poitrine opulente, et sa jupe qui tombait au niveau des genoux était moulante.

— As-tu perdu du poids, maman ? laissa échapper Morgan. Tu es magnifique.

Ellie rougit et frotta sa cuisse d'un air gêné.

— Quand tu as disparu, je n'ai pas beaucoup mangé. J'étais trop inquiète à ton sujet. Je savais qu'il fallait que je quitte Atlanta. Partout où je me tournais, il y avait des choses qui me rappelaient ton absence. Une des femmes au bureau m'a dit qu'une de ses amies vivait à Albuquerque et que d'après elle il y avait beaucoup de travail pour les assistantes dentaires. Alors, un jour où j'étais particulièrement déprimée, j'ai pris la décision. J'ai démissionné et déménagé. J'ai rencontré tellement d'amies merveilleuses là-bas, Morgan. J'ai aussi rejoint un club de sport et suivi le régime cétogène. Je crois que ça marche.

Morgan sentit la main d'Arrow au creux de son dos. Elle ne s'était pas encore assise sur les chaises indiquées par Dave.

D'un côté, Morgan avait envie d'en vouloir à sa mère parce qu'elle était passée à autre chose. Elle avait trouvé de nouvelles amies et elle s'était concentrée sur son apparence... pendant que l'on abusait de Morgan. Mais il était mesquin de se fâcher. Elle n'avait vraiment rien pu faire, et il valait mieux qu'elle soit passée à autre chose plutôt que de s'enfoncer dans un abîme de désespoir.

— Tu es magnifique, maman.

— Merci, bébé.

Elle leva une main jusqu'aux mèches blondes de Morgan.

— Regarde-moi tes pauvres cheveux. Je regrette que ton père ne t'ait pas laissé le temps de t'en occuper avant de te faire passer à la télévision nationale.

— Tu aurais dû les voir avant qu'Arrow s'en occupe, plaisanta-t-elle en essayant d'apaiser les tensions.

Elle détestait que sa mère dénigre son père. Elle s'y était habituée, mais cela faisait plus d'un an qu'elle n'avait pas entendu ces remarques. Elle sourit à Arrow qui se tenait derrière elle et dit :

— J'ai de la chance qu'il n'ait pas eu besoin de tout couper.

Ellie sembla horrifiée.

— Tout couper ? Oh, ç'aurait été vraiment horrible. Tu as toujours aimé tes cheveux.

Les cheveux courts n'auraient pas été *horribles*. Pas si on les comparait à ce qu'elle avait traversé. C'était le cadet de ses soucis. Elle avait traversé un enfer, et sa mère s'inquiétait pour ses cheveux ?

— Je pense que votre fille est magnifique quoi qu'elle porte et quel que soit l'état de ses cheveux, dit Arrow en s'appuyant un peu contre Morgan.

Elle lui fut reconnaissante de son soutien. Le fait qu'il prenne la parole l'empêchait de dire quelque chose qu'elle risquait de regretter plus tard.

Le regard d'Ellie se concentra sur Arrow.

— Alors, c'est vous qui avez trouvé ma fille ? Avez-vous tué les gens qui la détenaient ?

— J'étais un des trois hommes, oui. Et non. Notre seul objectif était de ramener Nina chez elle en sécurité. Nous avons alerté les autorités au sujet de l'endroit où nous avons trouvé Morgan et la fillette et ils vont poursuivre le père biologique de Nina. Nous attendons toujours de savoir s'ils ont pu attraper les autres hommes impliqués.

— Ah.

Morgan eut honte que sa mère soit si impolie. Elle aurait dû s'agenouiller à ses pieds pour le remercier d'avoir trouvé

Morgan et de l'avoir ramenée chez elle. En y réfléchissant, même son père n'avait pas vraiment remercié Arrow et le reste de son équipe. Il s'était davantage inquiété de savoir quelle chaîne d'informations était présente à la conférence et si l'histoire passait à la télévision nationale ou restait régionale.

Elle se tourna et elle vit Meat, Ro et Ball entrer dans le bar. Elle savait qu'ils étaient restés plus longtemps à la conférence de presse, laissant le temps de s'échapper à Arrow et elle. Elle leur fit un sourire timide et elle vit Arrow lever le menton dans leur direction pour les saluer.

— Qui sont-ils ? demanda Ellie.

— Ce sont les autres hommes de l'équipe qui m'a sauvée, lui dit Morgan. Ball était à Santo Domingo, mais les autres étaient ici afin d'aider à trouver des informations.

Au lieu de demander à les rencontrer, sa mère se détourna, comme s'ils n'étaient pas importants, et elle regarda sa fille.

— Morgan, tu rentres à Albuquerque avec moi, n'est-ce pas ? Tu ne vas pas retourner à Atlanta, hein ? Je ne pense pas que ce soit la meilleure idée. La personne qui t'a enlevée la première fois pourrait attendre que tu rentres chez toi. Elle pourrait recommencer. Sans parler du fait que ton père est là-bas, et je sais qu'il voudra te montrer devant toutes les caméras pour son propre avantage.

C'était une façon déloyale de lui demander de vivre avec elle, mais Morgan ne pouvait pas vraiment la contredire. Elle était méfiante à l'idée de retourner à Atlanta et elle ne voulait surtout pas avoir à donner des interviews à toutes les personnes que son père avait rencontrées et avec qui il avait travaillé au cours de l'année passée.

Elle commençait toutefois à vite se souvenir de la raison pour laquelle elle avait été si heureuse de quitter la maison de sa mère à Atlanta. Morgan aimait sa mère, mais elle pouvait être extrêmement mesquine.

Dévisageant tour à tour Arrow et sa mère, Morgan dit :

— Je... si ça ne te dérange pas, maman. Oui.

— Bien sûr que ça ne me dérange pas ! s'exclama Ellie en tendant les bras, enlaçant une nouvelle fois Morgan. Tu es ma fille et je suis tellement heureuse de te voir revenir d'entre les morts. Je ne voudrais surtout pas que tu partes ailleurs !

Morgan serra sa mère dans ses bras, cachant son visage en essayant de reprendre son calme. Maintenant qu'elle avait décidé où loger, elle avait envie de revenir sur sa décision. Peut-être n'avait-elle pas bien réfléchi. Peut-être pouvait-elle trouver un appartement ici à Colorado Springs.

Puis Ellie s'écarta et dit :

— Oh, et j'ai appelé Lane et je lui ai fait savoir que tu avais été retrouvée, et il a très envie de te parler.

Morgan ne put que fixer sa mère avec de grands yeux. Ellie avait toujours adoré Lane. Elle pensait qu'ils étaient parfaits ensemble. Morgan n'était absolument pas prête à lui parler, cependant. Ils avaient été sur le point de rompre quand elle avait disparu, mais elle n'en avait pas vraiment parlé à sa mère, qui ne pouvait donc pas être au courant.

— Madame Jernigan ? demanda Arrow.

— C'est Mademoiselle, le reprit Ellie. Oui ?

— Nous allons devoir vous voler Morgan pendant un moment. Nous devons parler d'autres éléments concernant son enlèvement.

— Êtes-vous certains que c'est bien nécessaire ? Elle est encore vulnérable après tout ce qui est arrivé. Je ne veux pas qu'elle revive quoi que ce soit qui la perturbe. Vous devriez peut-être attendre un mois.

— Il est très important que nous lui parlions pendant

que tout est encore frais, dit Arrow en jetant un regard désolé à Morgan. Je promets que nous ferons attention. Son bien-être est de la plus haute importance pour mes amis et moi.

— Dans ce cas, je ne vois pas pourquoi je ne pourrais pas vous accompagner.

Ellie fit la moue avant d'ajouter :

— Je suis sa mère. Nous nous disons tout.

Ce n'était pas tout à fait vrai, mais Morgan ne la contredit pas. Elle savait d'expérience que sa mère allait seulement se braquer et s'entêter si elle ne détournait pas son attention.

— Maman, j'aurais besoin de ton aide pour me trouver des habits et des affaires. Pourrais-tu les commander en ligne et les faire livrer chez toi pendant que je parle à Arrow et ses amis ? Je suis sûre que nous ne mettrons pas trop longtemps.

— Du shopping ? dit Ellie dont le visage s'anima. Je serais ravie de le faire ! J'aurais déjà dû y penser. Quelqu'un a-t-il un ordinateur que je pourrais emprunter ? Je pourrais utiliser mon téléphone, mais c'est plus facile sur un ordinateur.

— Je suis certaine que ça peut être arrangé, dit Arrow en jetant un coup d'œil à Dave, qui avait observé toute la conversation sans dire un mot et en levant ses sourcils de façon comique.

Le barman comprit l'allusion et hocha la tête.

— J'en ai un dans le bureau à l'arrière que vous pouvez utiliser, Ellie.

— Merci, dit la mère de Morgan en battant des cils.

Lorsque Dave lui tendit le bras, elle sourit encore davantage et passa son bras dans le sien.

— Un vrai gentleman. Ça me plaît.

— Maman ? demanda Morgan avant qu'Ellie s'éloigne.

— Oui ?

— Penses-tu pouvoir me faire tes célèbres lasagnes à cinq couches quand nous rentrerons ? Je n'ai pas eu de repas fait maison depuis une éternité.

— Oui, bébé... bien sûr. Et je ferai aussi les biscuits à la guimauve que tu aimes tant.

— Merci.

— Je suis tellement contente que tu ailles bien. Je ne suis peut-être pas la meilleure maman au monde, mais je t'aime et je ne veux que ce qu'il y a de mieux pour toi.

— Merci, maman. Moi aussi, je t'aime.

Quand Ellie et Dave furent hors de portée, Arrow se pencha et demanda :

— Est-ce que ça va ?

— Je vais bien. Je suppose que j'aurais dû t'avertir au sujet de ma mère. Elle est un peu... elle en fait des tonnes, parfois.

Arrow gloussa.

— Je suppose que c'est une façon comme une autre de la décrire.

— Elle n'est pas méchante. C'est juste qu'elle est un peu franche et qu'elle ne pense pas toujours à ce qu'elle dit avant que ça sorte de sa bouche.

— Elle n'était pas au courant pour Lane et toi, n'est-ce pas ?

— Au sujet de notre rupture ? Non. Je ne sais pas pourquoi je ne lui ai pas dit que ça ne marchait pas. Peut-être ne souhaitai-je pas la décevoir. Je n'ai pas eu l'occasion de lui dire que nous avions l'intention de nous séparer.

Elle leva le visage vers Arrow.

— Je suppose que j'aurais dû appeler Lane, hein ?

— Allez, viens, dit Arrow en lui prenant la main. Nous

pouvons avoir cette conversation avec les autres. Ils seront intéressés d'apprendre qu'il veut te parler.

— Je déteste ça, dit Morgan en suivant Arrow jusqu'à la porte au fond de la salle qui ouvrait sur une grande zone contenant des tables de billard. Il tourna vers la droite et il la guida jusqu'à une table sur le côté de la pièce. Black, Ball, Ro, Meat et Gray étaient déjà assis et ils examinaient des papiers.

— Je sais, et je déteste que tu doives vivre ça, moi aussi. Mais c'est nécessaire. Tu le sais, n'est-ce pas ? Je veux dire, nous n'aurions pas besoin d'avoir cette conversation si nous nous savions qui t'avait enlevée et pourquoi.

— Je sais, Arrow, le rassura Morgan en posant sa main libre sur son bras. Je ne dis pas que je ne *veux* pas le faire, mais seulement que ça ne me plaît pas.

— Ce sera trop tard pour que ta mère et toi partiez cet après-midi quand nous aurons terminé, dit Arrow. Puis-je te tenter avec un dîner chez moi ? Je ne suis pas le meilleur chef qui soit, mais je ne suis pas non plus le pire. Je peux nous faire griller un bon steak avec des asperges et des petits pains. C'est ce que je sais faire de plus proche d'un repas fait maison. Veux-tu également inviter ta mère ? Ou ton père ?

Morgan le regarda et eut envie de pleurer. Il aurait pu lui demander de sortir dîner avec ses amis et lui. Il aurait pu inviter Allye et Chloé et les autres à venir manger, également. Elle appréciait encore plus qu'il veuille la rendre heureuse en invitant ses parents à venir manger avec eux.

— J'aimerais beaucoup un steak, dit-elle doucement. Et... comme c'est peut-être ma dernière nuit ici... pouvons-nous le faire juste entre nous ? Je pourrais passer beaucoup de temps avec maman puisque je vais au Nouveau-Mexique. Et papa voudra seulement parler de ce qui est arrivé – quand lui et ma mère ne seront pas en train de se disputer –

et j'ai l'impression que je n'aurais plus envie de parler à la fin de cette journée.

Elle vit le regard d'Arrow tomber sur ses lèvres, puis sa poitrine avant de remonter vers ses yeux. Elle eut envie de se tortiller sous le regard intense qu'il posait sur elle, mais elle résista. Elle aimait bien cet homme. L'amour au premier regard existait peut-être, finalement. Elle ne savait pas si elle l'aimait, mais elle aimait tout ce qu'elle savait de lui pour l'instant.

— Je ferai de mon mieux pour que tu obtiennes tout ce que tu veux, lui dit Arrow.

— D'accord. J'irai parler à ma mère quand nous aurons terminé et je lui ferai savoir ce qui est prévu.

— Très bien. Si tu as besoin de faire une pause pendant la discussion, il te suffit de tapoter deux fois mon genou.

Le même sentiment mièvre grandit en elle en entendant ces mots.

— Ça ira.

— Je sais que ça ira. Mais l'offre tient quand même. Tu ne dois pas croire que tu es obligée de continuer si c'est trop dur.

— D'accord.

— Bien. Es-tu prête ?

— Pour parler des gens dans ma vie que je pensais être des amis et pour essayer de découvrir qui me déteste suffisamment pour me faire kidnapper et me garder en captivité dans un pays étranger ? Non. Mais je suis prête à continuer ma vie.

— Je ne sais pas si je dois te serrer dans mes bras ou te féliciter, avoua Arrow.

— Allez, venez, vous deux, appela Meat. Nous avons des choses à faire et des rats à débusquer.

— Charmant, maugréa Arrow en accompagnant Morgan jusqu'à la table.

Il attendit qu'elle soit assise puis il s'installa sur la chaise à côté d'elle.

Morgan ne savait pas si elle devait se mettre à parler ou comment tout allait se dérouler, mais elle n'eut pas besoin de s'inquiéter. Meat se lança immédiatement. Elle commençait à comprendre que c'était typique de sa part.

— Alors, Morgan Byrd, parle-nous de toutes les personnes que tu connaissais à Atlanta.

12

Arrow vit que Morgan était épuisée. Ils avaient parlé pendant deux heures – ou plutôt, elle *leur* avait parlé pendant deux heures.

Meat lui avait dit de ne pas filtrer ses paroles. Si elle avait une impression bizarre au sujet de quelqu'un, elle devait le leur dire. Il avait pris les commandes de l'interrogatoire et il lui avait mis la pression.

Quand ils étaient encore à Santo Domingo, ils avaient entendu parler de ses amis proches, Lane et Lance Buswell, Karen Garver, Thomas Huntington et Sarah Ellsworth, mais Meat avait insisté pour obtenir les noms d'autant d'amis, de connaissances, de clients et de fournisseurs que possible. Il était même allé jusqu'à la pousser à donner les noms des amis de ses parents. Comme son père était directeur financier d'une grosse entreprise, on ne pouvait pas ignorer ses éventuels rivaux.

Morgan ne s'était pas dérobée à la tâche. Elle avait répondu à toutes leurs questions et leur avait raconté tout ce qu'elle savait sur chaque personne.

Le résultat était maintenant une liste d'une centaine de

noms et pour l'instant, *tout le monde* était suspect. Il savait que Morgan espérait toujours que son enlèvement soit dû au hasard, mais Arrow n'avait pas cette impression. Et il savait que le reste de l'équipe pensait comme lui.

Si elle avait été enlevée par un inconnu, celui-ci ne se serait pas donné autant de mal pour la garder dans les Caraïbes. Il aurait fait ce qu'il voulait d'elle avant de la tuer. La droguer, la transporter dans un petit pays, puis payer un groupe de malfrats pour la garder sur place en toute discrétion, c'était bien au-delà d'un kidnapping aléatoire.

Non, le coupable connaissait personnellement Morgan. De plus, il lui en voulait énormément, ce qui surprenait Arrow. Il était vrai qu'il ne la connaissait pas depuis long-temps, mais il n'imaginait pas qu'elle ait fait quelque chose qui engendre une telle haine.

Ils allaient donc commencer à parcourir la liste de personnes qu'elle connaissait, en commençant par ses amis, son ex-petit ami et son frère. Plus une personne la connais-sait, plus il y avait de chances pour qu'elle soit à l'origine de son enlèvement.

— On dirait que Lane sort avec quelqu'un de nouveau depuis presque un an, dit Meat.

Puis, en levant les yeux vers Morgan, il ajouta un peu tard :

— Pardon.

Elle balaya ses excuses de la main.

— Je vous ai dit que nous n'étions plus vraiment ensemble le dernier soir où nous sommes sortis. Ce n'est rien.

— D'accord, alors il a commencé à fréquenter une femme qui s'appelle Rebecca Low. Elle a une sacrée liste d'ex... dont quelques criminels.

— Pour quelles raisons se sont-ils fait arrêter ? demanda Black.

— Vol à main armée, agression et violence conjugale.

— Merde. Je suppose que Lane est beaucoup mieux ? demanda Ball à Morgan.

Elle hocha la tête.

— Il n'aimait même pas dépasser les limites de vitesse.

— Oui. Lane Buswell est un vrai boy-scout, dit Meat en fixant l'écran de l'ordinateur devant lui. Miss Rebecca voulait peut-être se débarrasser de Morgan afin d'avoir Lane pour elle. Elle connaissait des gens qui auraient pu s'occuper du sale boulot.

— Lance n'est pas beaucoup mieux, n'est-ce pas ? demanda Ro. Il a son propre casier.

— C'est vrai. Mais ce sont surtout des choses insignifiantes comme ivresse sur la voie publique et trouble à l'ordre public... oh, il avait une conduite en état d'ivresse qui lui pendait au nez quand Morgan a disparu.

— Sarah a pu croiser toutes sortes de personnes en travaillant au bar, suggéra Gray. Elle aurait pu payer quelqu'un pour suivre Morgan hors du club cette nuit-là et l'enlever.

— Oh, intéressant, dit Meat en tapotant sur son clavier.

— Quoi donc ? demanda Gray.

— Le *frère* de Karen Garver est membre d'un gang de motards à Miami. Si elle avait une dent contre Morgan ou si elle pensait qu'elle la facturait trop cher, elle aurait pu s'énerver et demander à son frère d'agir.

Arrow s'était tellement concentré sur la liste de noms devant lui et sur les théories imaginées par les autres, qu'il n'avait pas fait attention à Morgan. Il ne la regarda que lorsqu'il la sentit tapoter doucement son genou.

Elle pinçait les lèvres, perturbée, et ses joues avaient perdu toute leur couleur.

Merde.

L'équipe travaillait le mieux en balançant toutes les informations qu'ils avaient et en élaborant des théories. Ils avaient tendance à ne pas se retenir. Morgan les avait tellement aidés, elle était restée si calme en parlant de ses amis et de ses connaissances, qu'ils avaient presque oublié qu'elle n'était pas une membre de leur équipe. Il ne s'agissait pas seulement d'une affaire, c'était sa vie.

— Il se fait tard, les gars, dit fermement Arrow. Allye et Chloé devraient arriver bientôt et je sais que Morgan a sûrement besoin d'une pause avant ça.

Elle hocha la tête avec enthousiasme à côté de lui.

Gray comprit immédiatement leur erreur et dit :

— Pardon, Morgan. Tu as vraiment bien travaillé. Sérieusement. Je sais que c'était dur.

— Oui, acquiesça-t-elle. Je n'aurais pas cru devoir envisager que le facteur me déteste au point de me faire enlever et torturer pendant un an. Je suppose que je devrais arrêter de me faire livrer des colis, hein ?

Arrow ouvrit la bouche pour l'apaiser lorsqu'il entendit du vacarme dans la grande salle.

— Je n'y crois pas ! cria Ellie Jernigan.

— Du calme, Ellie, répondit une voix grave.

Morgan se leva si vite que sa chaise tomba derrière elle avec fracas.

— Oh, merde ! s'exclama-t-elle.

— Qui est-ce ? demanda Black en faisant le tour de la table, l'air vigilant et prêt à défendre Morgan contre n'importe quel intrus cherchant à lui faire du mal.

Les autres avaient suivi son exemple et ils entourèrent Morgan, se plaçant entre elle et la personne qui était entrée dans le bar. Cela rassura Arrow… bien qu'il ait l'impression que la personne devant être protégée n'était pas Morgan.

— C'est Carl Byrd, expliqua-t-il à ses coéquipiers.

— Son père ? demanda Gray.

— Le seul et l'unique, maugréa Morgan en se dirigeant vers la porte. J'espère que vous êtes prêts. S'il existe bien deux personnes au monde qui se détestent et qui ne devraient jamais être dans la même pièce, c'est eux.

Souhaitant protéger Morgan et s'en voulant de ne pas l'avoir observée plus attentivement alors qu'ils discutaient de la personne ayant voulu l'enlever, Arrow marcha légèrement devant elle en s'approchant de l'autre salle.

Carl Byrd se tenait à l'entrée du bar, et Ellie Jernigan lui criait au visage.

— Tu peux tout de suite faire demi-tour et sortir d'ici, dit-elle en agitant le doigt sous son nez. Morgan ne veut pas te voir. N'as-tu pas compris que la journée a été difficile pour elle ? Qu'il ne fallait pas l'exhiber devant tous ces vautours ? Comment as-tu pu être aussi insensible ?

— Ces « vautours » sont ceux qui ont gardé l'affaire de Morgan sur le devant de la scène, dit calmement Carl. Si je ne m'étais pas démené pour faire en sorte que personne n'oublie notre fille, elle serait toujours dans ce taudis aux Caraïbes.

— C'est une plaisanterie ! dit Ellie. Elle pas été retrouvée grâce à quelque chose que tu as fait. C'était un accident ! Si cet autre homme n'avait pas enlevé sa petite fille là-bas, elle serait toujours entre leurs mains. Alors, ne me sers pas ces conneries comme quoi c'est grâce à toi qu'elle est en sécurité à la maison.

— Je ne t'ai rien vu faire pour la retrouver, rétorqua Carl en perdant son sang-froid. Tu es si vite partie d'Atlanta après sa disparition, que je me suis demandé si tu cachais quelque chose.

Le claquement de la paume d'Ellie sur la joue de Carl résonna dans la salle presque vide.

— Comment *oses*-tu ? hurla-t-elle. *Tu* es celui qui a fait tout son possible pour exploiter son enlèvement ! Les actions de ta précieuse entreprise sont montées en flèche après ton passage à la télévision pour pleurer au sujet de *ta* pauvre fille qui te manquait. Tu aurais peut-être dû passer plus de temps avec elle quand elle était petite et moins de temps à baiser ta secrétaire !

— Ça suffit ! tonna Dave en marchant à grands pas vers le couple.

Arrow écarquilla les yeux et décala Morgan sur le côté de la porte afin de laisser passer les autres pour les laisser intervenir. Il n'avait jamais vu Dave aussi enragé. C'était l'homme le plus impassible qu'Arrow ait jamais rencontré. Il ne s'énervait pas quand les gens buvaient trop et faisaient n'importe quoi dans son bar. Il ne réagissait pas quand quelqu'un essayait de le provoquer. Il semblait s'en moquer complètement quand il se faisait arnaquer d'un pourboire.

Pourtant, là, il donna l'impression d'être sur le point de tuer un, ou les deux, des parents de Morgan.

Gray et Ro vinrent l'encadrer, pendant que Ball se plaçait à côté de Carl et Black à côté d'Ellie.

— Comment osez-vous, tous les deux, siffla Dave. Le fait que votre fille rentre à la maison est un putain de miracle, et vous vous disputez comme des enfants de cinq ans. Je me moque de votre passé, vous devriez au moins être polis l'un avec l'autre dans un moment comme celui-ci.

— Vous avez raison, dit Ellie en laissant tomber l'amertume de sa voie, les épaules voûtées. Le fait que Morgan soit rentrée est un miracle et je suis très heureuse qu'elle soit là.

J'ai simplement été si stressée et inquiète. Rien n'est plus important que le retour à la maison de mon bébé.

— Sauf peut-être rater tes cinq minutes de célébrité, puisque tu n'as pas été invitée à la conférence de presse, dit le père de Morgan dans sa barbe, mais assez fort pour que tout le monde puisse l'entendre.

— Ça suffit ! répéta Dave. Bon sang ! C'est *vous* qui représentez les problèmes que nous avons dans le monde d'aujourd'hui. Sortez. Dehors.

— Mais je voulais parler à Morgan, objecta Carl.

— Tu as déjà eu ta chance, dit Ellie. Elle rentre avec moi à Albuquerque ce soir. Je ferai en sorte qu'elle ne reste pas seule pendant une seconde. Je ferai en sorte qu'elle soit en *sécurité*.

Carl regarda alors Morgan.

— Sérieusement ? Tu dois rentrer à Atlanta, ma chérie. Je t'installerai dans un appartement de mon immeuble. Il y a un portier et tout. Tu seras en sécurité là-bas.

— Je devrais peut-être ne suivre ni l'un ni l'autre, dit calmement Morgan. Je suis fatiguée de vous voir agir comme des bébés. Vous avez divorcé il y a longtemps. Vous devez commencer à agir comme des adultes et arrêter de me tirer chacun de votre côté comme deux chiens avec un os.

Dave hocha la tête vers Black et Ball et il marcha jusqu'à la sortie du bar. Il ouvrit la porte pendant que les deux hommes saisissaient les bras des parents de Morgan.

— Hé lâchez-moi ! protesta Carl.

Ellie se tourna vers sa fille en se faisant conduire à la porte.

— Je suis vraiment désolée, bébé. Je ferai mieux, promis ! C'est juste… tu m'as tellement manqué, et j'ai besoin de savoir que tu vas bien. S'il te plaît, envisage de venir avec moi. Je ne dirai rien au sujet de ton père. Juré.

— Morgan vous contactera, dit Dave à Ellie. Elle passe la nuit ici à Colorado Springs, et vous pourrez partir demain. Je suggère que vous vous calmiez tous les deux et que vous pensiez à Morgan pour une fois dans vos vies. Si elle décide de rester ici, sachez qu'elle aura toute la protection dont elle a besoin. Si elle décide de vous suivre au Nouveau-Mexique, Mademoiselle Jernigan, – Dave insista sur le conditionnel – vous devrez être prête à être là pour elle à cent pour cent. Je vous recommande de réfléchir à ce que votre fille a traversé et comment vous pouvez l'aider *elle*, plutôt que ce qui vous arrange vous.

Et là-dessus, Black et Ball poussèrent doucement les deux adultes hors du bar et Dave leur claqua la porte au nez. Il se retourna et marcha tout droit vers Morgan.

Elle se tenait à côté d'Arrow avec de grands yeux et un air embarrassé.

Dave s'approcha d'elle et la serra dans ses bras sans un mot. Arrow ne vit aucune peur ni aucun signe montrant qu'elle ne voulait pas de cette embrassade. Elle ferma les yeux et posa la joue sur son torse.

— Je suis vraiment désolé pour ça, dit Dave.

Morgan haussa les épaules.

— Ça va. Ce n'est pas la première fois que je les vois se disputer et ce ne sera pas la dernière.

— Ils devraient être là pour toi, protesta Dave, qui n'était pas prêt à laisser tomber.

Morgan s'écarta un peu et examina l'homme plus âgé.

— Ils ont été ainsi toute ma vie. Plus le temps passe depuis le divorce, plus ils empirent. C'est comme s'ils refusaient tous les deux d'abandonner la colère qu'ils ont l'un envers l'autre. Je ne le comprends pas, mais j'ai appris à le gérer. En outre, ils ne sont pas toujours comme ça. Ma mère est en général assez collante. Une fois que mon père sera parti, elle redeviendra aimante comme d'habitude.

— Quand même, soupira Dave. Je suis désolé. Et tu es un miracle. Je sais que tu as dû traverser un enfer, mais tu es ici. Tu peux gérer tout ce qui est arrivé parce que tu es en vie. Ne l'oublie pas.

Il se tourna ensuite vers Arrow.

— Vous avez terminé ?

— Oui, on a fini pour l'instant.

— Bien. Morgan a besoin d'un verre, annonça Dave.

Puis il transféra Morgan dans les bras d'Arrow et il se dirigea vers son bar.

— Il est assez excessif, remarqua doucement Morgan quand il se fut éloigné de quelques pas.

— En réalité, non, il ne l'est pas, rétorqua Arrow. En général, il est très décontracté.

— Je ne sais pas quoi penser de ça, avoua-t-elle.

— Tu devrais te sentir importante, dit Arrow. Maintenant... est-ce que ça va ? Je suis désolé pour ce qui s'est passé là-bas.

Il indiqua la salle du fond.

— J'aurais dû me rendre compte que parler de tes amis de cette façon n'était pas sympa.

Elle secoua immédiatement la tête.

— Non, ça va. J'ai juste... j'ai été un peu bouleversée pendant une seconde. Ce n'est pas comme si je n'ai pas déjà pensé à toutes les choses que vous avez dites. J'ai eu un an pour réfléchir à mon enlèvement et me demander « pourquoi moi ». Mais je n'aurais jamais deviné que quelqu'un payait ces types pour me garder là-bas.

— Euh... savez-vous qu'il y a un couple qui s'engueule dans le parking ? demanda Allye en entrant dans la salle de billard avec Chloé.

— Oui, nous le savons, lui dit Gray en s'approchant d'Allye et en posant un bras autour de ses épaules.

— Allez-vous faire quelque chose ? demanda Chloé.

Ro se pencha et l'embrassa longuement avant de s'écarter en disant :

— Nous l'avons déjà fait. Pourquoi pensez-vous qu'ils sont là-bas dans le parking, et pas ici ?

— Salut, dit Morgan qui essayait de s'écarter d'Arrow, gênée.

Il refusa de la laisser partir.

— Salut, répondit Allye.

— Prête à tout déchirer au billard ? demanda Chloé.

— Oui, je crois, lui dit Morgan.

— Tenez, annonça Dave en donnant des bouteilles d'eau à Chloé et Allye. Et ça, c'est pour toi.

Il offrit une boisson bleu vif à Morgan.

— C'est quoi ? Ai-je envie de le savoir ?

— Ça s'appelle un AMF. Il y a de la vodka, du rhum, de la tequila, du gin, du curaçao bleu, du jus de citron sucré, et c'est allongé avec de la limonade.

Morgan le fixa, incrédule.

— Dave, je n'ai pas bu d'alcool depuis un an.

— Raison de plus.

— Euh... d'accord, bafouilla-t-elle.

Dave hocha la tête, satisfait, et il retourna au bar sans un mot de plus.

Morgan regarda Arrow.

— J'ai un peu peur de boire ça, avoua-t-elle.

Arrow lui sourit.

— C'est inutile. Dave est le meilleur barman que je connaisse. Il est aussi un des plus protecteurs en ce qui concerne les dames. S'il pense que tu as besoin de ça, c'est le cas.

— Ça veut dire quoi, AMF ? demanda Morgan en buvant une gorgée de la boisson bleue.

— Adios, Mother Fucker, cria Dave de l'autre côté de la salle.

Morgan s'étrangla avec la gorgée qu'elle venait de prendre et elle l'observa un instant avant de demander à Arrow :

— M'a-t-il vraiment entendu de là-bas ?

— Ai-je oublié de mentionner que Dave possède une ouïe de chauve-souris ? demanda Arrow avec un autre sourire.

— Euh... oui.

Puis elle leva la voix et demanda à Dave :

— Est-ce à moi que tu dis *adios*, ou à mes parents, ou bien es-tu en train de dire que je ne me souviendrai de rien après avoir bu cette chose ?

— Oui, répondit l'autre homme avec un petit sourire en coin avant de se remettre à nettoyer le bar déjà propre.

— Il ne m'a jamais préparé de boisson, chuchota Allye en s'approchant.

Chloé s'avança également d'un pas nonchalant et elle déboucha sa bouteille d'eau.

— Moi non plus. Tout ce qu'il me donne, c'est de l'eau. Dans une bouteille, bien sûr.

Les deux femmes éclatèrent de rire et Morgan fronça les sourcils d'un air interrogateur.

— Pour les femmes, il refuse de servir de l'eau dans des verres, parce qu'il a peur qu'elles puissent être droguées trop facilement à leur insu, expliqua Arrow.

— Sérieusement ?

— Eh bien, oui. Il est extrêmement peu probable que quelqu'un tente le coup ici, mais Dave ne veut prendre aucun risque.

— Avez-vous terminé avec elle ? demanda Allye. Pouvons-nous la voler et aller jouer au billard ?

— Nous ne sommes pas arrivées trop tôt, n'est-ce pas ? ajouta Chloé.

— Non. À vrai dire, vous êtes arrivées précisément au bon moment, lui dit Arrow avant de se tourner vers Morgan. Veux-tu rester... ou manger tôt ce soir ?

Une part de lui souhaitait qu'elle veuille rentrer tout de suite chez lui, mais il avait aussi envie qu'elle se détende et qu'elle passe un bon moment avec les filles. Allye et Chloé étaient des femmes incroyables, et elles étaient parfaites pour aider Morgan à se sentir mieux.

— J'aimerais rester et jouer un peu au billard... si ça te va.

— Bien sûr, répondit Arrow immédiatement. Prends ton temps. Les gars et moi on va continuer la conversation que nous avions tout à l'heure.

Elle sembla soulagée par sa réponse.

— D'accord.

— Très bien.

Puis, sans ressentir le moindre malaise, Arrow se pencha et il embrassa brièvement les lèvres de Morgan.

— Amuse-toi.

Il s'éloigna alors, mais pas avant d'entendre Allye :

— Oh la laaaa. Est-ce que je viens vraiment de voir Archer Kane t'embrasser ?

Morgan sourit en marchant bras dessus bras dessous avec Allye, Chloé les suivant de près.

— Oui.

— Tope-la ! s'exclama Allye et les trois filles gloussèrent avant de disparaître dans la salle du fond.

Arrow sentit les cinq autres Mercenaires Rebelles de

l'équipe s'avancer vers lui, mais son attention était fixée sur la porte par laquelle Morgan avait disparu.

— C'est une longue liste de noms sur laquelle nous devons enquêter, commenta Black.

— Oui, acquiesça Arrow.

— Il y a beaucoup de criminels cachés dans l'ombre et potentiellement liés à elle, ajouta Meat.

— Oui, dit Arrow.

— Il faudra du temps pour enquêter sur tout le monde, lança Ball.

— Oui.

— Elle s'est peut-être enlevée elle-même pour avoir une année de vacances, dit Ro, pince-sans-rire.

— Peut-être, marmonna Arrow.

Gray donna une tape à l'arrière de la tête d'Arrow. Il grimaça et se tourna pour jeter un regard noir à son ami.

— Pourquoi as-tu fait ça, putain ?

— J'essayais juste d'attirer ton attention, dit son ami. Allez, viens. Elle sera bien avec Allye et Chloé. Dave va garder un œil sur elles. On a beaucoup de choses à voir si nous voulons réduire cette liste de suspects, et nous avons besoin de toute ton attention.

— Tu aurais pu te contenter de le dire, se plaignit Arrow en se frottant la tête.

— Pour ce que ça vaut... elle nous plaît, dit Meat. Elle a gardé son calme et a eu quelques idées perspicaces sur ceux qui pourraient lui vouloir du mal. Elle nous a donné une véritable avance sur cette liste de noms.

— Elle est incroyable, c'est certain, acquiesça Arrow.

Il suivit ses amis dans la salle du fond, incapable de s'empêcher de regarder Morgan. Elle riait à cause de ce qu'une des autres femmes avait dit, et il inspira brusquement. Il pensait déjà qu'elle était belle, mais la voir détendue et heureuse lui fit comprendre qu'il n'avait même pas commencé à voir les différents aspects de sa personnalité.

Il aurait aimé qu'elle reste ici à Colorado Springs, mais il n'avait pas l'intention de laisser quelques centaines de kilomètres l'empêcher de voir Morgan.

13

Quelques heures plus tard, Morgan était allongée sur le canapé d'Arrow. Elle avait trop mangé pour bouger, et elle était trop confortable pour envisager de se lever et d'aller se coucher. Arrow était assis de l'autre côté du canapé, les pieds de Morgan sur ses genoux, lui offrant le meilleur massage des pieds qu'elle ait jamais eu.

Il regardait la télévision pendant qu'il travaillait sur ses pieds, ne faisant apparemment pas attention à elle. Morgan savait pourtant qu'il était aussi à l'écoute d'elle qu'elle était à l'écoute de lui. Quand elle bougeait, il demandait immédiatement si elle était bien installée ou si elle avait besoin d'un autre coussin. Quand elle fermait les yeux pendant une seconde, profitant de ses mains sur ses pieds en chaussettes, il demandait si elle était fatiguée et si elle voulait aller se coucher.

Son appartement était vraiment impeccable. Il avait prévenu qu'il était un peu maniaque, mais elle ne s'était pas attendue à l'aspect immaculé de l'endroit. Morgan supposait que c'était parce qu'il avait été dans la Marine, mais c'était quand même extrême. Les verres dans ses placards étaient alignés avec beaucoup de précision, le garde-manger organisé comme si un professionnel était venu après son passage au supermarché, et il n'y avait pas beaucoup de touches personnelles qui risquaient de prendre la poussière.

Il n'y avait que deux photos sur ses étagères : une de lui avec deux femmes devant être sa mère et sa sœur, et une d'Arrow debout avec les cinq autres hommes des Mercenaires Rebelles. Ils étaient tous couverts de crasse, mais ils affichaient d'énormes sourires.

Bien que l'endroit soit propre et très bien rangé, Morgan se sentit immédiatement à l'aise. Elle n'était pas maniaque, loin de là, mais après avoir vécu un an dans la saleté, elle se sentait libérée d'être dans l'espace propre d'Arrow. C'était reposant.

— As-tu aimé le dîner ? demanda-t-il à voix basse.

— Beaucoup, répondit Morgan. Je ne sais pas du tout comment tu fais coller toutes ces épices à la viande, mais c'était délicieux.

— Pas trop cuit ?

— Pas du tout. C'était parfait.

— Tant mieux.

— Arrow ?

— Oui, ma belle ?

— Merci.

— Pour quoi ?

— Pour aujourd'hui. Parce que tu es resté à mes côtés. Tu as veillé sur moi. J'étais angoissée au sujet de la conférence de presse, mais tu m'as rassurée et détourné mon attention quand j'en avais le plus besoin. Je sais qu'il vous fallait autant d'informations que possible sur mes amis et mes connaissances, mais quand c'est devenu trop, tu m'as laissée faire une pause. Merci de m'avoir permis de jouer au billard avec Allye et Chloé. Je les aime beaucoup, et elles m'aident à me sentir normale. Et c'est important, parce que ça fait très longtemps que je ne me suis pas sentie normale. Merci de ne pas avoir paniqué quand mes parents ont fait leur truc. Et enfin, merci pour ce soir. J'avais besoin d'un repas calme, loin des regards oppressants du public. Tu... tu vas me manquer.

Sans un mot, Arrow la releva, la fit tourner dans ses bras et appuya son dos contre lui. Il avait les bras autour de sa taille et elle sentait sa respiration sur le côté de son visage et de ses cheveux alors qu'elle était allongée contre lui.

— Tu peux rester ici, tu sais, lui dit-il au bout d'un moment.

Morgan soupira.

— Je sais. Et je l'apprécie plus que tu ne le sauras jamais. Tu n'as pas vu le meilleur côté de ma mère aujourd'hui. Normalement, elle n'est pas ainsi. En général, elle est presque trop gentille, jusqu'à me suffoquer. Elle me couve. Je pense... je pense en avoir besoin en ce moment. Tu as ton travail et le reste, et... j'ai juste besoin d'un peu de temps avec ma maman.

— Je comprends, dit Arrow en serrant les bras autour d'elle. Mais souviens-toi que tu seras toujours bienvenue ici. Si ça ne marche pas à Albuquerque, il te suffit de passer un coup de fil et je viendrai te chercher.

— C'est gentil.

— Et il faut que tu saches que tu me manqueras aussi, lui dit-il. Tu n'es restée ici que deux jours, et tu as déjà marqué cet endroit de ton empreinte. Je ne vais pas pouvoir faire quoi que ce soit sans t'imaginer ici.

— Tu veux dire que je suis bordélique, que j'ai sali ta cuisine, laissé traîner mes chaussures au milieu de la pièce, et demandé une couverture pour être à l'aise sur le canapé, plaisanta-t-elle.

— Non. Juste par ta présence, tu as fait de cet appartement un foyer. Tu l'as rempli avec ton énergie et ta bonté.

— Arrow, protesta Morgan.

Elle savait qu'il exagérait, aimant néanmoins ce qu'il exprimait.

— Je suis sérieux. Et si tu reviens ici, il faut que tu saches que tu ne seras jamais un fardeau. Tu ne déranges pas. Comme tu le vois, je n'ai pas vraiment quitté les Marines en ce qui concerne le rangement. Ça nous a été rabâché depuis le premier jour. Mais l'idée que tu sois là, que tu partages mon espace ne me fait pas du tout peur. Je pourrais m'habituer à voir une couverture froissée sur le canapé et des chaussures sur le sol si je savais que cela t'appartenait.

— Comment est-ce arrivé ? demanda Morgan.

— Quoi ?

— Ceci. Nous. Il y a moins d'une semaine, je survivais à peine, je pensais que j'allais mourir dans cet affreux taudis. Mais maintenant... nous sommes... en fait, je ne sais pas ce que nous faisons.

— C'est le destin, dit Arrow avec conviction. Il se passe des choses dans ce monde que nous ne pouvons pas expliquer. Des enfants bien trop jeunes pour l'avoir appris découvrent qu'ils savent jouer du piano comme s'ils s'étaient entraînés toute leur vie. Des animaux domestiques qui se sont enfuis il y a des années réapparaissent et sont réunis avec leur famille. Des gens qui pensaient être seuls découvrent qu'ils ont une famille immense qu'ils ne connaissaient pas.

Morgan tourna la tête pour regarder Arrow et elle vit son air sérieux. Il n'était pas simplement en train de la flatter. Il croyait sincèrement ce qu'il disait.

— Je sais, dit-il dans un souffle. Tu penses que je suis fou. Mais j'ai vu assez de choses qui ne peuvent pas être expliquées simplement. Des gens qui ont survécu à un tir de lance-roquette directement sur leur maison et qui en sont sortis sans une égratignure. Des soldats qui auraient dû mourir de leurs blessures. Des amants réunis après avoir été séparés pendant cinquante ans. Je ne remets plus tout cela en question. Et parfois, des personnes s'entendent bien tout de suite. Peut-être se connaissaient-elles dans une vie antérieure et leurs âmes sont-elles attirées dans cette vie ? Je ne le sais pas, mais dès la première fois que je t'ai vue, j'ai su que tu changerais ma vie. Comment, je dois encore le découvrir, mais je sais que c'est vrai de toutes les fibres de mon être.

Morgan déglutit. Ses mots étaient inattendus. Elle n'avait pas beaucoup réfléchi à la réincarnation ou aux âmes, mais ce qu'il disait faisait écho chez elle.

— J'aimerais y croire... mais je ne suis pas sûre de le pouvoir.

— Ce n'est pas grave. J'y crois assez pour nous deux. Il te suffit de savoir que si tu as besoin de moi, je suis là. Je t'admire, Morgan. Et plus que ça, je crois en toi. Je ne sais pas ce qui nous attend pour le restant de nos vies, mais si tu veux que j'en fasse partie, je suis là. Maintenant... détends-toi et ferme les yeux. Le matin arrivera vite.

— Je suis angoissée à l'idée de chercher quoi faire de ma vie. Dois-je recommencer mon travail d'apicultrice ? Dois-je chercher un appartement ? Les gens vont-ils me reconnaître et vouloir parler de mon épreuve ? Tout me semble tellement en suspens.

— Un jour à la fois, ma belle, dit Arrow. Je n'ai aucune réponse pour toi, mais quand tu as l'impression d'être submergée, tu m'appelles. Envoie-moi un texto, et je serai là pour toi.

— Merci, chuchota-t-elle.

Elle sentit Arrow déposer un baiser sur sa tempe. Il ne retira pas ses lèvres de sa peau pendant très longtemps.

Juste au moment où elle commençait à somnoler, elle entendit Arrow chuchoter :

— Je compte déjà les heures jusqu'au moment de te revoir, ma belle.

Le lendemain matin, Arrow s'écarta de la Subaru Forester d'Ellie Jernigan en gardant les yeux rivés sur Morgan. Il s'était éveillé sur le canapé avec elle toujours dans ses bras. Il était tout raide à cause de la position dans laquelle il avait dormi, mais il n'aurait bougé pour rien au monde. Morgan s'était réveillée peu de temps après et elle avait été surprise d'avoir dormi toute la nuit sans avoir de cauchemars.

Il détestait qu'elle en ait, mais il n'était pas surpris. Elle avait traversé un enfer et il lui fallait du temps pour s'en remettre. Il avait envoyé un message à Rex pendant qu'elle se douchait et il avait demandé des recommandations de personnes vers lesquelles Morgan pouvait se tourner à Albuquerque. Plus vite elle commencerait à parler de son expérience, plus vite elle serait capable d'entamer sa guérison.

Ro était arrivé une heure plus tôt et il avait déposé un nouveau téléphone pour Morgan. Il n'était pas resté longtemps, juste assez pour dire bonjour et au revoir à Morgan avant de repartir. Elle avait essayé de refuser le téléphone, mais Ro avait fini par dire :

— Il est à toi. Débrouille-toi avec.

Ensuite, il était retourné à sa voiture sans lui laisser d'autre choix que de l'accepter.

Elle avait levé les yeux au ciel en gardant le téléphone haut de gamme. Arrow y avait enregistré son propre numéro, ainsi que celui de Rex et des autres membres de l'équipe. Il ajouta également ceux d'Allye et de Chloé.

Elle n'avait pas beaucoup d'affaires à préparer, car elle n'avait pas encore eu le temps d'acheter beaucoup de vêtements... et puis ce fut l'heure de partir. Sa mère avait appelé Arrow – il l'avait contactée pour lui expliquer où il vivait et à quelle heure Morgan serait prête – et maintenant elle s'en allait.

Arrow regarda Morgan le plus longtemps possible, avant que le SUV sorte en marche arrière de sa place de parking et s'en aille.

Arrow ne savait pas combien de temps il était resté le regard perdu dans le vide, mais il finit par sortir son téléphone et composer un texto rapide.

Arrow : **Tu n'es partie que depuis cinq minutes, et j'ai déjà l'impression que ça fait une éternité.**

Sa réponse fut immédiate.

Morgan : **J'ai la même impression. Rappelle-moi pourquoi je pars ?**

Arrow tapota sur les touches en retournant à son immeuble. Il salua Robert, le portier, de la tête, et il continua jusqu'aux ascenseurs pour monter au troisième étage. Normalement, il prenait les escaliers, mais cette fois il voulait se concentrer sur ce qu'il écrivait.

Arrow : **Parce que tu es forte. Parce que ta mère a besoin de passer du temps avec toi pour comprendre que tu es vraiment rentrée à la maison et en sécurité. Parce que tu es une bonne fille. Parce que tu as besoin de savoir que tu peux te débrouiller seule sans que je veille sur toi. Parce que tu sais que si ça ne fonctionne pas, tu auras toujours un endroit où aller : ici avec moi.**

Il déverrouilla sa porte et il entra dans son appartement. Il devait se préparer à retourner au Pit et à discuter davantage de l'affaire de Morgan. Meat avait enquêté sur son ordinateur et il voulait parler de ce qu'il avait trouvé. Arrow avait envie de fixer son téléphone jusqu'à ce que Morgan réponde, mais il se força à le poser et à partir se doucher.

Dix minutes plus tard, il fut de retour dans la cuisine et il vit qu'un texto l'attendait.

Morgan : Juste au moment où je pense que tu ne peux pas être mieux que ça... tu me prouves le contraire.

Arrow sourit et rangea le téléphone dans sa poche. Il avait envie de lui répondre. Envie de l'appeler et d'entendre sa voix. Mais ce qu'il devait faire pour elle maintenant, c'était lui laisser du temps. La laisser être qui elle devait être. Pendant ce temps, il allait découvrir qui était à l'origine de son enlèvement et faire en sorte qu'elle n'ait plus jamais à s'inquiéter que cela recommence.

14

Morgan sourit en écrivant à Arrow. Ils s'envoyaient presque continuellement des textos depuis qu'elle était partie de son appartement une semaine plus tôt.

Morgan : Est-ce bizarre que le matelas dans la chambre d'amis de ma mère me semble trop mou ?

Arrow : Non. Tu peux poser des planches dessous pour améliorer le soutien.

Morgan : Je ne sais pas si ça m'aiderait. J'ai dormi si longtemps sur un sol dur que ça a dû me perturber.

Arrow : Tu as dormi dans le lit de l'hôtel et sur mon canapé dans mes bras et tu n'as pas eu de soucis. Il faudra juste du temps pour te réhabituer.

Morgan : C'est vrai que j'ai dormi comme ça, hein ? :)

Arrow : Oui.

Morgan : Que vas-tu faire aujourd'hui ?

Arrow : Les courses, réunion avec Meat, puis du sport.

Morgan : Vas-tu avoir le temps ? Je veux dire, il te faudra des heures pour organiser ton garde-manger après les courses.

Arrow : Es-tu en train de te moquer de moi ?

Morgan : Peut-être :)

Arrow : Et toi ? Qu'as-tu de prévu aujourd'hui ?

Morgan : Eh bien, je voulais rester à la maison parce que j'ai mal à la tête et au ventre, mais j'ai un rendez-vous.

Arrow : Désolé d'entendre que tu ne te sens pas bien. Où dois-tu aller ?

Morgan : À la clinique pour femmes en centre-ville.

Arrow : Pourquoi ? Est-ce que ça va ? Es-tu plus malade que tu ne le laisses entendre ? As-tu besoin que je te prenne un rendez-vous chez un médecin ?

Arrow : Pourquoi ne m'as-tu pas dit que tu avais besoin d'un médecin ? Bon sang, ma belle...

Morgan : Je vais bien.

Morgan : Sérieusement. Arrête de paniquer.

Arrow : Je ne peux pas. Pas quand tu me dis que tu vas chez le médecin et que ta mère n'est pas là pour t'accompagner. As-tu besoin que j'arrive ?

Morgan : Si je disais oui, tu viendrais ?

Arrow : Immédiatement. Je verrais si Rex me laisse emprunter l'avion. Je pourrais être là en l'espace de deux heures environ.

Morgan : Waouh. Je suis très tentée, mais je dois faire ça toute seule.

Arrow : Appelle-moi.

Morgan : Non. Je ne peux pas te parler de ça.

Arrow : Sérieusement, appelle-moi, Morgan.

Morgan : Non.

Arrow : Je ne suis pas content. Je veux que tu le saches.

Morgan : Pourquoi ça me fait sourire ?

Arrow : Parce que tu sais que je me soucie de toi. Maintenant, dis-moi ce qu'il y a, sinon je viens te chercher.

Morgan : Je sais que j'ai été testée à mon retour et que tout est revenu négatif, et je suis certaine que le médecin que j'ai vu est doué, mais je n'arrive pas à me débarrasser de l'impression qu'elle a peut-être raté quelque chose. Je ne sais pas quoi, mais parce que je me sens si mal dernièrement je me suis dit que je devais me rendre à la clinique pour femmes ici et me faire tester à nouveau... juste pour me sentir mieux et m'assurer d'être clean.

Morgan : Arrow ? Es-tu là ?

Arrow : Je suis là. Même si j'envisage de retourner à Santo Domingo, de partir à la chasse des enfoirés qui te détenaient et de les tuer lentement.

Arrow : Je n'arrive pas à écrire assez vite pour tout dire, mais puisque tu ne veux pas m'appeler...

Arrow : Je pense que c'est une bonne idée d'y aller.

Arrow : Je déteste ne pas être là pour t'accompagner.

Arrow : Je ne suis pas médecin, mais je ne crois pas que tes symptômes correspondent à un syndrome post-traumatique. Peu importe ce que dit le médecin aujourd'hui, ou n'importe quel médecin à l'avenir, ça ne me donnera pas moins envie de te voir.

Arrow : Je te l'ai dit une fois et je vais le répéter. Si tu décides de donner une chance à ce qu'il y a entre nous, c'est moi qui suis chanceux. J'ai pleinement conscience de ne pas être le meilleur parti qui soit.

Arrow : Je suis maniaque.

Arrow : J'ai un travail qui me fait voyager beaucoup trop.

Arrow : Quand je ne suis pas en mission, je bricole de l'électronique.

Arrow : Je suis légèrement claustrophobe et trop protecteur des personnes que j'aime.

Arrow : M'appelleras-tu plus tard ?

Morgan déglutit avant de répondre.

Morgan : Comment sais-tu toujours quoi dire pour que je me sente mieux ?

Arrow : Parce que. Maintenant, tu m'appelles plus tard ?

Morgan : Et autoritaire avec ça. Oui. Je t'appellerai.

Arrow : Bien. As-tu parlé à ton père récemment ?

Morgan : Beau changement de sujet. Eh oui, il m'a appelée hier.

Arrow : Et ?

Morgan : Il cherche à me faire accepter des interviews en tête-à-tête.

Arrow : Ne fais que ce dont tu as envie, ma belle.

Morgan : Merci. Je lui ai dit que j'allais y réfléchir. Arrow ?

Arrow : Oui ?

Morgan : Tu me manques.

Arrow : Pas autant que tu me manques.

Morgan : Ça ne fait qu'une semaine.

Arrow : Et ?

Morgan : Ma mère a suggéré que ce n'est que parce que tu m'as sauvée. Que c'est une sorte de syndrome du sauveteur. Que je m'accroche à toi parce que tu es venu me délivrer.

Arrow : Et que dit ta psy ?

Morgan : Que c'est possible.

Arrow : Nous en parlerons ce soir également.

Morgan : Quelle autorité !

Arrow : :)

Morgan : Bon, je dois partir. Mon rendez-vous est dans une heure et je dois appeler un taxi.

Arrow : Fais attention.

Morgan : Bien sûr.

Arrow : Envoie-moi un message quand tu rentres pour me faire savoir que tu vas bien.

Morgan : D'accord. Amuse-toi bien au supermarché.

Arrow : Ce sont des courses. Rien d'amusant.

Morgan : Tu dis ça parce que tu n'as jamais fait les courses avec moi. :)

Arrow : C'est une des millions de choses qu'il me tarde de faire avec toi, ma belle. Passe une bonne journée et essaie de ne pas t'inquiéter. Souviens-toi que tu es une femme forte qui déchire et qui a le restant de sa vie devant elle.

Morgan : Je t'appelle plus tard.

Arrow : Oh que oui !

Morgan fixa longuement son téléphone avant de le poser sur le côté. Elle devait vraiment partir si elle voulait être à l'heure à son rendez-vous, mais elle ne put résister à l'envie de penser quelques minutes de plus à Arrow... et au fait qu'elle apprenait à l'aimer de plus en plus.

Il avait été une bouée de sauvetage toute la semaine dernière. Sa mère était enthousiaste à l'idée qu'elle soit à la maison, mais son côté trop protecteur était maintenant presque oppressant. Elle avait pris les premiers jours de congé, puis elle s'était organisée pour ne travailler que pendant des demi-journées. Morgan se sentait très mal de vouloir déjà être laissée tranquille par sa mère, mais elle atteignait ses limites.

Ellie lui demandait constamment comment elle allait et si elle voulait parler de ce qui était arrivé. Elle répétait à Morgan que ce n'était pas bien de tout garder en elle, qu'elle avait besoin de s'exprimer. Et Morgan parlait effective-ment... à une thérapeute. Elle n'avait pas l'énergie de tout répéter à sa mère, car elle n'était vraiment pas à l'aise à l'idée de lui révéler certaines des choses terribles qu'elle avait endurées. Elle travaillait à laisser le passé derrière elle et à reprendre sa vie, mais c'était difficile quand sa mère lui demandait constamment si elle allait bien et si elle avait besoin de quoi que ce soit.

Morgan n'avait pas d'amis à Albuquerque avec lesquels elle pouvait traîner ou parler, et Arrow lui manquait encore plus qu'elle ne voulait bien l'admettre. Leurs conversations par texto et les soirs où elle l'avait appelé étaient les meilleurs moments de sa semaine. Elle voulait demander à retourner à Colorado Springs, mais elle se disait que ce n'était pas juste pour sa mère.

Ellie était une adulte avec sa propre vie. Vivre avec sa fille adulte, qui avait des problèmes assez sérieux, s'était avéré être un peu plus difficile qu'elles ne l'avaient toutes deux imaginé. Morgan n'était pas idiote : elle savait que ses problèmes n'allaient pas disparaître par magie si elle se rapprochait d'Arrow, mais elle le sentait sincèrement mieux équipé pour les gérer grâce à son expérience avec les victimes d'enlèvement.

Elle soupira et se força à se lever. Elle afficha une appli sur son téléphone et commanda une voiture pour le centre-ville. Elle redoutait le rendez-vous, mais sans la nouvelle confirmation qu'aucun des hommes ne lui avait transmis de maladie, elle ne pouvait pas se détendre.

Arrow fit les cent pas dans son appartement et il passa pour la dixième fois la main sur ses cheveux coupés très court. Il essayait d'être patient et d'attendre que Morgan l'appelle, mais il se surprenait tout le temps avec le téléphone dans la main. Il savait qu'elle n'était pas heureuse de rester avec sa mère. Celle-ci avait apparemment de bonnes intentions, mais il était évident qu'elle étouffait sa fille.

Il avait eu l'intention de demander à Morgan de revenir à Colorado Springs avant même d'avoir vu Meat et le reste de l'équipe, mais après le coup de téléphone reçu par Rex aujourd'hui, il avait encore plus de raisons de voir si Morgan voulait bien l'envisager.

À la seconde où son téléphone sonna, Arrow appuya sur le bouton pour décrocher, sans attendre une deuxième sonnerie.

— Morgan ?

— Salut, Arrow.

— Comment s'est passée la visite chez le médecin ? Qu'ont-ils dit ?

— Waouh, tu ne tournes pas autour du pot, hein ? Tu ne demandes pas comment je vais, tu ne passes pas le bonjour à ma mère ?

— Morgan… menaça Arrow. Dis-le-moi, c'est tout.

— Ils ont examiné les résultats que j'ai eus à la clinique et ils ont dit qu'il n'y avait rien d'alarmant dans mes tests sanguins. Ils ont quand même refait les tests pour l'herpès, le sida, l'hépatite, la chlamydiose, la gonorrhée et la syphilis. Ils auront la plupart des résultats au plus vite demain après-midi. Ils ont dit que je n'avais aucun des symptômes physiques, alors ils sont presque sûrs que je n'ai rien. Le médecin a suggéré que le mal de ventre et les maux de tête sont certainement le résultat du stress. Il m'a conseillé de revenir si je ne me sentais pas mieux, afin de faire d'autres tests.

— Heureusement, souffla Arrow. Je suis désolé que tu te sentes mal, mais ça ne m'aurait même pas dérangé si tu avais toutes ces maladies. Ça ne changerait pas ce que je ressens pour toi. Enfin, je suis content pour toi que tout semble aller bien.

— Moi aussi, chuchota Morgan.

— Maintenant que ça, c'est plus ou moins fait... comment va ta mère ? demanda Arrow.

— Bien, je suppose. Nous regardions la télévision hier soir et il y a eu une publicité pour les gâteaux Oreo. J'ai dit que je n'en avais pas mangé depuis une éternité, et l'instant d'après elle avait les clés dans sa main et elle sortait pour aller m'en chercher.

— Elle ne s'est donc pas calmée là-dessus, hein ? demanda Arrow.

— Non. Pas du tout. Je jure que je ne peux pas aller aux toilettes sans qu'elle me demande où je vais, si je vais bien et si j'ai besoin de quoi que ce soit. Je devrais être heureuse qu'elle se soucie autant de moi, mais c'est irritant. Et puis je me sens coupable parce que je suis irritée.

Arrow détestait qu'elle ressente tant de sentiments ambigus envers sa mère. Lui-même ne savait pas trop ce qu'il pensait d'Ellie. Elle ne s'était pas vraiment montrée sous son meilleur jour quand ils s'étaient rencontrés, mais il essayait de lui donner une deuxième chance. Il changea de sujet :

— Bon. J'ai quelque chose à te dire et une question à te poser.

— Oh, merde.

— Ce n'est rien de terrible... enfin, pas vraiment.

— D'accord.

— Fais-moi confiance, Morgan. Je ne ferais ou ne dirais jamais rien qui te fasse souffrir si je peux l'éviter, lui dit Arrow.

— Je sais. C'est juste que... aujourd'hui, c'était dur. Et ça me manque d'avoir des amis à qui parler. Et ma mère me perturbe. Tu sais que j'ai parlé à mon père hier, et ça aussi ça me stresse. La journée a simplement été bizarre.

— Je suis désolé de ne pas être là pour t'aider à la terminer sur une note plus agréable.

— Moi aussi. Même si d'une certaine façon, tu es bien là pour m'aider à l'améliorer, dit-elle.

— Tu es gentille.

— Non, je ne le suis pas. Je suis une survivante et une dure qui ne déprimera plus à cause de bêtises, rétorqua-t-elle.

— Carrément ! acquiesça Arrow. Et il n'y a rien qui m'excite plus qu'une femme forte qui sait qui elle est et ce qu'elle veut.

— Je ne suis pas certaine de ces deux derniers éléments, mais j'essaie d'être plus forte... au moins extérieurement.

— Fais-moi confiance, tu l'es, ma belle. À l'intérieur comme à l'extérieur.

— Tu sais toujours exactement ce qu'il faut dire.

— J'essaie. Comment te sens-tu en ce moment ? Tu as dit avoir mal au ventre ce matin. As-tu toujours mal à la tête ?

— Oui. Mon ventre va mieux. J'ai fait de la soupe tout à l'heure et j'essaie de boire beaucoup de jus d'orange. Ma mère m'en a acheté des litres. Ça fait une éternité que je n'en ai pas bu. J'avais oublié comme j'aime ça, même si c'est presque trop sucré pour moi. Je l'ai dilué avec de l'eau, et ça le rend plus agréable.

— Je suis désolé que tu ne te sentes pas bien, ma belle, dit Arrow.

— Ce n'est rien. Je suppose que c'est le stress de s'adapter à la vie normale. Et c'est triste parce que ce n'est pas comme si je sortais beaucoup, mais j'ai dû interagir avec plus de gens récemment que lors des douze derniers mois cumulés. Maintenant... qu'avais-tu à me dire, et quelle est la question ?

— La mère de Nina a parlé à Rex aujourd'hui. Elle a du mal.

— Du mal ? Comment ça ? Qu'est-ce qui ne va pas ?

— Elle ne dort pas bien la nuit et elle fait des cauchemars.

— Ça me rappelle quelque chose, maugréa Morgan.

Arrow n'aimait pas ça pour elle, mais il continua.

— Elle se réveille la nuit en hurlant ton nom. Elle est convaincue que les méchants – ce sont ses mots – t'ont retrouvée et encore enlevée. Elle pense que c'est de sa faute, et sa mère a beau la rassurer en disant que tu es en sécurité, que les méchants ne t'ont pas enlevée, elle refuse de le croire.

— Oh, merde, dit Morgan. Je dois la voir. Si je pars ce soir, je peux être là-bas demain matin. Il me faudra louer une voiture, mais...

— Morgan, l'interrompit Arrow. Respire.

Il l'entendit inspirer puis dire :

— Pardon. C'est juste... je n'aime pas penser qu'elle est dans cet état. Elle avait si peur quand elle a été jetée dans cette pièce avec moi. Chaque fois qu'un des hommes venait à la porte, il menaçait de la prendre si je ne faisais pas ce qu'il voulait. Ils ont très vite compris que j'étais particulièrement obéissante quand ils menaçaient Nina. Je ne pensais pas qu'elle comprenait vraiment ce qu'il se passait, mais j'aurais dû. Elle est plus intelligente que ça.

— Ma question était de savoir si tu accepterais de revenir ici pendant un moment et peut-être de suivre une thérapie avec Nina. Je pense que si elle te voit régulièrement et que vous parlez de ce qui vous est arrivé ensemble, elle pourrait se détendre et éventuellement guérir plus vite. Mais je vois que je n'ai même pas besoin de te poser la question.

— Effectivement, non.

Elle baissa la voix jusqu'à chuchoter, comme si elle avait peur que sa mère l'entende :

— Je ne suis pas heureuse ici. J'aime ma mère, mais tu me manques. Et j'aimerais apprendre à mieux connaître Allye et Chloé.

— Je peux venir te chercher demain, dit Arrow dont tout le corps se détendit de soulagement.

Il n'avait pas vraiment cru qu'elle risquait de refuser, mais l'entendre dire ces mots suffit à faire baisser son niveau de stress.

— Merveilleux, souffla Morgan.

— J'aimerais beaucoup que tu loges chez moi, mais j'ai aussi parlé à Allye et Gray, et ils ont dit que tu étais la bienvenue chez eux. Je suis certain que Ro et Chloé t'accueilleraient avec plaisir également. En gros, tu as le choix, ma belle.

— As-tu envie que je loge chez Allye ou Chloé ?

L'incertitude de Morgan s'entendit facilement dans sa voix.

— Carrément pas. La nuit où tu as dormi dans mes bras était une des meilleures nuits de sommeil que j'ai eu depuis des mois, simplement parce que j'étais près de toi. Je veux que tu sois ici, mais je ne veux pas que tu ressentes une quelconque pression. Tu sais ce que je ressens pour toi, ce que je veux de notre relation... je ne te l'ai pas caché. Je ne veux surtout pas que tu acceptes de faire quelque chose qui te met mal à l'aise. Quand je dis qu'il n'y a pas de pression, je suis sérieux. Si tu décides de rester avec Allye, ça me convient, mais je suppose que Gray va vite en avoir assez de voir ma sale tête. Pareil pour Ro si tu décides de loger chez lui.

Il se détendit un peu quand il l'entendit rire.

— Si tu es fatigué de me voir chez toi, tu me le diras, n'est-ce pas ? demanda-t-elle.

— Morgan, le jour où j'en aurai assez de t'avoir chez moi, ce sera le jour où Rex devra me mettre à l'asile.

— Si tu en es si certain, j'aimerais beaucoup loger chez toi, Arrow, dit Morgan.

— Super. Je vais voir si Chloé peut aller faire les courses pendant que je fais le trajet demain et te préparer un stock de jus d'orange.

Morgan gloussa encore.

— Parfait.

— Ta mère va-t-elle bien le prendre que tu partes si vite après être arrivée ? demanda Arrow.

— J'essaierai de lui parler tous les jours pour qu'elle ne le prenne pas trop mal. Elle ne sera pas ravie, mais j'ai vingt-sept ans. Je dois dépasser ce qui m'est arrivé et vivre ma propre vie. Je ne peux pas rester éternellement avec elle, même si elle aimerait ça. Je suis sûre que ça ira.

— Si ce n'est pas le cas, tu m'appelles, ordonna Arrow.

— D'accord. Mais ma mère surmontera sa déception et ses inquiétudes, insista Morgan. À quelle heure dois-je t'attendre demain ?

— Avant dix heures. Je vais partir d'ici vers quatre heures, quatre heures et demie. Je serais bien parti tout de suite, mais je n'ai pas assez dormi la nuit dernière et je ne veux pas risquer de m'endormir au volant.

— S'il te plaît, fais attention sur la route, Arrow. Je ne pourrais pas le supporter s'il t'arrivait quelque chose à cause de moi.

— Rien de ce qui peut m'arriver n'est de ta faute, ma belle. Maintenant, va boire plus de jus d'orange... c'est bon pour toi. Dors, prépare tes affaires. Je serai là plus vite que tu ne le crois.

— Merci.

— Non, merci à toi, lui dit Arrow. Il n'y a pas beaucoup de personnes qui accepteraient de tout laisser tomber pour une enfant qu'ils ne connaissent même pas vraiment.

— Je ne la connais peut-être pas si bien, mais le fait de passer une semaine ensemble dans ces conditions terribles a forgé un lien indestructible.

— Tout comme passer une journée cachés sous un tas de cartons, ajouta Arrow. Je te vois bientôt, ma belle.

— Au revoir, Arrow.

— Au revoir.

Arrow dut consciemment s'empêcher de dire à Morgan qu'il l'aimait avant de raccrocher. Il secoua la tête en pensant à sa mièvrerie, puis il se força à composer le numéro de Rex afin de lui faire savoir que Morgan acceptait de revenir à Colorado Springs pour Nina. Quand ce fut terminé, il appela Chloé et lui demanda si elle pouvait passer au magasin pour lui le lendemain, avant de lui donner une liste des choses qu'il voulait pour aider Morgan à se sentir plus à l'aise chez lui.

Juste au moment où il s'était installé au lit, son téléphone sonna. C'était Meat.

— Salut. Quoi de neuf ?

— Je t'appelle pour te prévenir que Ball et Black partent pour Atlanta demain.

— Pourquoi ?

— Pour une petite discussion avec Lance et Lane Buswell.

— Qu'avez-vous découvert à leur sujet ? demanda Arrow en se redressant.

— Rien de nouveau, mais nous nous sommes mis d'accord sur le fait qu'il valait mieux leur parler en personne afin de voir leurs réactions à quelques questions et révélations sur ce qu'a traversé Morgan. Ils ont également l'intention de parler à Sarah et Karen. Un petit tour à la boîte de nuit où elle a été enlevée fait aussi partie de leur plan. En gros, ils veulent examiner les choses en personne et voir si quelque chose ressort.

— Vous me tenez au courant ? demanda Arrow.

— Bien sûr.

— Je pars à Albuquerque demain pour récupérer Morgan et la ramener ici.

— Il était temps.

— Ça ne fait qu'une semaine qu'elle est là-bas, protesta Arrow.

— Exactement. Il était temps, répéta Meat. À plus.

Arrow secoua la tête, exaspéré par son ami. Meat était certainement le plus unique de leur groupe. Il faisait des meubles incroyables et il savait vraiment s'y prendre avec les ordinateurs, mais il était parfois aussi le plus franc. Arrow se demandait s'il n'avait pas une sorte de trouble de l'attention. Quelque chose qui l'empêchait de rester tranquille et qui l'obligeait à occuper ses mains en continu. Quelque chose qui le conduisait à dire tout ce qui lui passait par la tête, que ce soit entièrement approprié ou pas.

Cependant, Arrow et le reste de l'équipe le connaissaient depuis assez longtemps pour trouver ça attachant au lieu d'irritant. Meat était simplement... Meat.

Arrow se rallongea et se força à fermer les yeux. Il devait dormir s'il lui fallait conduire pendant des heures pour l'aller-retour. Il ne voulait surtout pas mettre Morgan en danger.

C'était difficile, car il avait très envie de fantasmer sur le retour de Morgan chez lui, mais il finit par s'endormir d'un sommeil léger.

15

— Bonjour, Nina. Comment vas-tu aujourd'hui ? demanda Morgan en serrant la petite fille dans ses bras.

Cela faisait une semaine qu'elle était de retour à Colorado Springs, et elle avait vu Nina chaque jour en thérapie. Les séances avaient été difficiles, mais nécessaires. Elle en avait fait avec Nina, toute seule, avec Nina et sa mère, ainsi qu'en tant que couple avec Arrow.

Elle n'avait pas aimé se sentir vulnérable devant Arrow. Elle voulait être la femme forte qu'il pensait voir quand il la regardait, mais la thérapeute lui avait montré qu'elle pouvait se débattre avec ce qui lui était arrivé et quand même être forte en même temps.

— Bonjour, Morgan ! piailla Nina. Je vais bien. Et toi ?

— Bien. Je me suis endormie à vingt heures hier soir et je ne me suis pas réveillée avant de devoir faire pipi à six heures du matin ! Et toi ?

Nina fit un grand sourire.

— Moi aussi ! Enfin, je me suis levée quand il faisait encore noir et je suis allée vérifier que maman était toujours là, puis je suis tout de suite retournée dormir.

— C'est bien !

Elle n'aimait pas que la fillette se réveille encore pour s'assurer de ne pas être seule, mais c'était bien mieux que les terreurs nocturnes ou les cris hystériques. Aujourd'hui, c'était leur dernière séance ensemble... en tout cas, elle l'espérait. Si Nina avait besoin de parler d'autre chose plus tard, Morgan était toujours disponible.

— Bonjour Arrow, dit Nina avec un petit sourire en s'écartant de Morgan.

— Salut fillette. J'aime ta coiffure.

Nina sourit.

— Merci ! J'ai demandé à maman de me faire une tresse comme Mérida.

— C'est la fille dans le film *Rebelle*. Tu sais, l'archère, chuchota Morgan derrière sa main en faisant semblant de se gratter le visage.

— Ah, l'archère, dit Arrow en passant la main autour de la taille de Morgan. Morgan et moi avons regardé ce film l'autre jour. Elle est vraiment impressionnante, hein ?

Nina hocha la tête et commença à décrire sa partie préférée du film.

— Merci pour le rattrapage, dit Arrow doucement pendant que la petite fille continuait son monologue.

Il se pencha et enfouit son nez dans les cheveux de Morgan.

— Avec plaisir, lui dit Morgan en lui donnant son poids.

Plus elle passait du temps avec Arrow, plus elle craquait pour lui. Il n'était certainement pas parfait. Il avait tendance à oublier les vêtements propres dans le sèche-linge, et il la suivait pour vérifier les choses qu'elle avait déjà faites, comme verrouiller la porte. Il déplaçait aussi tout ce qu'elle venait de ranger dans le placard. Mais toutes les attentions merveilleuses qu'il avait pour elle compensaient bien ses petites manies. Si c'était le pire de ce qu'il faisait, elle pouvait s'en accommoder facilement.

— Comment va ton ventre aujourd'hui ? demanda-t-il quand Nina s'était arrêtée de parler et avait couru vers sa mère pour lui dire quelque chose.

— Bien. C'est peut-être quelque chose que j'avais mangé, lui dit Morgan.

— Ça a duré bien plus longtemps que vingt-quatre heures, ma belle, lui rappela Arrow.

— Je sais. Peu importe. Je me sens bien mieux maintenant. Ça doit être tout ce jus d'orange que tu m'as forcée à boire, plaisanta-t-elle.

— Forcé ? demanda Arrow en lui chatouillant les côtes.

Morgan retint le cri qui menaça de s'échapper de ses lèvres et elle essaya d'éviter ses doigts.

— Stop ! ordonna-t-elle.

Il s'arrêta immédiatement, mais il posa les mains sur ses hanches en la serrant contre lui. Morgan croisa les doigts dans le dos d'Arrow et elle s'appuya contre lui. Elle avait toujours détesté être plus petite que tous les autres, mais avec Arrow, elle adorait ça. Elle aimait s'adapter parfaitement à lui. Aimait se sentir entourée de toute sa force.

— As-tu un rendez-vous individuel aujourd'hui ? Ou seulement celui avec Nina ? demanda Arrow.

— Juste celui avec Nina et sa mère.

— Je sais que je t'en demande trop, mais vas-tu vraiment mieux ici ? Et ne mens pas simplement parce que c'est ce que tu penses que je veux entendre. J'ai adoré t'avoir auprès de moi pendant cette semaine. J'adore m'endormir avec toi sur le canapé. Mais si tu as des doutes, ou si tu as besoin d'espace, je ne vais pas être contrarié si tu me dis que tu veux prendre ton propre appartement ou retourner à Albuquerque.

— Veux-tu que je parte ? demanda Morgan au lieu de répondre à cette question.

— Absolument pas, répondit Arrow avec conviction.

— Et si je te disais que je suis fatiguée de dormir sur le canapé ?

— Je campe sur le canapé parce que tu as dit que tu ne dormais pas bien toute seule. Si tu es prête à dormir dans la chambre d'amis, ça peut se faire. Il te suffit de me le dire.

— Je ne veux pas dormir dans la chambre d'amis, dit Morgan en essayant de paraître aussi sûre d'elle que ce qu'elle ressentait. Et je me suis habituée à dormir avec toi...

Arrow ferma les yeux. Quand il les rouvrit, elle y vit un mélange d'émotions.

— Ce soir, nous pouvons dormir dans mon lit et voir comment ça se passe.

Morgan sourit.

— Bien.

— J'aimerais que tu envisages autre chose, dit Arrow.

— Quoi ?

— Ne pas appeler ta mère ce soir.

Il leva la main quand elle ouvrit la bouche pour protester.

— Je sais, je sais. Elle est inquiète pour toi et elle ne le prend pas bien que tu sois revenue vivre ici. Mais elle te stresse. Tout ce que je propose, c'est que tu lui parles un peu moins, pas que tu la rejettes complètement de ta vie.

Morgan savait qu'il avait raison. Sa mère la stressait vraiment. Elle avait piqué une crise quand Morgan lui avait dit qu'elle retournait à Colorado Springs. Même quand Morgan avait promis de l'appeler tous les jours et de lui faire savoir comment elle allait, Ellie avait insisté pour qu'elle reste. Morgan le comprenait. Elle était le bébé d'Ellie et elle avait disparu pendant un an. C'était donc compréhensible que sa mère ne veuille pas qu'elle déménage. Mais les jérémiades quotidiennes pour qu'elle revienne à Albuquerque commençaient à lui peser.

— D'accord, dit-elle à Arrow. Mon père veut toujours que je m'entretienne avec Diane Sawyer. Il va me rappeler ce soir pour me reparler de cette interview.

— Y as-tu réfléchi un peu plus ? demanda Arrow.

Morgan hocha la tête.

— Oui. Je pense que je vais le faire. J'ai regardé son interview avec Jaycee Dugard : elle a été très respectueuse et n'a posé aucune question invasive. Mon père n'a pas tort, je dois accorder quelques entretiens afin que la presse me laisse tranquille, mais ça me fait peur.

— Tu sais que quoi que tu décides, je te soutiendrai, n'est-ce pas ?

Morgan hocha immédiatement la tête.

— Oui. Et j'apprécie. C'est juste que je suis tellement fatiguée d'être entre mes parents. Mon père pense une chose, et par défaut, ma mère pense le contraire. Et quand ma mère veut faire quelque chose pour moi, papa décide que ce n'est pas bien pour moi et il essaie de me jeter de l'argent pour que je fasse ce qu'il veut. C'est épuisant.

— En parlant de parents... il faut que je te conduise dans le Michigan pour rencontrer ma mère et ma sœur.

— Euh... quoi ? bafouilla Morgan.

— Quoi, quoi ? l'imita Arrow.

— Je ne peux pas rencontrer ta mère et ta sœur !

— Pourquoi pas ?

— Parce que.

— Ce n'est pas une réponse.

— C'est juste... c'est ta famille. Ta seule famille.

— Et je les aime beaucoup et je veux qu'elles rencontrent la femme avec laquelle je veux passer le reste de ma vie, rétorqua Arrow. Qu'est-ce qui ne va pas là-dedans ?

Morgan le fixa bouche bée.

Arrow la secoua légèrement.

— Morgan, le fait que je veuille être avec toi ne devrait pas te surprendre. Bon sang, je te l'ai presque dit dès le jour de notre rencontre. Je ne vais pas changer d'avis. De plus, j'ai rencontré ta famille, pourquoi ne verrais-tu pas la mienne ?

Morgan lui frappa le bras.

— Je jure que tu vas me donner une crise cardiaque un de ces jours, se plaignit-elle.

— Qu'est-ce que j'ai fait ?

— Rencontrer les parents est une étape importante, Arrow. Tu ne peux pas me dire ça comme si de rien n'était.

En réalité, elle ne savait pas pourquoi elle se plaignait. Elle savait ce qu'Arrow ressentait pour elle. Elle savait qu'il était l'homme le plus patient qu'elle ait jamais rencontré, et elle voulait plus que tout avoir le droit de l'avoir pour elle. Enfin, pas plus que ce qu'elle avait voulu échapper à ses ravisseurs, mais presque.

Elle ne comprenait pas encore ce qu'il voyait en elle, mais à travers tous ses actes et tous ses mots, il lui montrait qu'il était sérieux. Elle lui plaisait. Lui plaisait *vraiment*. Même alors qu'elle devait encore gérer les aspects psychologiques de son enlèvement. Il lui répétait d'être indulgente envers elle-même, qu'il lui faudrait sûrement des années pour surmonter ce qui était arrivé, si elle arrivait à le surmonter un jour. Elle ne voulait pas penser aux flash-back et aux cauchemars qu'elle risquait d'avoir encore à des années de là, mais quand Arrow lui disait qu'il était là pour elle quoiqu'il arrive, elle se sentait mieux.

Il se pencha et l'embrassa sur le front.

— Ils t'attendent, dit-il en montrant la porte maintenant ouverte qui menait au bureau dans lequel avaient lieu les séances. Je suis fier de toi, ma belle. Je reviens te chercher dans une heure. Je vais passer chez un ami et jeter un œil à quelques-unes de ses prises qui ne fonctionnent pas bien. Appelle-moi si tu as besoin de moi plus tôt.

Il fit un pas en arrière et lâcha sa taille à contrecœur.

— Merci, Arrow.

— Quand tu veux, ma belle. Quand tu veux.

Puis il disparut.

— Salut, Morgan, dit Allye en entrant dans la salle d'attente de la psy de Morgan.

Deux heures s'étaient écoulées depuis que Morgan avait dit au revoir à Arrow, et elle avait été inquiète en voyant qu'il n'était pas là à la fin de sa séance. Elle s'était ensuite souvenue un peu tard qu'elle avait éteint son téléphone, comme c'était la règle.

Elle avait raté un texto de lui disant qu'il ne pouvait pas passer la prendre, et qu'Allye serait là dès que possible après son cours de danse.

— Bonjour, dit Morgan. Sais-tu où est Arrow ?

Allye fronça les sourcils.

— Il ne te l'a pas dit ?

— Dit quoi ? Est-ce qu'il va bien ?

L'autre femme balaya ses inquiétudes de la main.

— Oui, il va bien. Mais quelqu'un lui a crevé les pneus. Tous les quatre. Il a dû appeler une dépanneuse pour conduire sa voiture chez Ro.

— On lui a crevé les pneus ? Sérieusement ? Ça craint ! s'exclama Morgan.

— Il n'était pas content, c'est sûr, dit Allye. Surtout que

ses pneus étaient les seuls à être endommagés sur le parking de la résidence de son ami. Es-tu prête à partir ?

Morgan hocha la tête en pensant aux pneus d'Arrow tout en suivant Allye jusqu'à sa voiture.

— Arrow m'a dit de te conduire chez Ro. Il est mécanicien, si tu ne le savais pas, et il est en train de mettre de nouveaux pneus sur le pick-up d'Arrow en ce moment même. J'espère que ça te va.

— Bien sûr. A-t-il dit qui est le coupable selon lui ?

Allye fronça le nez.

— Non, pas à moi. Gray et les autres pensent toujours que je dois être protégée de tout. J'ai dit à Gray qu'entendre parler d'enlèvements et de cambriolages ne va pas me faire déprimer à cause de ce qui m'est arrivé, mais il me traite encore avec beaucoup de précautions quand il s'agit d'aborder son travail ou d'autres choses terribles qui se passent dans le monde.

— Puis-je te poser une question ?

— Bien sûr. Tu peux me demander n'importe quoi, dit Allye.

— D'après ce que m'a dit Arrow, Gray et toi vous vous êtes mis ensemble assez rapidement... comment as-tu su que c'était le bon ?

— J'ai résisté au début. Je veux dire, je me suis dit que c'était impossible qu'un homme comme Gray s'intéresse à moi. Tout d'abord, j'étais une mission pour lui. Deuxièmement... eh bien... je me disais qu'il serait plus heureux avec quelqu'un qui lui ressemblait davantage. Quelqu'un qui aimait l'adrénaline et voulait faire de la muscu, du sport et tout déchirer.

Morgan gloussa.

— Tu veux dire que ça ne te ressemble pas ?

Allye rit à son tour.

— J'aime danser, et je suppose que c'est du sport, mais je jure que si je n'étais pas une danseuse, je ferais vingt-cinq kilos de plus parce que j'adore rester à la maison, regarder la télévision et bavarder avec mes amies.

— Alors, comment as-tu su ?

— Franchement ? Je pense que c'est quand je n'ai pas réussi à m'imaginer sans Gray que j'ai été convaincue. Après mon sauvetage – la deuxième fois –, j'aurais pu rester à San Francisco pour reprendre ma vie là-bas. Mais même en étant avec Gray pendant une courte période, j'en suis venue à éprouver un manque si je ne le voyais pas le matin et tous les soirs. J'adorais lui parler de sa journée et j'aimais simplement le regarder travailler à son bureau sur la comptabilité de quelqu'un d'autre. C'est bête, mais je ne me suis jamais sentie aussi à l'aise avec quelqu'un qu'avec Gray.

— C'est exactement ce que je ressens, dit Morgan. Mais c'est insensé... non ?

— Non. Écoute, les hommes comme les Mercenaires Rebelles vivent leur vie à fond. Ils aiment ce qu'ils aiment, ils détestent ce qu'ils détestent, et ils aiment qui ils aiment. C'est tout. Ils défendent leurs amis et leurs familles jusqu'à la mort, et si nécessaire, ils font de même pour les gens qu'ils doivent sauver et/ou protéger.

— C'est ce qui m'effraie. Lorsqu'il se rendra compte que je n'ai plus besoin d'être protégée, il reviendra à lui il se demandera ce qu'il peut bien fabriquer avec moi, dit Morgan.

— Je ne peux pas te dire de ne pas ressentir ça, parce que franchement, je le ressens encore un peu moi-même. Mais ce que j'ai fini par comprendre, c'est que Gray ne ressent pas ça pour les centaines de personnes qu'il a sauvées avant moi. Il ne leur a pas demandé d'emménager avec lui. Il ne les a pas embrassées comme si ça ne suffisait jamais, et il ne leur a certainement pas fait l'amour. Je ne peux pas te dire pourquoi il a été attiré par moi ou ce qui lui a fait décider qu'il voulait passer le reste de sa vie avec moi, au lieu de n'importe quelle autre femme qu'il ait pu rencontrer. Mais à la fin, ce n'est pas ce qui importe. C'est moi qu'il a choisie. C'est avec moi qu'il veut dormir toutes les nuits. J'illumine son regard quand il me voit, et je fais dilater ses pupilles quand il me voit nue. Je ne me demande plus pourquoi. Je l'accepte et je me battrai de toutes mes forces pour garder ça. Pour le garder lui. Pour le mériter. Je mérite d'avoir un homme qui me traite comme la chose la plus précieuse de sa vie. S'il veut me protéger en ne me laissant pas regarder les nouvelles et en faisant de son mieux pour ne pas parler des missions qu'il fait avec ses amis, ça ne me gêne pas, parce que ça signifie qu'il m'aime. Et cet amour est la chose la plus précieuse de ma vie. Est-ce compréhensible ?

Morgan hocha la tête et essaya de chasser les larmes de ses yeux. Pour la première fois depuis qu'elle avait rencontré Arrow, elle avait cessé de se demander pourquoi elle lui plaisait autant et elle avait essayé de prendre les choses par l'autre bout. Pourquoi ne lui plairait-elle *pas* ? Elle était quelqu'un de bien. Elle n'avait pas seulement réussi à survivre à ce qui lui était arrivé, en plus elle n'avait pas été brisée par ça… en tout cas, pas au-delà de toute guérison possible. Elle méritait un homme comme Arrow. Elle l'avait gagné, d'une certaine façon.

Allye avait raison. Ce n'était pas comme si Arrow vivait dans une bulle. Elle avait vu plus d'une femme lui jeter des regards séducteurs. Elle avait été assise à côté de lui quand une serveuse lui avait donné son numéro de téléphone. Mais il n'avait jamais été intéressé. Il continuait à traiter

Morgan comme si elle était la personne la plus importante de sa vie.

Elle méritait autant l'amour que n'importe qui, et pourquoi ne pas en profiter et donner les meilleures chances à sa relation avec Arrow ?

Elle ne put empêcher le sourire qui recourba ses lèvres.

— Ce sourire m'indique que tu as pris une décision, non ? demanda Allye.

— Oui. Je me disais la même chose que toi, que je suis trop perturbée. Que ce qui m'est arrivé m'a d'une certaine façon fait perdre de la valeur. Mais je pense qu'il me faut considérer la situation de façon différente. J'ai besoin d'un homme qui peut m'aider à me relever, pas de quelqu'un que je dois flatter ou pour lequel je dois toujours me montrer sous mes meilleurs côtés. Arrow a passé des heures à retirer les nœuds de mes cheveux et il n'a pas une seule fois été dégoûté par mon apparence. Pourquoi ne pourrais-je pas avoir un homme comme Arrow ? Je dirais que je le mérite plus qu'une femme moyenne.

— Exactement ! l'encouragea Allye. C'est tout à fait ça. Nous n'avons pas demandé ce qui nous est arrivé. Et nous avons obtenu des hommes qui savent nous apprécier pour ce que nous sommes et ce que nous avons traversé. Ils ne nous empêchent pas d'avancer. Au contraire, ils nous soutiennent et nous aident à avancer quand les choses sont difficiles.

— Je suis toujours inquiète que ça aille trop vite, avoua Morgan.

— Ne le sois pas. Comme je l'ai dit, ces hommes savent ce qu'ils veulent. Et si Arrow a décidé qu'il te veut, c'est fait pour lui. Tu es celle qu'il lui faut. Ne lutte pas. Laisse-toi porter. Fais-moi confiance, ce sera la meilleure chose qui te soit jamais arrivée.

— D'accord.

— Exactement, acquiesça Allye en s'engageant dans la longue allée bordée de pins autour de la propriété.

— C'est tellement joli, souffla Morgan. J'aimerais beaucoup me réveiller tous les matins avec une vue pareille.

— Ne dis pas ça devant Arrow, l'avertit Allye.

— Pourquoi ?

— Parce que s'il ressemble à Gray, il achètera une propriété et commencera les plans d'une maison avant même que tu aies le temps de cligner des yeux.

— Oh merde, tu as raison, dit Morgan.

— Je sais, répondit Allye en coupant le moteur. D'autres femmes profiteraient du fait que leurs hommes veuillent leur donner tout ce qu'elles veulent, mais pas nous.

— Non. Pas nous. Merci, Allye. Je... ça m'aide de parler à quelqu'un qui s'est retrouvé dans la même situation que moi.

— Quand tu veux. Je suis sincère. Nos hommes se ressemblent beaucoup. Ils sont un peu difficiles à comprendre au début. Je suis là si tu as envie de parler.

— C'est gentil.

Morgan sursauta quand la portière à côté d'elle s'ouvrit, mais elle se détendit quand elle vit Arrow. Il lui tendit la main et Morgan le laissa l'aider à sortir de la voiture d'Allye.

— Est-ce que ça va ?

— Bien sûr. Et toi ? demanda-t-elle à son tour.

En réponse, il inclina la tête et il plissa les yeux en la dévisageant.

— Il y a quelque chose de différent, déclara-t-il.

— Quoi ?

— Chez toi. Quelque chose a changé. Je suppose que la discussion avec la thérapeute s'est bien passée ? demanda-t-il.

Morgan jeta un coup d'œil à Allye qui était occupée à embrasser Gray, et elle sourit.

— On pourrait dire ça, répondit-elle mystérieusement. Mais sérieusement, que s'est-il passé avec tes pneus ?

Arrow haussa les épaules.

— Un crétin a décidé qu'il s'ennuyait. Allez, viens. Ro a presque terminé puis, nous pourrons partir.

Morgan sourit à Allye en passant devant elle et Gray. Elle serra plus fort la main d'Arrow qui l'entraînait dans le garage.

— Salut, Ro, dit-elle en entrant, plus sûre d'elle après sa discussion avec Allye.

Le pick-up d'Arrow se trouvait sur le pont élévateur et Ro était à côté d'une roue. Il la regarda et leva un sourcil.

— Salut, répondit-il. On dirait que la séance avec Nina s'est bien passée, aujourd'hui.

Morgan hocha la tête.

— Tout à fait. Je pense qu'elle remonte enfin la pente. Elle n'est pas remise à cent pour cent, mais j'ai l'impression qu'elle ne se réveillera plus en hurlant... c'est du moins ce que j'espère.

— Et toi ? demanda Ro en s'essuyant les mains sur un chiffon. Tu vas bien aussi ?

— De plus en plus, lui dit franchement Morgan. J'ai de bons jours et de mauvais jours, mais je suis très reconnaissante d'être vivante. Je n'ai pas demandé ce qui m'est arrivé, et il me reste trop de choses à vivre pour me complaire dans mon malheur pendant toutes ces années.

Dans son dos, Arrow passa les bras autour d'elle et la serra contre lui. Il frôla sa tempe avec les lèvres en disant :

— Je suis tellement fier de toi.

Morgan haussa les épaules.

— À vrai dire, je suis assez fière de moi aussi.

— Tant mieux, marmonna Ro avant de se concentrer à nouveau sur le pneu devant lui. J'ai presque terminé, Arrow.

— Merci.

Ro balaya sa gratitude de la main.

— Meat a-t-il pu récupérer des enregistrements vidéo montrant qui a fait ça à ton pick-up ?

Arrow secoua la tête.

— Non. Il y avait des caméras dans le parking, mais elles pointaient toutes dans la direction opposée à celle où je me suis garé.

— Je suppose que tu leur as appris la façon correcte d'utiliser la vidéosurveillance et qu'ils ont maintenant changé leur position ?

— Meat s'en est chargé. Après leur avoir passé un savon et leur avoir expliqué qu'ils risquaient un sacré procès si quelqu'un était blessé sur leur parking alors que toutes leurs putains de caméras étaient pointées sur l'entrée de l'immeuble.

— Quelle bande de crétins, souffla Ro.

Morgan eut envie de rire, mais elle se retint. Elle adorait entendre parler Ro. Son accent légèrement britannique était sexy et les expressions qu'il utilisait de temps en temps étaient si typiquement britanniques qu'elle soupirait presque de plaisir en les entendant.

— Hé, on ne rêvasse pas en regardant mon ami, la gronda Arrow.

Maintenant, Morgan rit vraiment et elle se retourna dans ses bras.

— Je pense qu'il faut que je me trouve un Britannique. Ou peut-être un Écossais. Il y a quelque chose avec l'accent écossais. J'adorais regarder la série *Outlander* avant mon enlèvement.

— Si tu veux un accent écossais, je peux le faire, dit

Arrow en imitant parfaitement Jamie Fraser d'*Outlander*. Tu veux peut-être aussi que je te jette par-dessus mon épaule et que je te ramène à mon château pour faire de toi ce que bon me semble ?

Morgan éclata de rire et jeta les bras autour du cou d'Arrow.

— Je ne savais pas que tu étais capable de parler comme ça !

Arrow lui sourit et dit d'une voix normale :

— Il y a beaucoup de choses que tu ne sais pas sur moi, ma belle.

Elle redevint sérieuse.

— Je sais. Mais je veux toutes les apprendre.

Son regard la fit presque partir en combustion spontanée. Elle se rendit compte pour la première fois à quel point elle était restée en retrait avec Arrow. Elle ne lui avait pas dit ce que cela signifiait pour elle de passer du temps avec lui. À quel point il lui plaisait ! Elle avait eu peur que si elle l'avouait à voix haute, il finisse par changer d'avis.

Après sa discussion avec Allye, elle avait compris que tout ce qu'elle avait dit était exact. Arrow n'était pas le genre d'homme à jouer avec les sentiments de quelqu'un. Il n'était pas avec elle parce qu'il voulait du sexe. Elle était même à peu près le pire choix qu'il puisse faire dans ce domaine. Il était avec elle parce qu'elle lui plaisait, et elle aurait été bien idiote de le laisser glisser entre ses doigts.

Le timing était un peu gênant, elle ne savait pas si elle était entièrement prête pour un petit ami et tout ce que cela impliquait, mais Arrow avait promis d'y aller en douceur avec elle... et elle lui faisait confiance.

Ce fut cette croyance profonde qu'il n'irait jamais plus vite ou plus loin que ce qu'elle voulait, ainsi que sa discussion avec Allye, qui lui permirent de laisser partir quelques-unes de ses craintes concernant Arrow.

— Prête à rentrer à la maison ? demanda-t-il.

— Avec toi ? Oui, lui dit Morgan en n'ayant pas peur de le regarder dans les yeux.

— Tu es vraiment différente, dit-il doucement.

— Allye et moi avons eu une bonne discussion, avoua Morgan.

— Rappelle-moi de la remercier plus tard.

Morgan lui sourit.

— J'espère que ce n'était qu'une coïncidence, dit Ro en jetant les clés du camion à Arrow, qui les attrapa d'une main. Mais gardez les yeux ouverts quand même. Ça ne serait pas cool si quelqu'un essayait de se débarrasser de toi pour atteindre Morgan.

Il avait dit cela de façon nonchalante, comme s'il ne croyait pas vraiment ce qu'il disait, mais cela eut un impact immédiat sur Morgan.

Elle se raidit et elle se tourna pour fixer Ro d'un air inquiet.

— Ro... l'avertit Arrow un peu tard.

— Bon sang, souffla Ro.

Morgan se tourna vers Arrow.

— Penses-tu que c'est ce qui est arrivé ? Celui qui a voulu me faire disparaître est-il ici, à Colorado Springs ? En train de m'observer ? Ont-ils essayé de te tuer pour m'atteindre ?

— Chut, l'apaisa Arrow. Non, nous ne pensons pas que c'est ce qui est arrivé aujourd'hui.

— Alors, quoi ? Je veux dire, ce n'est pas normal de se faire crever les quatre pneus. Un, peut-être, si quelqu'un s'amusait. Mais les quatre ? Ça veut dire que tu étais visé.

Comment ont-ils su où tu étais ? Est-ce qu'ils te suivent ? Oh, mon Dieu, je devrais peut-être partir !

— Morgan, dit sévèrement Arrow en lui saisissant les épaules et en la forçant à rester immobile. Regarde-moi.

Elle leva le regard vers lui et elle essaya de ralentir sa respiration. Elle n'avait certainement pas besoin de s'évanouir dans le garage de Ro.

— Je vais bien. Il ne va rien t'arriver. Tu es en sécurité. Compris ?

Elle hocha la tête, même si elle n'était pas convaincue.

— Je ne crois pas que quelqu'un me poursuive. Nous avons surveillé ton ex et d'autres à Atlanta. Ils sont toujours là-bas. Personne n'est venu jusqu'ici dans le Colorado pour essayer de m'atteindre.

— Ils auraient pu engager quelqu'un, chuchota Morgan.

— C'est vrai. Mais même si c'est irritant, il ne s'agit que de mes pneus. C'était sûrement de sales gosses. Nous allons tous être un peu plus vigilants, mais personne ne pense que tu es en danger. C'est ce que nous faisons. Nous cherchons les scénarios possibles afin de les prouver ou de les réfuter. C'est ainsi que nous travaillons. Ro ne faisait qu'évoquer la possibilité. Ce n'était pas une affirmation.

— Cependant, personne ne peut atteindre ton appartement, n'est-ce pas ? demanda Morgan en le regardant. Je veux dire, il est sûr, non ?

— Absolument, dit Arrow. J'ai un portier et nous nous trouvons au troisième étage. Il y a des caméras partout dans l'immeuble. Dans l'entrée, les escaliers, le parking, l'ascenseur. Tu es en sécurité avec moi.

Morgan savait qu'elle paniquait, mais elle ne pouvait s'en empêcher. Cela faisait longtemps qu'elle ne s'était pas sentie en sécurité et c'était comme si quelqu'un avait tiré le tapis sous ses pieds. Elle ne voulait plus être enlevée, mais elle ne voulait pas non plus qu'Arrow ou un de ses amis soient blessés en la protégeant.

Elle pensa à autre chose.

— Et ma mère et mon père ? Sont-ils en sécurité ? Devons-nous leur dire de faire attention ?

Arrow posa les mains sur son visage et approcha son front du sien.

— Je demanderai à Meat de les appeler, mais nous n'avons aucune raison de penser que quelqu'un est en danger, ma belle. Je te jure que si nous pensons que ça change, nous prendrons soin de tes parents. Nous leur trouverons des gardes du corps, par exemple. Tu es en sécurité. Nous sommes en sécurité. Ta famille est en sécurité.

— Pourquoi ça recommence ? chuchota-t-elle.

— Nous ne savons pas s'il se passe quoi que ce soit, précisa Arrow.

— Mais tes pneus ont été crevés, protesta-t-elle.

— C'est vrai. Ça ne veut pas dire que la personne qui t'a enlevée va essayer de recommencer. Inspire profondément.

C'est ce qu'elle fit.

— Et encore. Bien. Maintenant, regarde-moi.

Morgan s'écarta juste assez pour fixer Arrow dans les yeux.

— As-tu confiance en moi ?

Elle hocha la tête avant même de réfléchir à la question.

— Alors, fais-moi confiance quand je dis que je ne ferais jamais rien qui te mette en danger, toi ou tes proches.

— D'accord.

Arrow se pencha et l'embrassa avant de passer un bras autour de sa taille. Ro s'était écarté pour leur laisser un peu d'intimité, mais en les voyant prêts à partir, il s'avança vers eux.

— Je suis désolé, Morgan. J'aurais dû ne rien dire.

— Non, dit-elle fermement. Tu avais raison. Je ne suis pas une fillette de cinq ans impuissante comme Nina. Je dois savoir ce qu'il se passe. Ne me cache rien. J'ai besoin d'informations si je veux me protéger. Que ressentirais-tu en sachant que j'étais à nouveau une cible, mais que tu ne me le disais pas, et que j'allais un jour toute seule au magasin en pensant que tout allait bien, et que je me faisais encore enlever ? Tu te sentirais coupable, et je serais tellement énervée contre vous. Alors, ne me cachez jamais rien de ce qui se passe pour essayer de me protéger.

Étonnamment, Ro sourit quand elle eut fini de parler, ce qui la mit en colère.

— Ne te moque pas de moi, siffla-t-elle.

Le sourire sur son visage s'effaça immédiatement.

— Je ne me moque pas de toi, dit Ro. Je suis ravi que tu sois si féroce. Ça me plaît.

— Bon... d'accord, alors.

— Allez, viens. Rentrons, dit Arrow en la traînant en avant.

— Je n'ai pas dit au revoir à Allye et Chloé.

— Je lui demanderai de t'appeler plus tard, dit Ro pendant qu'Arrow l'aidait à monter du côté passager de son pick-up.

Dès que la portière d'Arrow se referma, Morgan lui dit :

— Ne va pas te blesser à cause de moi.

Sans réagir extérieurement, Arrow démarra son camion et fit une marche arrière avant de sortir le long de l'allée de Ro.

— Il faut que je t'explique quelque chose, dit Arrow avec sérieux. J'ai passé la majorité de ma vie adulte à me battre pour d'autres gens. Dans la Marine, je me battais pour tous les Américains en général. Je me battais pour les opprimés. Quand je suis parti et que j'ai rejoint les Mercenaires

Rebelles, je me suis battu pour les femmes et les enfants qui avaient besoin d'un défenseur.

Il la regarda et Morgan inspira brusquement en voyant ses yeux.

— Mais pour la première fois de ma vie, mon combat est personnel. Je me bats pour toi. Pour nous. Au point où nous en sommes, je me moque complètement de celui qui t'a enlevée ou de ses raisons. Tout ce qui m'intéresse, c'est de m'assurer qu'il ne puisse pas recommencer. Rien n'a jamais été aussi important pour moi que le fait de te garder en sécurité. Alors si quelqu'un peut s'en prendre à moi au lieu de toi ? Je lui dis de ne pas se retenir, parce qu'il fera une erreur. C'est toujours le cas. Et quand ce sera fait, je serais prêt à l'écrabouiller.

Il continua :

— Mais tu dois me laisser faire mon travail, Morgan. J'ai déjà été blessé, et je le serais sûrement encore dans le futur, mais je continuerai à me battre tant que mon cœur bat dans ma poitrine. Je peux supporter la douleur. Ce que je ne peux pas supporter, c'est de te voir souffrir. Alors tu vas devoir accepter ça, ma belle.

— Je... je ne sais pas quoi répondre, avoua Morgan. D'un côté, je pense que c'est sexiste et un peu naïf de ta part de rester assis là en me disant que ce n'est pas grave que tu sois blessé, mais pas moi. Et puis tu n'es pas Superman. S'il t'arrive quelque chose, tu ne peux pas te relever et te battre avec un assaillant si tu te vides de ton sang. Mais d'un autre côté, ce que tu as dit me donne envie de pleurer. Personne ne m'a jamais fait passer avant lui de cette façon. Jamais.

— Ce n'est plus vrai, dit Arrow en posant la main sur son genou.

Morgan ne dit plus rien pendant le reste du trajet, et lui

non plus. Elle avait peur, mais Arrow avait réussi à rendre les choses moins effrayantes.

Lorsqu'ils arrivèrent devant l'immeuble, elle s'était calmée. Oui, c'était nul qu'il se soit fait crever les pneus, mais ça ne signifiait pas que son kidnappeur attendait en coulisses pour pouvoir l'enlever. Elle avait peut-être exagéré.

Elle sourit à Arrow lorsqu'il coupa le moteur et elle demanda :

— Qu'as-tu prévu pour le reste de la journée ?

— Des courses, le dîner et se détendre devant la télé, répondit-il.

— Parfait. Même s'il me faudra un jour commencer à réfléchir à ce que je veux faire du reste de ma vie, songea Morgan. Je ne peux pas vivre aux crochets de ma mère ou toi pour toujours.

— Pourquoi pas ?

— Parce que, dit fermement Morgan. Ce n'est pas moi. J'ai besoin de travailler. J'aime travailler.

— D'accord, d'accord, dit Arrow en levant les mains pour capituler. Mais pas ce soir.

— Pas ce soir, acquiesça-t-elle.

En marchant jusqu'à la porte de l'immeuble, Morgan ne put s'empêcher de jeter un petit regard discret autour d'elle. Elle ne vit rien qui sorte de l'ordinaire. Robert le portier les salua chaleureusement quand ils entrèrent et se dirigèrent vers l'ascenseur.

Certaine d'avoir réagi de façon trop extrême, Morgan se détendit contre Arrow. Elle était en sécurité. Arrow était en sécurité. Sa famille était en sécurité. Tout allait bien.

16

Pendant les jours qui suivirent, il n'y eut aucune information importante concernant l'enlèvement de Morgan. Arrow engueula Ro en l'absence de Morgan. Il n'avait pas voulu l'inquiéter, mais le commentaire nonchalant de Ro avait fait foirer ça. Elle avait essayé de le convaincre qu'elle allait bien et qu'elle préférait connaître ses soupçons plutôt que d'être maintenue dans l'ignorance, mais il détestait la voir aussi angoissée.

Il n'avait pas eu l'intention de lui cacher des informations au sujet de son enlèvement, mais il avait d'abord voulu lui laisser le temps de vraiment récupérer.

Ses parents n'amélioraient pas du tout la situation. Son père la harcelait pour qu'elle parle à la presse. Il avait été un atout lors de sa disparition, en gardant son affaire au-devant de la scène et en s'assurant que personne ne l'oublie, mais il était maintenant un frein empêchant Morgan de passer à autre chose.

Carl continuait à faire le tour des émissions matinales en parlant de Morgan comme si c'était lui qui l'avait retrouvée. Il avait carrément menti dans plusieurs interviews, affirmant qu'il était aux côtés de Morgan pendant son adaptation au retour dans la société.

Et sa mère ne valait pas beaucoup mieux. Ellie évitait la presse, mais elle harcelait Morgan pour qu'elle revienne à Albuquerque. Elle insistait en disant que sa fille était trop fragile pour avoir une relation maintenant, et qu'elle devait être avec sa famille afin de guérir correctement. Elle envoyait des textos jour et nuit, ayant constamment besoin d'être rassurée sur l'état de Morgan. Cela rendait Arrow dingue. Il était content qu'Ellie semble sincèrement aimer sa fille et qu'elle s'inquiète pour elle, mais la pression émotionnelle que cela mettait sur Morgan fut la goutte d'eau.

Ils s'étaient disputés au sujet de la fréquence avec laquelle Morgan parlait à sa mère et pour finir, Morgan avait accepté de n'appeler sa mère que deux fois par semaine et Arrow avait promis de ne pas se plaindre.

Morgan cherchait ce dont elle avait besoin pour reprendre son travail d'apicultrice dans le Colorado, et Arrow s'efforçait de trouver une maison et un terrain pour qu'elle puisse avoir les abeilles qu'elle aimait tant. Son ancien propriétaire à Atlanta avait loué sa maison à quelqu'un d'autre lorsqu'elle n'était pas revenue au bout de plusieurs mois. Son père avait emballé ses affaires et il les avait stockées dans un garde-meuble.

Arrow ne lui avait pas dit qu'il avait commencé à chercher un terrain adapté à son travail, décidant qu'il fallait d'abord que les choses se tassent un peu. Une fois qu'elle savait comment se remettre au travail, il pouvait lui parler d'un logement.

Ils avaient dormi dans son lit toutes les nuits depuis que ses pneus avaient été crevés. Au début, c'était étrange pour tous les deux. Pour Arrow, parce qu'il n'avait jamais eu une femme qui passe la nuit entière dans son lit, et pour Morgan à cause de son enlèvement.

Mais après cette première nuit, tout semblait... bien. Arrow portait un bas de pyjama en coton au lit et elle portait un débardeur et un short. Elle était vraiment magnifique, prenant lentement du poids dans tous les bons endroits. Arrow se couchait et se réveillait tous les jours avec une érection. Il préférait néanmoins souffrir d'un million d'érections plutôt que de faire un pas vers ce qu'elle n'était pas encore prête à faire.

Et elle n'était absolument pas encore prête.

Arrow en avait la certitude.

Il était cinq heures et demie, le sixième matin après qu'ils eurent commencé à dormir dans le même lit, et Arrow s'éveilla avec Morgan enveloppée autour de lui. Elle s'accrochait à lui dès qu'elle montait dans le lit et jusqu'à ce qu'elle se réveille. Elle se cramponnait comme s'il risquait de disparaître.

Il aimait l'avoir si près de lui, mais c'était aussi une torture. Elle avait remonté la jambe au-dessus de ses genoux, appuyant contre sa verge. Elle respirait lentement et sûrement, et chaque fois qu'elle soufflait, il sentait sa respiration chaude sur son torse et ses tétons, deux petites pointes dures. Si elle bougeait la tête de quelques centimètres, elle pouvait prendre un de ses tétons dans sa bouche.

Enivré par cette idée, il ne put s'empêcher de fermer les yeux et de fantasmer qu'elle bouge au-dessus de lui. Qu'elle parcoure son torse jusqu'à son bas de pyjama, qu'elle ferait descendre par-dessus sa queue gonflée. Elle le prendrait dans sa bouche. Elle le regarderait d'un air faussement timide en le suçant.

Il revint à la réalité lorsqu'il sentit Morgan se raidir contre lui.

En ouvrant les yeux, il la regarda et vit qu'elle le fixait avec appréhension. Elle était raide comme une planche contre lui, comme si elle avait peur de bouger le moindre muscle.

— Bonjour, dit-il calmement.

— Bonjour, répondit-elle avec précaution.

Arrow eut envie de donner un coup de poing à quelqu'un pour calmer sa frustration. Elle avait fait de gros progrès dans sa guérison. Il savait qu'elle ne serait jamais comme avant son enlèvement, mais il détestait voir qu'elle avait peur de lui.

— Tu es en sécurité avec moi, dit-il doucement. Je ne te ferai jamais de mal.

À ces mots, elle se détendit contre lui.

— Je sais, murmura-t-elle en baissant les yeux. C'est juste... je me suis réveillée et j'ai senti ta... je t'ai senti contre ma jambe, et ça m'a renvoyé dans le passé pendant une seconde.

— C'est ce que je me suis dit. Ce n'est pas grave.

— Si, c'est grave, dit-elle en s'animant. Je déteste ne pas pouvoir te montrer comme j'aime t'avoir ici avec moi. Je déteste ne pas pouvoir être normale avec toi.

— Qu'est-ce que la normalité, de toute façon ? dit Arrow d'un ton léger. La normalité, c'est ce que nous en faisons.

— Je veux pouvoir me réveiller et ne pas me figer immédiatement en pensant que je suis de retour là-bas, et me demander si aujourd'hui est le jour où ils vont me tuer après avoir pris ce qu'ils veulent. Je veux pouvoir me réveiller avec la bouche de mon petit ami sur mon corps et ne pas penser à ce qu'ils m'ont pris sans permission de si nombreuses fois.

Je veux pouvoir me perdre dans la sensation de ton toucher, pas grimacer parce que cela me rappelle mes agresseurs.

— Tu y arriveras, dit Arrow, empêchant la fureur de transparaître dans sa voix par la seule force de sa volonté.

— Quand ? Quand je finirai par ne plus penser à eux chaque seconde de chaque journée, j'ai peur que tu te sois lassé de m'attendre. J'ai peur de te perdre avant de vraiment t'avoir.

Arrow ne put s'empêcher de la tirer sur lui. Il la fit remonter de sorte qu'elle chevauche son ventre et non son entrejambe. Elle n'avait surtout pas besoin que sa queue appuie contre sa chatte.

— Tu ne me perdras jamais, dit-il fermement. Je ne vais pas me lasser de t'attendre. Il n'y a pas de calendrier pour la guérison du viol. Tu le sais. Comme je te l'ai dit quand nous parlions avec ta psy, je suis là pour le long terme. Je ne te forcerai jamais, ma belle. Ce que tu veux bien me donner, et quand tu veux me le donner, c'est ton choix. Je t'aiderai chaque jour à te sentir en sécurité. Dans cet appartement, dans ce lit, et même dans le monde réel. Ton endroit sûr sera ici, dans mes bras. Ce qui peut t'arriver dans le monde n'a pas d'effet sur mes sentiments pour toi. Je t'aime, Morgan. Tu es celle qu'il me faut.

Des larmes tombèrent des yeux de Morgan pendant qu'elle le fixait.

Il utilisa ses pouces pour les essuyer de ses joues avant de l'attirer contre son torse. Il ne dit rien d'autre, se sentant impuissant pendant qu'elle sanglotait. Il put seulement la tenir et lui frotter le dos. Il ne lui demanda pas de ne pas pleurer. Il ne lui dit pas que tout allait bien. Il se contenta de la serrer fort, essayant de lui dire sans mots qu'il était là pour elle, et qu'il le serait toujours.

Finalement, ses sanglots s'espacèrent et elle renifla contre lui.

— Ça va mieux ? demanda-t-il doucement.

Elle hocha la tête.

— Bien. Tu veux te lever et aller te doucher ou rester allongée ici un peu plus longtemps ?

— Rester allongée là, dit-elle doucement.

— D'accord, ma belle. Je vais me lever, me doucher et lancer le petit déjeuner. Dors. Je viendrai te réveiller quand ton omelette sera prête.

— Tu es trop bien pour moi.

Arrow ricana.

— Ça m'étonnerait. J'attends toujours que tu retrouves la raison et que tu te rendes compte que tu pourrais trouver bien mieux que moi.

Puis il se glissa hors du lit et posa la couverture sur elle. Il embrassa sa tempe et partit à la salle de bains.

Il était dans la douche avec le dos tourné vers la porte lorsqu'il entendit quelque chose derrière lui.

Il tourna la tête et il vit, incrédule, Morgan toute nue entrer dans le petit espace et fermer la porte derrière elle.

— Que...

Il oublia sa question lorsque dans son dos, elle passa les bras autour de lui et attrapa sa queue mi-dure. À la seconde où elle le toucha, tout le sang de son corps se dirigea vers sa verge qui grandit entre les mains de Morgan.

Il saisit ses poignets et les immobilisa en tournant la tête.

— Morgan ? Que fais-tu ?

— Je pense que c'est évident, répondit-elle sans essayer de se débattre. C'est juste que... j'en ai assez de me sentir si impuissante. Je ne suis pas prête à ce que tu... tu sais. Mais je veux te donner ça.

— En es-tu sûre ? J'adore avoir tes mains sur moi, mais ce n'est pas quelque chose que j'attends tant que tu n'es pas entièrement prête.

— Je ne suis pas encore arrivée au stade où je peux dire que je t'aime en retour, lui dit Morgan. Mais je peux te dire que je n'ai jamais ressenti pour quelqu'un d'autre ce que je ressens pour toi. Ça me rend malade de savoir que tu souffres alors que je peux faire quelque chose pour t'aider. Je veux te toucher, Arrow. Je veux être celle qui te fait te sentir bien.

— Ta présence suffit à me faire me sentir bien, la rassura-t-il. Si un moment donné tu es submergée par les souvenirs, je veux que tu arrêtes. Ça me fera du mal si tu souffres juste pour me donner du plaisir.

— Arrow, crois-moi, ceci ne ressemble en rien à ce qui m'est arrivé. Et de loin. Je te donne ça librement. Je veux que tu aies un orgasme grâce à ce que je te fais volontairement.

Il gloussa et retira les mains de ses poignets, la laissant libre de faire ce qu'elle voulait.

— Ma belle, j'ai l'impression d'être toujours au bord de l'orgasme quand tu es près de moi, et tu n'as même pas besoin de me toucher pour me faire bander.

— Tourne-toi sur le côté et pose les mains sur le mur, ordonna-t-elle.

Arrow n'était pas du genre à suivre des ordres dans le domaine du sexe, mais pour elle, il acceptait de faire tout ce dont elle avait envie ou besoin. Il était complètement sous son influence. Il se tourna afin que l'eau tombe sur son flanc et il grogna quand Morgan s'accroupit à côté de lui, une main sur sa hanche pour rester en équilibre.

Il baissa le regard et vit l'eau dégouliner sur ses seins. Ses cheveux humides tombaient sur ses épaules. Elle avait les yeux rivés sur sa queue. Elle se lécha les lèvres et il sentit sa verge réagir par un sursaut.

Arrow grogna, arracha son regard à elle, rejeta la tête en arrière et fixa le plafond.

Elle bougea la main, passant de sa hanche à son ventre pendant qu'elle traçait le contour de ses muscles avant de descendre et de se reposer autour de sa verge.

— Oh, merde, souffla-t-il en verrouillant les genoux.

Elle commença à le caresser de haut en bas en posant l'autre main sur sa cuisse afin de garder l'équilibre.

— Ça ne prendra pas longtemps, l'avertit Arrow en baissant la tête pour la regarder.

Il avait envie que ça dure, mais il savait qu'il n'allait pas pouvoir garder le contrôle de sa libido.

Cela faisait des semaines qu'il rêvait de ce moment, sans croire qu'il arriverait si vite. Elle était un miracle. *Son* miracle. Il n'avait jamais rencontré quelqu'un de si courageux.

— Dis-le-moi si je ne m'y prends pas bien, murmura-t-elle en se mordillant la lèvre de concentration.

— Tu me touches, alors tu t'y prends bien, parvint à dire Arrow.

Il regarda son gland apparaître entre les doigts serrés de Morgan à chaque caresse vers le bas, puis disparaître quand elle remontait. Il voulait la toucher, serrer ses cheveux entre ses doigts pendant qu'elle lui donnait du plaisir, mais il se força à garder les deux mains sur le mur.

— Plus vite, bébé, dit-il d'un ton désespéré.

Elle accéléra immédiatement, et posa son autre main sous ses bourses. Cela suffit.

— Oh, merde, ça y est, je jouis, souffla-t-il.

Quelques secondes plus tard, il gicla partout sur le mur et sa main.

Il poussa un grognement en avançant les hanches et elle ralentit, puis se remit à le caresser.

Quand il osa rouvrir les yeux, elle avait la tête levée vers lui et elle souriait, émerveillée, comme si elle venait de réussir l'examen le plus dur qu'elle ait eu à passer... et il supposa que c'était vraiment ce qu'elle devait ressentir, d'une certaine manière.

— Puis-je te serrer contre moi ?

Il souhaitait la prendre dans ses bras, mais il ne savait pas à quoi elle pensait et il refusait de faire quoique ce soit qui risque de blesser sa psyché.

— Oui, s'il te plaît, dit-elle doucement.

Il se pencha immédiatement, l'aida à se relever et la serra si vite contre lui que leurs corps firent un bruit de claquement lorsque leurs peaux se collèrent.

Si Arrow trouvait que c'était agréable de sentir Morgan contre lui quand ils étaient entièrement vêtus, ce n'était *rien* comparé au fait de sentir sa peau contre lui. Ses tétons étaient durs contre son torse, et même si elle devait encore reprendre du poids, la sensation de la douceur de Morgan contre sa dureté suffit à faire tressaillir sa queue.

— Je ne sais pas si je pourrais un jour te faire une pipe, dit Morgan contre lui.

La verge d'Arrow se dégonfla immédiatement à ces mots. Pas à cause de l'idée de ne jamais avoir sa bouche sur lui, mais à cause de la raison pour laquelle elle pensait cela.

— Ça m'est égal.

— Tous les hommes ont envie de ça, protesta Morgan.

Arrow posa la main sous son menton et leva son visage afin qu'elle le regarde pendant qu'il parlait :

— Pas moi, dit-il fermement. Ma belle, je viens de jouir alors que tu ne m'as touché que pendant deux virgule trois secondes. La partie de toi qui me touche m'importe peu, tant que tu me touches. Je ne suis pas « tous les hommes ». Quand nous sommes ensemble, il n'y a que toi et moi ici. Personne d'autre. Ce que nous faisons ensemble ne regarde que nous. T'avoir ici dans ma douche, c'est comme un rêve devenu réalité. L'intimité entre nous, c'est ce que nous en faisons. Je me fous de tous les autres et de ce que veulent « tous les hommes ».

Morgan hocha la tête et baissa le menton. Arrow la serra contre lui et il pivota afin que l'eau chaude tombe sur elle et qu'elle n'ait pas froid. Ils restèrent ainsi un long moment jusqu'à ce qu'il demande :

— Veux-tu que je lave tes cheveux ?

Il la sentit prendre une grande respiration, puis elle leva la tête.

— Non. J'ai faim. J'ai envie que tu commences mon omelette.

Arrow ne put empêcher un sourire bête de s'étaler sur son visage.

— Compris, ma belle. Merci pour ce matin. Tu ne sauras jamais ce que ça signifie pour moi.

— Moi aussi, dit-elle timidement. Merci de ne pas m'avoir mis la pression.

— Tu n'es pas obligée de me remercier pour ça, la gronda-t-il. Je ne te mettrai jamais la pression pour avoir plus que ce que tu veux me donner.

Arrow se pencha lentement et il posa un baiser léger sur ses lèvres. Elle le tira vers le bas quand il voulut se redresser et elle approfondit le baiser.

Quand il ressortit de la douche, il avait à nouveau une érection, mais il s'en moquait. Il avait l'impression qu'il allait passer la majorité de son temps près d'elle à l'avoir raide comme un piquet... et il allait aimer chaque seconde.

· · ·

Morgan s'habilla lentement et elle essaya de ne pas rougir en pensant à ce qu'elle avait fait à Arrow. Elle ne l'avait pas prévu, mais allongée sur son lit à l'écouter se doucher, elle s'était énervée. Énervée contre elle-même. Énervée contre ses ravisseurs. Énervée contre les hommes qui avaient pris ce qu'elle ne voulait pas donner. Elle avait donc décidé de prendre le taureau par les cornes et elle s'était retrouvée nue avec Arrow.

Elle avait été nerveuse au début, effrayée qu'il comprenne sa venue de la mauvaise façon, mais elle aurait dû avoir confiance. Il ne lui avait pas mis la pression. Ne l'avait même pas touchée pendant qu'elle lui donnait du plaisir. Elle s'était sentie valorisée. Elle avait eu besoin de l'avertir qu'elle ne pensait pas pouvoir un jour le prendre dans sa bouche, pas après ce que les hommes de Santo Domingo l'avaient forcé à faire, mais elle avait pu le lui dire parce qu'elle savait qu'il allait bien réagir.

Pour la première fois depuis qu'elle avait emménagé avec Arrow, elle pensa qu'elle arriverait peut-être un jour au point de pouvoir faire l'amour avec lui sans paniquer.

Aujourd'hui n'était pas ce jour-là, mais elle pouvait s'imaginer lui donner toute sa confiance. Il ne lui ferait pas de mal. Ne l'obligerait pas à se précipiter, et ferait tout ce qui était en son pouvoir pour la mettre à l'aise.

Elle avait remarqué comment il l'avait prise sur lui quand elle avait pleuré, au lieu de rouler sur le côté et de la placer sous lui. Il était prudent, faisait attention à ce qu'elle ressentait quand il était avec elle dans une situation intime. Elle l'aimait d'autant plus pour cela.

Une minute... quoi ?

L'aimer ?

L'aimait-elle ?

Morgan voulait le nier, mais c'était impossible.

Même quand elle avait commencé à fréquenter Lane, elle n'avait pas ressenti la même chose qu'avec Arrow. Elle était étourdie par l'excitation, oui, mais c'était plus que ça. C'était la compréhension profonde qu'elle avait confiance en lui et qu'elle pouvait partager ses secrets les plus sombres... et qu'il les protégerait de toutes ses forces.

Il connaissait sa famille moins que parfaite, et ça ne l'avait pas fait fuir.

Il se moquait de savoir qu'elle risque de ne plus jamais redevenir la personne qu'elle était autrefois.

En souriant, Morgan finit rapidement de s'habiller et elle ne prit pas la peine de sécher ses cheveux avant de se précipiter dans la cuisine pour voir Arrow. Son estomac gargouilla quand elle sentit l'omelette délicieuse qu'il avait préparée pour elle.

— Bonjour, ma belle, dit-il lorsqu'elle s'approcha de lui.

Elle se faufila sous son bras et sourit timidement.

— Salut.

Il rit.

— Je ne t'aurais jamais prise pour le genre timide, dit-il avec un sourire en coin.

Morgan lui mit une claque sur le bras et secoua la tête.

— Bref. Donne-moi cette assiette, Monsieur, avant que je la retourne sur ta tête.

— Tu n'oserais pas gaspiller une bonne omelette de cette façon, rétorqua-t-il en lui tendant l'assiette.

— C'est vrai, concéda-t-elle. Merci de l'avoir préparée pour moi.

— Aucun problème.

Elle prit l'assiette, se hissa sur un des tabourets de bar à côté de l'îlot et commença à manger. Les œufs étaient cuits à la perfection, comme d'habitude. Il la rejoignit, posa un grand verre de jus d'orange devant elle et attaqua ses propres œufs au plat.

Juste au moment où ils étaient en train de terminer, le téléphone d'Arrow sonna. Il le sortit et répondit.

— Allô ? Oh, bonjour Robert... quoi ? Non, je n'ai pas... absolument pas... garde-la en bas pour moi. J'arrive dans une seconde.

Morgan fronça les sourcils.

— Que se passe-t-il ?

— Je dois descendre un instant.

Il se repoussa de l'îlot et partit vers la chambre où il gardait ses chaussures.

— Attends. Que se passe-t-il ?

Morgan le vit hésiter avant qu'il se retourne vers elle.

— C'était le portier. Il a dit qu'une... femme était en bas, disant que je l'avais appelée. Il voulait savoir s'il avait l'autorisation de la laisser monter.

— Une femme ? Qui ?

— Je ne sais pas, mais Robert pense que c'est une escorte.

Morgan écarquilla les yeux.

— Une *quoi* ?

— Une prostituée.

— Sérieusement ? Tu n'appellerais pas pour faire venir une personne pareille.

— Bien sûr que non, dit Arrow avec conviction. Je suppose que quelqu'un essaie de me jouer un tour.

— Un de tes amis ? demanda Morgan avec espoir.

Là-dessus, il refit quelques pas vers elle. Ils étaient presque à hauteur des yeux, parce qu'elle était assise sur le grand tabouret.

— Non, ma belle. Ils ne feraient jamais ça, surtout en sachant que tu es là.

Morgan eut le cœur lourd en comprenant ce que cela impliquait.

— Quelqu'un voulait me contrarier, alors.

— C'est ce que je suppose, dit Arrow calmement. Mais cette personne t'a sous-estimée. Elle a sous-estimé l'importance que nous avons l'un pour l'autre et notre confiance... n'est-ce pas ?

Morgan hocha immédiatement la tête et monta les mains pour les poser sur les hanches d'Arrow.

— Je te fais confiance, Arrow. Je sais que tu ne ferais pas ça. Mais... que comptes-tu faire ?

— Je vais descendre et parler à cette femme. Voir qui l'a engagée et lui a donné mon adresse. C'est une bonne chose, Morgan.

— Ah bon ? Pourquoi ?

— Parce qu'avec tout ce qu'il fait, il laisse des indices plus évidents. Nous allons finir par rassembler toutes les miettes et elles nous guideront tout droit vers lui.

— Je l'espère.

— Je le sais. Maintenant, je dois aller chercher mes chaussures et descendre. Ça ira ici ? N'ouvre la porte à personne et ne décroche pas ton téléphone. Je reviens dès que je peux.

— Dois-je appeler Gray ou quelqu'un d'autre ?

Arrow secoua la tête.

— Non, je veux d'abord parler à cette femme. Ensuite, j'appellerai Rex et Meat pour les mettre sur la piste. Puis, je contacterai les autres.

— D'accord.

Arrow la fixa un peu plus longtemps avant de sourire.

— Je t'aime. Merci de ne pas avoir paniqué et de me faire confiance.

— C'est normal.

Il l'embrassa vite, la titillant en passant un coup de langue sur sa lèvre inférieure, puis il partit mettre ses chaussures. Il revint au bout de quelques secondes et marcha vers la porte à grands pas.

— Souviens-toi, n'ouvre à personne.

— Promis.

Puis il disparut.

Morgan descendit du tabouret et releva les assiettes. Elle n'avait plus faim et elle savait que si elle essayait de terminer cette omelette délicieuse, cette dernière risquait de réapparaître d'une façon très peu appétissante, alors elle la jeta à la poubelle et posa les assiettes dans l'évier. Elle se servit un autre verre de jus d'orange – c'était étrange comme elle aimait ça maintenant – et elle partit s'asseoir dans le salon pour attendre le retour d'Arrow.

Il mit une heure avant de réapparaître enfin. Il ne semblait pas du tout énervé ou contrarié.

— Qu'est-il arrivé ? demanda Morgan.

Il retira ses chaussures et vint s'asseoir à côté d'elle sur le canapé. Il la tira contre lui.

— Rien.

— Comment ça, rien ?

— Rien du tout. La femme était énervée d'avoir été envoyée ici pour rien. Ses services ne sont pas vraiment donnés, si tu vois ce que je veux dire. J'ai demandé si elle travaillait de son plein gré ou si elle avait été forcée à venir me voir. Je l'ai informée que ce qu'elle faisait était illégal, puis je lui ai poliment demandé si je pouvais l'interroger au sujet de la personne qui l'avait engagée.

Morgan ne put s'empêcher de rire en entendant cette explication.

— Qu'a-t-elle dit ?

— Rien de très utile. Elle travaille avec un groupe

d'autres femmes, et elles ont des publicités à différents endroits du net. Elles travaillent chacune leur tour à répondre et à accepter les différents boulots. Le message est arrivé tard hier soir par une adresse mail générique. Apparemment, ce n'est pas inhabituel, car la majorité des personnes qui les engagent ne veulent pas être identifiées. Les instructions étaient de venir ce matin à sept heures et d'éviter le portier si possible. Elle avait le numéro de mon appartement et mon nom, et elle a même été informée que la « dame de la maison » pouvait être partante pour un plan à trois si l'occasion se présentait.

Morgan fronça le nez à cette idée.

— C'est fou, hein ? Mais Robert travaillait et il ne l'a pas laissée monter. Il m'a appelé, et voilà.

— Peux-tu retrouver qui l'a engagée ?

— S'ils avaient payé à l'avance, peut-être. Mais ils ont promis à la femme que c'est moi qui paierai ses services, avec un pourboire de vingt pour cent. Cet e-mail est sans doute une impasse, mais Meat est déjà sur le coup. Il pourra au moins trouver l'adresse IP, ce qui nous donnera le lieu général de l'expéditeur. Nous pourrons partir de là.

— Ont-ils d'autres pistes pour Lane ou Lance ? demanda Morgan.

— Non. Ils semblent tous les deux être hors de cause pour l'instant. Meat a plus de difficultés à suivre la piste des hommes fréquentés par Sarah. Les gangs de motards sont notoirement doués pour ne rien avouer, et ça fait longtemps que tu as été enlevée sur ce parking.

— Je sais, dit sombrement Morgan. J'espérais seulement. Je n'aimerais pas du tout qu'un de mes amis soit derrière tout ça, mais ne pas le savoir, c'est pire.

Arrow ne sut pas quoi lui dire pour qu'elle se sente mieux et cela l'ennuya. Il finit simplement par demander :

— Est-ce que ça va ?

Elle lui jeta un regard noir et secoua la tête.

— Non. Ça ne va pas. Je suis énervée.

Elle se releva et fit les cent pas devant Arrow.

— Ce n'est pas cool que quelqu'un te nargue. Et te narguer signifie me narguer moi. Et c'est nul ! Je veux dire, n'ont-ils pas assez fait ? Celui qui a fait ça est fou et malade. Peu importe qu'il m'ait fait souffrir, il veut continuer à me faire souffrir. Comment peut-on penser que ce n'est pas un problème ? Qu'y aura-t-il ensuite ? Va-t-il faire brûler l'appartement ? Il mettra peut-être une bombe sous ton camion pour nous faire sauter. Ou alors il nous attendra au supermarché. Ou mieux encore, il enlèvera Allye ou Chloé et il menacera de leur faire ce qu'ils m'ont fait. Quand cela va-t-il se terminer ? Qu'ai-je fait de si horrible pour mériter ça ?

— Rien, dit Arrow juste à côté d'elle. Tu n'as rien fait de mal.

— C'est de plus en plus difficile de le croire, dit Morgan en sachant qu'elle était à quelques secondes de perdre les pédales. C'est moi qui ai été torturée pendant un an. C'est moi qu'ils essaient encore de tourmenter. Ça n'a aucune logique ! Je suis juste une apicultrice. Je n'ai jamais fait de mal à personne, à ma connaissance. J'ai dû faire quelque chose à quelqu'un pour qu'il soit si énervé contre moi. Je ne comprends pas !

— Morgan...

— Non. J'en ai marre. C'est n'importe quoi. À qui dois-je parler pour que cela s'arrête ? La police ? Le FBI ? Rex ? Qui ?

— Morgan... essaya encore Arrow, mais elle était partie sur sa lancée.

— Je vais voir si je peux trouver quelqu'un dans la mafia. Ou alors un gang de motards qui accepte de tuer les gens. À qui puis-je m'adresser, selon toi ? Oooh, je sais, je vais trouver un de ces barons de la drogue mexicains et les envoyer à sa poursuite. Ils vont le trouver et... *mmff* !

Ses paroles furent interrompues par Arrow qui avait posé l'épaule contre son ventre. Il l'avait soulevée en travers de son épaule avant même qu'elle puisse terminer sa pensée.

— Que veux-tu... Arrow ! Pose-moi !

— Non, dit-il calmement en se dirigeant vers la porte d'entrée.

Morgan se débattit un moment, puis elle s'immobilisa quand elle sentit la claque qu'il lui mit sur la fesse.

— Calme-toi, ma belle, dit-il.

Surprise, elle se tut... avant de commencer à sourire. Quand ils atteignirent l'ascenseur, elle gloussait. Elle était peut-être vraiment en train de perdre la boule.

— Arrow, je ne porte pas de chaussures, protesta-t-elle.

— Tu n'en as pas besoin, lui dit-il en la reposant sur ses pieds devant l'ascenseur.

— Je n'ai pas mon sac et je ne me suis même pas coiffée.

— Ça m'est égal. Tu as besoin d'une bonne thérapie par la nature.

— C'est quoi ?

— Tu verras, dit Arrow.

Puis il redevint sérieux et dit :

— Je vais régler ça pour toi, ma belle. Ceci n'est pas ta vie, ne t'habitue pas à ça.

— Je ne dois pas m'habituer à pouvoir dire ce que je pense, péter un câble, être jetée sur l'épaule de mon beau petit ami pour me faire arrêter de péter le câble susmentionné et le laisser me conduire dans un endroit qui sera merveilleux et magnifique ?

— Si, tu peux t'habituer à *ça*, dit-il avec un petit sourire.

Mais pas à la partie où tu paniques. La situation ne va pas durer. Tu seras en sécurité pour faire ce que tu veux, où tu veux et avec qui tu veux.

— Je sais les deux dernières choses, mais je travaille encore sur la première, lui dit timidement Morgan, et elle fut récompensée par le sourire aveuglant qu'il afficha.

L'ascenseur tinta en s'ouvrant.

— Je devrais vraiment repartir chercher mes chaussures.

— Non, lui dit Arrow en l'entraînant dans l'ascenseur. Je te porterai.

— Tu en auras assez de me traîner partout.

— Jamais, promit Arrow.

C'était agréable.

— Et je ne suis pas encore revenue à mon poids de combat.

Morgan tapota son ventre avant d'ajouter :

— Mais j'y travaille.

— Puis-je faire quelque chose pour t'aider ?

— Je devrais appeler ma mère pour avoir sa recette de petits gâteaux. Elle fait des cookies choco-guimauve incroyablement moelleux et à mourir.

— Tu pourras lui demander quand tu lui parleras dans trois jours, dit fermement Arrow.

Morgan savait qu'il lui fallait encore passer quelques jours avant de pouvoir rappeler sa mère, et elle avait été d'accord pour limiter la fréquence de leurs conversations, mais c'était à des moments comme celui-ci qu'elle lui manquait vraiment.

— Je suis sûre qu'elle regrette d'insister autant, dit Morgan d'un ton conciliant.

— Tu as promis, lui rappela Arrow.

Morgan poussa un soupir. Elle avait effectivement promis de laisser du temps à sa mère pour qu'elle se calme.

Elle lui avait expliqué pourquoi elle limitait ses appels, et même si Ellie n'avait pas été ravie, elle avait accepté d'essayer d'être moins agressive quand elle demandait à Morgan de revenir à Albuquerque.

— Très bien. Mais tu vas le regretter quand tu auras goûté les gâteaux, parce qu'ils sont absolument incroyables.

— Autant de sucre, ce n'est pas bon pour toi, fut la réponse d'Arrow.

Morgan leva les yeux au ciel.

— Pff.

En sortant, Arrow s'arrêta pour dire quelque chose à Robert qui sourit et hocha la tête. Arrow souleva Morgan comme une jeune mariée, cette fois, un bras sous ses genoux et l'autre autour de son dos, et il la porta jusqu'au pick-up. Il l'installa et monta à côté d'elle.

Il ne démarra pas tout de suite le moteur, et juste au moment où elle allait lui demander pourquoi, Robert sortit de l'immeuble en portant une paire de tongs pour elle.

Arrow donna un pourboire à Robert et le remercia, donnant les claquettes à Morgan.

— Je pensais que tu allais me porter partout, le taquina-t-elle.

Arrow se contenta de hausser les épaules.

— C'est vrai, mais finalement je me suis dit que ce n'était pas très pratique. De plus, je ne peux pas te protéger si je te porte.

Le sourire de Morgan s'effaça brusquement.

— Merde, ma belle, je ne voulais pas te déprimer.

— Non, ça va. Je veux dire, je n'y avais pas pensé non plus. Je ne voudrais jamais être un fardeau pour toi.

— Tu n'es *pas* un fardeau, grogna Arrow. Ne répète jamais ça et ne le *pense* même pas.

Morgan ne put s'empêcher de sourire.

— D'accord, d'accord. Pardon.

— Qu'est-ce qui te fait sourire ? demanda-t-il d'un ton grognon en démarrant le pick-up.

— C'est juste que c'est agréable.

— Quoi donc ? demanda Arrow en sortant du parking.

— D'être aimée, lui dit doucement Morgan.

Elle savait qu'elle rougissait, mais elle n'y pouvait rien.

En réponse, Arrow lui prit la main et embrassa sa paume avant d'entrelacer leurs doigts et de poser la main de Morgan sur sa cuisse.

Elle ne savait pas du tout où ils allaient ou ce qu'ils allaient faire, mais elle s'en moquait. Elle était avec Arrow, et c'était tout ce qui importait.

17

___

Arrow n'avait pas vraiment une destination en tête. Il avait simplement besoin de sortir de l'appartement, tout autant que Morgan. Il était énervé contre la prostituée qui n'avait pas paru embêtée de servir à essayer de faire du mal à Morgan. Elle voulait seulement être payée.

Il était énervé contre la personne qui avait un coup d'avance sur les Mercenaires Rebelles et lui. Ils avaient besoin de trouver le fin mot de l'histoire afin que Morgan puisse se reposer. Elle avait traversé assez d'épreuves.

Il voulait emmener Morgan dans un endroit où ils pouvaient simplement être eux-mêmes ensemble. La matinée avait si bien commencé, et maintenant elle était...

Il ne savait pas ce qu'elle était. Il voulait revenir au sentiment qu'ils avaient eu dans la douche. Au sentiment d'être connectés. D'être aimés.

Il savait qu'elle l'aimait. Il le sentait au plus profond de lui. Cependant, elle allait avoir besoin de temps pour le dire. Il le comprenait. En attendant, il allait faire de son mieux pour le lui dire souvent et pour qu'elle le sente encore plus.

Toute sa vie, son travail était passé avant tout le reste.

D'abord dans la marine, puis chez les Mercenaires Rebelles. Mais c'était fini. À partir de maintenant, Morgan était la priorité. Point final.

Ils passèrent le reste de la matinée à se promener à Memorial Park et à profiter des facéties des chiens, des enfants et des couples qui appréciaient le beau temps du Colorado. Ils déjeunèrent dans un restaurant italien et ils étaient en route pour se rendre chez Gray et Allye quand Arrow reçut un appel.

— Allô ? répondit Arrow, et la voix sortit des enceintes de la voiture.

— C'est Gray. On a un problème.

— Morgan est ici avec moi, avertit Arrow. Quel problème ?

— Dave a été attaqué.

— Dave ?

C'était bien la dernière personne à laquelle Arrow s'attendait.

— Oui. Il est venu travailler aujourd'hui et il a été agressé dans le parking.

— Merde. Est-ce qu'il va bien ?

— Oui. Il est surtout énervé. Il est aux urgences où on lui fait des points de suture.

— Dis-moi que ça a été filmé, ordonna Arrow.

— Ça a été filmé, répondit Gray consciencieusement.

— Heureusement. Où es-tu ?

— Au Pit.

Arrow s'engagea dans le parking d'un supermarché et fit demi-tour.

— Nous sommes en route.

— À tout à l'heure, répondit Gray avant de raccrocher.

— Ne devrions-nous pas passer à l'hôpital pour aller voir Dave ? demanda Morgan, inquiète.

— Non. Il s'attend plutôt à ce que nous cherchions l'enfoiré qui l'a agressé. Si Gray dit qu'il va bien, il va bien.

— Penses-tu que c'est lié à moi ?

— Je ne sais pas, ma belle. Peu importe. Nous allons trouver qui a fait ça et découvrir pourquoi.

Le reste du trajet se fit en silence. Arrow ne pouvait s'empêcher de penser que c'était sûrement lié à Morgan et à la personne qui le harcelait. Le Pit ne se trouvait pas vraiment dans la meilleure partie de la ville, mais ce n'était pas non plus la pire. Il n'y avait jamais eu de problème dans le parking auparavant, surtout pas en plein jour. Il savait qu'il devait attendre de voir les enregistrements de vidéosurveillance lui-même avant de conclure quoi que ce soit, mais toute la situation le mettait mal à l'aise.

Content d'avoir trouvé quelque chose à mettre aux pieds de Morgan, il la conduisit dans le bar vingt minutes plus tard. Il se dirigea tout droit vers le bureau du fond, où il savait qu'il trouverait ses coéquipiers étudiant les vidéos de surveillance.

Arrow salua Noah Ganter, l'autre barman qui travaillait au Pit, et il ne prit pas la peine de s'arrêter et de présenter Morgan. Il s'engagea dans le couloir à l'arrière et passa dans le bureau, s'arrêtant devant un des fauteuils confortables que Dave y avait installés quelques années auparavant.

— Assieds-toi, ma belle. Et arrête de t'inquiéter, ordonna-t-il.

— Je n'arrive pas à m'en empêcher.

Arrow l'embrassa sur le front et il se tourna vers ses amis.

— Dites-moi qu'il a été filmé.

— Il est visible, oui, dit Meat sans lever la tête de l'écran qu'il scrutait avec une intensité un peu effrayante. Nous l'avons sous différents angles. On dirait qu'il n'est pas venu en voiture, mais qu'il attendait Dave.

— Sommes-nous certains que c'est lui qu'il attendait, ou bien Dave est-il simplement arrivé au mauvais moment ? demanda Arrow.

Gray et Black se tournèrent vers lui en même temps.

— As-tu quelque chose à nous dire ? demanda Gray.

Arrow soupira et raconta l'histoire de la prostituée.

— Tu es donc visé, conclut Gray. Cette personne aurait pu t'attendre ici.

— Je n'avais pas l'intention de venir au Pit aujourd'hui, rétorqua Arrow. Je ne suis pas venu depuis plusieurs jours.

— Celui qui a agressé Dave ne le savait pas, fit remarquer Black. Il faisait peut-être la reconnaissance de l'endroit et quand Dave est arrivé, il a simplement décidé de l'attaquer parce qu'il te connaît. Dave avait les mains prises par un sac de courses. Tu sais comme il aime mettre des fruits frais dans ses cocktails, réfléchit Gray à voix haute.

— Montre-moi la vidéo, ordonna Arrow. Je le reconnaîtrai peut-être.

— Moi aussi, je veux la voir, dit Morgan en se levant.

— Non, répondit immédiatement Arrow.

En voyant le regard noir de Morgan, il adoucit le ton.

— Laisse-moi la regarder d'abord, ma belle. Je ne veux surtout pas que tu sois confrontée à encore plus de violence.

— Je veux vous aider, dit-elle d'une voix suppliante.

— Je le sais. Et si nous avons besoin de ton aide, je n'hésiterai pas à te la demander. D'accord ?

Il l'observa, priant pour qu'elle comprenne qu'il essayait de la protéger. Il ne voulait pas lui montrer la violence subie par quelqu'un qu'elle connaissait.

— D'accord, acquiesça-t-elle au bout de quelques secondes de tension.

— Merci, dit Arrow avant de se retourner vers l'écran.

Il fit signe à Meat de lancer la vidéo et il plissa les yeux pour mieux voir le coupable.

La personne portait une espèce de combinaison. Marron. Une casquette tirée vers le bas pour obscurcir son visage. Il n'était ni très grand ni très costaud... c'était évident quand il s'approchait de Dave par-derrière. Le barman était penché pour attraper le sac à l'arrière de sa voiture et l'agresseur avait utilisé une espèce de pied-de-biche pour assommer Dave. Une fois que leur ami costaud s'était retrouvé sur le sol, le salopard l'avait encore frappé deux fois. Une fois sur la cuisse et une fois dans les côtes. Dave avait fait ce qu'il fallait en se couvrant immédiatement la tête avec les bras, mais cela avait laissé le reste de son corps vulnérable.

Le minable était parti en courant dès que Dave avait roulé sur le côté pour se relever. À aucun moment il ne s'était retourné vers les caméras, gardant toujours le dos tourné. Il ne levait jamais la tête, comme s'il savait exactement où elles se trouvaient et comment empêcher son visage d'apparaître sur la vidéo.

Arrow regarda Meat, frustré.

— C'est tout ? Nous n'avons rien d'autre ?

— Non. Mais nous n'avons pas encore parlé à Dave.

— Il portait des gants, remarqua Black.

— Et nous connaissons sa taille, ajouta Gray.

— Relance la vidéo, demanda Arrow à Meat.

L'autre homme hocha la tête et remit l'enregistrement au début. Arrow observa la vidéo du début jusqu'à la fin. Il distinguait tout juste l'homme caché dans les arbres quand Dave arrivait sur le parking. Puis à la seconde où il avait le dos tourné, le voyou était passé à l'action, marchant calmement, mais rapidement.

Quelque chose chez ce coupable tracassait Arrow, mais il n'arrivait pas à savoir quoi.

— Qu'y a-t-il ? demanda Gray en voyant la frustration d'Arrow.

— Je ne sais pas. J'ai l'impression d'avoir déjà vu cette personne. Il y a quelque chose dans son mouvement qui me semble familier.

— Peut-être lors d'une autre mission ? demanda Black.

— Peut-être, acquiesça Arrow.

— Ce pourrait être quelqu'un qui en veut aux Mercenaires Rebelles, suggéra Gray.

— Oui, dit Arrow.

— Mais tu ne le crois pas, conclut Meat.

Arrow secoua la tête.

— Si c'était le cas, pourquoi n'est-il pas resté pour s'assurer que Dave était vraiment KO ? Oui, il a été blessé, mais il allait se relever. Si quelqu'un avait vraiment un problème avec nous, je ne peux m'empêcher de penser qu'il lui aurait tiré dessus, ou apporté un couteau, par exemple. Un pied de biche me semble... opportuniste. Et désespéré.

— Pourrait-il s'agir de quelqu'un en lien avec le frère de Chloé ? demanda Gray. J'aimerais penser que nous avons tué ça dans l'œuf, mais on pourrait toujours nous en vouloir.

— J'en doute, dit Meat. Il ne reste plus personne de très loyal à Leon Harris.

— Nous pourrions avoir raté quelqu'un, dit Gray.

— Non. Je ne le crois pas. Il aurait déjà agi plus tôt.

Arrow se tourna vers Meat pour ajouter :

— Vérifie ce que font les Buswell. Assure-toi qu'ils sont encore à Atlanta. Lane fait à peu près la bonne taille.

— Tu penses que Lane est ici ? Qu'il a attaqué Dave ? demanda Morgan depuis l'autre bout de la pièce.

Arrow s'approcha d'elle et s'accroupit devant son fauteuil.

— Je ne sais rien pour l'instant, la rassura-t-il. Mais nous ne pouvons éliminer personne. Ils sont passés à la vitesse supérieure. Crever des pneus et commander une prostituée à mon adresse, c'est un jeu d'enfant. Mais une agression, c'est une autre histoire. Nous pourrons normalement éliminer Lane assez facilement. Soit il est à Atlanta, soit il n'y est pas.

— Lance fait à peu près la même taille que son frère, précisa Morgan. Bien sûr, tout le monde me paraît grand, mais Thomas est plus grand que tous les deux.

— Carl fait la bonne taille, murmura Meat en tapotant sur le clavier de son ordinateur.

Arrow poussa un juron quand il vit Morgan se figer.

— Mon père ? Tu penses que mon père a fait du mal à Dave ? Pourquoi ? Pourquoi ferait-il ça ?

— Il est de plus en plus désespéré en te demandant de parler à la presse, dit doucement Arrow. Tu as dit toi-même que tu ne comprenais pas pourquoi c'était si important pour lui que tu passes à la télévision.

— Mais... c'est mon père, dit-elle.

Arrow détestait voir la douleur et l'incompréhension dans ses yeux.

— Il aurait pu tout organiser pour attirer l'attention, pour que les gens aient pitié de lui, ou pour faire avancer sa carrière, dit Gray.

— Et c'est vrai qu'il s'en est extrêmement bien sorti l'année passée... en partie grâce à sa fille disparue, ajouta Black.

Morgan secoua la tête.

— Il ne me ferait pas ça, protesta-t-elle.

— Nous devons admettre qu'il a un réseau important, dit

Arrow avec autant de douceur que possible. À cause de son travail de directeur financier, il voyage beaucoup à l'international, et je crois qu'il y a même une succursale de l'entreprise à Puerto Rico. Ce n'est pas très loin de la République dominicaine.

— Mon *père* ? dit Morgan avec les larmes aux yeux. Pas mon père.

— Tiens, dit Meat en tournant son ordinateur vers Morgan. Je suis d'accord avec Arrow pour dire que tu ne devrais pas regarder toute la vidéo, mais je l'ai calée au début afin de voir si tu peux reconnaître cette personne.

Morgan se leva et s'avança vers le bureau. En se penchant au-dessus de l'écran, elle se concentra sur la silhouette enregistrée. Meat arrêta la vidéo juste avant que l'homme mystérieux commence à frapper Dave.

— Peux-tu me remontrer ça ? demanda Morgan.

Meat ne dit rien, se contentant de revenir au début.

Quand ce fut terminé, Morgan soupira et se releva.

— Je ne le reconnais pas. On ne voit pas assez bien son visage. Je suis vraiment désolée.

— Tu n'as pas à être désolée, lui dit Arrow en posant un bras sur ses épaules.

— Cependant, je suis presque certaine que ce n'est pas mon père, ajouta-t-elle. Il bouge avec plus de... *détermination*. Je ne sais pas.

— C'est une bonne observation, dit Meat. Et je suis d'accord.

— Nous rentrons à la maison, dit Arrow à Morgan et aux autres. Si vous pensez à autre chose, vous savez où me trouver.

— Je vais continuer à travailler là-dessus, lui dit Meat en jetant un regard compatissant à Morgan.

— Nous allons faire ce qu'il faut pour trouver le coupable, lui dit Gray.

— Essaie de ne pas t'inquiéter, ajouta Black.

Arrow savait que ce dernier conseil était impossible, mais il appréciait que ses amis fassent leur possible pour rassurer Morgan.

Il la guida de l'autre côté du bar. Noah demanda s'ils voulaient de l'eau pour la route, mais ils refusèrent tous les deux. Arrow se dit qu'il devait envoyer un texto à Gray dès que possible pour suggérer de se renseigner également sur l'autre barman. Il était possible que l'attaque de Dave ne soit pas du tout liée à Morgan. C'était peut-être une histoire de jalousie. On ne pouvait écarter personne pour l'instant.

Morgan n'avait pas dit grand-chose après avoir été incapable d'identifier le coupable, et Arrow s'inquiétait que ce soit la goutte d'eau risquant de faire déborder ses émotions. Elle s'en sortait si bien depuis qu'elle était revenue de Colorado Springs. Elle mangeait bien, elle était plus en forme et elle faisait des nuits complètes. Il ne voulait surtout pas que ses cauchemars reviennent, ou qu'elle s'éloigne de lui en cherchant à le protéger, ou une autre connerie de ce genre.

Se sentant impuissant tout en ayant envie de tuer quelqu'un, Arrow garda la main de Morgan dans la sienne pendant tout le trajet jusqu'à son appartement. Il salua sombrement Robert et la serra contre lui pendant qu'ils montaient dans l'ascenseur en silence.

Une fois qu'ils furent en sécurité dans son appartement, il demanda :

— Que puis-je faire pour que tu te sentes mieux, ma belle ?

— Me serrer contre toi ?

— Avec plaisir.

Arrow la conduisit tout droit vers leur chambre et la fit asseoir sur le lit. Il retira doucement ses chaussures et attrapa le bas de son tee-shirt.

— Lève les bras, ordonna-t-il doucement.

Elle leva les bras au-dessus de la tête sans protester et le laissa retirer son tee-shirt. Il avança vers la commode et il en sortit un débardeur, en sachant qu'elle aimait dormir avec. Il l'enfila sur sa tête, puis il passa la main dessous pour dégrafer son soutien-gorge. Il l'avait vu faire assez souvent pour savoir l'imiter. Le soutien-gorge fut par terre en l'espace de quelques secondes.

— Penche-toi en arrière.

Il déboutonna son jean et le tira en bas de ses jambes, ne remarquant même pas quelle couleur de culotte elle portait. Il n'avait pas la tête au sexe. Il cherchait à la détendre autant que possible avant de la réconforter.

Il retourna vers le tiroir et il en sortit un pantalon de jogging. Il fit passer ses jambes dedans et il l'aida à soulever les hanches afin de l'enfiler complètement. Puis il retira son propre tee-shirt et il monta dans le lit derrière elle, la prenant dans ses bras.

Elle ne pleura pas, mais elle s'accrocha à lui avec tant de force qu'il allait avoir les marques de ses doigts pendant des heures. Il ne savait pas quoi dire pour qu'elle aille mieux, donc il ne dit rien, essayant simplement de lui montrer son amour par ses actes.

Une heure plus tard, alors qu'il pensait qu'elle dormait profondément, elle dit doucement :

— Je sais qu'elle ne s'est pas très bien comportée, et elle a été pénible, mais... je veux voir ma mère.

— Alors, tu la verras, dit Arrow en lui embrassant le haut de la tête.

Elle se détendit un peu plus contre lui, comme si elle avait eu peur de lui dire ce qu'elle voulait, sans doute parce qu'elle savait qu'il n'appréciait pas beaucoup Ellie.

Arrow s'en voulut. Chaque petite fille avait besoin de sa mère quand elle se sentait déprimée. Morgan n'était pas différente. Il allait se lever et l'appeler dans un moment. Il espérait qu'elle pourrait prendre un peu de congés et venir lui rendre visite. Pour sa fille, elle allait sûrement pouvoir arranger ça.

Ellie Jernigan leva les yeux vers l'appartement du troisième étage avec le cœur plein de haine.

De nombreuses années plus tôt, elle avait été heureuse d'avoir une petite fille qu'elle pouvait former et façonner. Mais parce que les tribunaux avaient insisté pour que Carl passe autant de temps avec sa fille qu'elle, elle avait adopté un trop grand nombre de ses habitudes et de ses croyances. Maintenant, chaque fois qu'elle regardait Morgan, elle se souvenait de sa plus grande erreur : avoir épousé Carl Byrd.

Il lui suffisait de penser à son nom pour avoir envie de vomir. Ellie avait essayé de donner une bonne leçon à son ex... en faisant disparaître Morgan. Et ça avait fonctionné.

Carl avait été misérable. Il avait été brisé par la disparition de sa fille, tout comme Ellie l'avait voulu. Elle avait su tout le long où se trouvait Morgan. Chaque fois qu'elle avait vu un article ou un programme télévisé au sujet de la femme disparue d'Atlanta, elle avait été tout excitée. C'était amusant de savoir quelque chose que tout le monde ignorait. Elle avait fait en sorte que Morgan soit maintenue en vie. *Ellie* contrôlait tout. Elle tirait les ficelles et elle forçait Carl à agir comme elle voulait.

Mais ensuite, Arrow avait tout gâché. Elle savait qu'il

avait trouvé Morgan par accident, une foutue coïncidence, mais elle était toujours fâchée que les hommes qu'elle avait payés en République dominicaine soient si incompétents qu'ils n'avaient pas réussi à empêcher sa fille de quitter le pays.

Maintenant, Morgan était de retour... et Carl buvait du petit lait ! Il était plus insupportable que jamais. Chaque fois qu'elle le voyait à la télévision, elle avait envie de l'étrangler. Il se délectait sous le feu des projecteurs, et il adorait recevoir toute cette attention. Elle savait qu'il se faisait de l'argent sur le dos de la disparition de Morgan. C'était obligé. Tout son plan s'était retourné contre elle !

Oui, Carl avait été dévasté par sa disparition, mais le fait qu'il profitait des conséquences, c'était trop.

Il était temps de montrer à Carl ce que ça signifiait vraiment de tout perdre. Il avait été perturbé quand Morgan avait disparu, mais ce n'était rien par rapport à ce qu'il allait ressentir à sa *mort*.

Sauf qu'Arrow n'arrêtait pas de se mettre en travers de son chemin. Elle avait prévu d'empoisonner Morgan. À vrai dire, c'était parfait. L'éther de glycol était indétectable dans le jus d'orange que sa fille aimait tant. Elle allait être de plus en plus malade, et aucun médecin n'aurait pu comprendre le problème jusqu'à ce qu'il soit trop tard et que Morgan ait déjà succombé à n'importe quelle maladie tropicale mystérieuse qu'elle aurait pu attraper en captivité.

Tout le monde aurait été dévasté par sa mort... mais Carl aurait été détruit. Il avait trouvé sa fille, celle qu'il avait presque ignorée pendant qu'elle était enfant, juste pour la voir glisser entre ses doigts.

Mais Arrow avait alors convaincu Morgan de venir vivre chez lui à Colorado Springs, et il y avait perdu son avantage. Elle avait empoisonné Morgan extrêmement lentement afin de ne pas éveiller les soupçons, pensant qu'elle avait tout son temps. Mais ça avait été trop lent. Après son départ, elle s'était manifestement bien remise.

Maintenant, Arrow devait mourir également.

Lui jouer des tours avait été amusant, mais elle était désormais prête pour le grand spectacle. Pendant des jours, elle avait traîné autour du bar stupide fréquenté par Arrow et ses amis, mais quand il n'était pas venu, elle s'était de plus en plus énervée. Quand ce crétin de barman était arrivé, elle avait trouvé l'occasion de se venger de lui également. Cela avait été agréable de le frapper, elle s'était sentie puissante... d'autant plus qu'il avait essayé de la faire culpabiliser au sujet de sa propre fille avant de la jeter hors de son bar. Elle l'avait frappé plusieurs fois en aimant l'excitation d'avoir un homme si grand à sa merci. Elle avait pris soin de cacher son visage pour les caméras – les hommes pensaient être si intelligents – puis elle s'était enfuie.

En tripotant l'éther de glycol qu'une amie d'une amie d'une amie lui avait fourni, Ellie se demanda ce que devait être l'étape suivante. Elle savait qu'Arrow et ses amis allaient sans doute être encore plus vigilants maintenant.

Il fallait qu'elle arrive à atteindre Morgan. Carl devait payer pour avoir été un mari merdique, un père merdique et une personne merdique en général.

Son téléphone portable sonna, affichant un numéro inconnu, et Ellie regarda autour d'elle pour s'assurer que personne ne puisse la voir assise dans sa voiture au fond du parking de l'immeuble, puis elle répondit avec précaution :

— Allô ?

— Bonjour. Miss Jernigan ? C'est Archer Kane. Arrow. Pardon de vous appeler si tard.

— Qu'est-ce que tu veux ? demanda Ellie d'un ton dur.

Elle venait de fantasmer à l'idée de le tuer. Devait-elle maintenant être gentille avec lui ?

— Morgan a besoin de vous.

Ellie se redressa sur son siège.

— Quoi ?

— Elle a eu quelques jours difficiles, et elle a besoin de sa mère. Je vous appelle pour savoir si vous pourriez prendre quelques jours de congé et venir passer un moment ici.

Ellie caqueta presque de joie. Elle n'avait pas cru que Morgan soit faible au point de demander sa mère, mais elle était ravie qu'elle fasse ainsi son jeu.

— Oh non ! Mon pauvre bébé, dit-elle d'un ton triste en espérant que ça marche. Comment va-t-elle ? Qu'est-il arrivé ? demanda-t-elle en feignant l'ignorance.

— Juste quelques journées difficiles. Pouvez-vous venir ?

— Je vais voir ce que je peux faire, lui dit-elle.

Il ne fallait pas qu'elle semble trop enthousiaste, surtout pas alors que Morgan l'avait rejetée. La *pétasse*. Elle ressemblait bien trop à son père.

— Je sais qu'elle sera ravie de l'entendre. Oh, et elle a parlé de gâteaux guimauve-chocolat à mourir. Pourrais-je vous convaincre d'en préparer et de les amener ici ?

Ellie sourit. Un grand sourire diabolique qui aurait donné la chair de poule aux pires criminels.

— Bien sûr. Morgan a toujours aimé les sucreries.

— Merci, dit Arrow avec un soulagement évident. Je sais que les choses ont été compliquées entre vous. Elle vous aime beaucoup, et ceci est exactement ce dont elle a besoin pour se sentir mieux.

— Je n'ai pas arrêté de lui dire qu'elle avait besoin de rentrer à la maison pour être avec sa mère, dit Ellie, incapable de s'en empêcher. J'ai été surprise, après tout ce qu'elle a vécu, de la voir penser avec ses hormones au lieu de sa tête.

— Attention, Ellie, dit Arrow d'un ton menaçant. Vous avez dépassé les limites. Je vous ai peut-être invitée, mais je peux aussi bien tout annuler.

— Pardon, dit Ellie en essayant de paraître honteuse. Tu as raison. C'est juste que je m'inquiète pour elle. Je serai là demain après-midi. Est-ce que ça convient ?

— Oui, c'est bien. Je vais voir si sa thérapeute peut la voir autour de treize heures. Je pense qu'elle a besoin de lui parler dès que possible. Ses rendez-vous ne durent en général qu'une heure.

— Ne lui dis pas que j'arrive, suggéra Ellie. Si tu peux demander à quelqu'un d'autre de la ramener chez toi, je pourrais venir vers treize heures trente et nous attendrons son retour. Ce sera une surprise.

— Je pourrais demander à Allye ou Chloé de passer la chercher, proposa Arrow. Elles l'ont déjà fait.

— Parfait ! Elle sera tellement surprise de me voir.

— Merci, dit Arrow. À demain. Tenez-moi au courant s'il y a un changement.

— Promis, assura-t-elle avant de raccrocher.

Dès que l'appel fut interrompu, elle jeta la tête en arrière et se mit à rire. Elle rit jusqu'à en avoir mal au ventre et il lui fallut poser la bouteille de poison avant de la faire tomber. Elle était retournée voir les gens qui lui en avaient fourni la première fois, avant que Morgan quitte le Nouveau-Mexique, ruinant ses plans.

Si sa fille avait fait ce qu'elle avait demandé, si elle avait refusé de voir son père, rien de tout ça ne serait arrivé. Mais ce n'était pas le cas. Et maintenant, Morgan était partie en vrille. Elle parlait sûrement à Carl tous les jours alors qu'elle excluait sa mère de sa vie.

Ellie n'allait pas accepter ça.

Sa fille et Arrow allaient mourir. Plus question de s'y prendre lentement. Elle pouvait se rendre à Santo Domingo quand tout serait terminé et traîner avec ses nouveaux amis.

Mais d'abord, elle avait des biscuits à préparer... et à empoisonner. Il fallait qu'elle gère tout parfaitement afin d'immobiliser le chien de garde de sa fille : Arrow. Une fois qu'il serait empoisonné et incapable d'agir, elle pouvait faire en sorte que Morgan comprenne exactement ce qui allait arriver et pourquoi. Cette chienne pourrie gâtée saurait exactement ce qu'elle avait fait pour mériter *tout* ce qui lui était arrivé.

Souriant toujours, Ellie Jernigan démarra le moteur et sortit du parking. Il lui fallait trouver un hôtel avec une cuisine équipée, avant de faire des courses. La chère maman devait faire une fournée spéciale de biscuits pour sa fille aimante et son petit ami.

18

— Merci de m'avoir déposée, dit Morgan à Arrow. Je suis sûre que tu avais d'autres choses à faire. N'avais-tu pas rendez-vous avec le type qui essaie de vendre sa propriété, pour voir pourquoi les prises d'un côté de la maison ne fonctionnent pas ?

— Oui, mais je l'ai déjà reporté. Tu es plus importante.

Morgan lui sourit. Arrow faisait toujours en sorte qu'elle se sente aimée. Il parvenait à la faire passer en premier dans sa vie quand c'était possible, et quand ça ne l'était pas, il arrivait quand même à s'occuper d'elle.

— Chloé va passer te chercher après ta séance. J'ai un rendez-vous rapide avec l'équipe, puis je te rejoindrai à la maison. J'ai une surprise pour toi à ton retour.

— Ah bon ? Quoi donc ? demanda Morgan.

— Si je te le disais, ça ne serait pas une surprise. Mais ça te fera plaisir, lui dit Arrow d'un ton confiant.

— Si c'est toi qui l'as organisé, je sais que ça me fera plaisir, dit-elle avec un sourire.

Puis elle se mordit la lèvre avant d'ajouter :

— Je suis désolée d'avoir craqué hier. C'est juste que je

n'arrive pas à croire que mon père peut avoir un rapport avec mon enlèvement. Je veux dire, il faudrait qu'il soit complètement sadique pour faire une telle chose.

— Ne sois pas désolée, lui dit Arrow. Tu as le droit de ressentir ce que tu ressens, et ça ne fait vraiment pas long-temps que tu as été libérée. Tu t'en sors très bien, il faut que tu sois indulgente avec toi-même. Tu n'es pas Superwoman.

— Je sais… et je suppose que c'est ce que dira ma théra-peute aujourd'hui. C'est juste que… je suis déçue par moi-même.

— Tu n'as absolument *aucune* raison d'être déçue, dit sévèrement Arrow. Je fais du poulet au fromage ce soir pour dîner. Ça te va ?

Morgan lui sourit. Il changeait encore de sujet, mais elle appréciait l'intention.

— Super.

Arrow se gara dans le parking des cabinets médicaux et elle se tourna vers Morgan.

— Je suis tellement fière de toi, ma belle, mais je suis aussi inquiet. Il faut que tu prennes soin de toi. Je viens de te trouver, et je ne veux pas qu'il t'arrive quelque chose. Je t'aime et je veux passer le reste de ma vie avec toi… alors tu dois faire ce que dit le médecin et ne pas être aussi dure avec toi-même. D'accord ?

Le sourire de Morgan s'élargit. Il ne semblait pas affecté par le fait qu'elle n'ait pas retourné ses mots d'amour. Elle en avait envie, mais elle voulait le faire à un moment où elle n'était pas vulnérable. Quand elle serait plus forte.

— D'accord.

— Bien. Maintenant, viens. Je t'accompagne jusqu'à la porte.

— Tu n'es pas obligé de faire ça, protesta Morgan.

— Si, jusqu'à ce que nous découvrions qui t'a enlevée,

rétorqua Arrow. Reste dans la voiture jusqu'à ce que j'aie fait le tour.

Morgan leva les yeux au ciel, mais elle fit ce qu'il demandait. La marche était haute depuis son camion, et elle aimait qu'il fasse chaque fois tous ces efforts pour l'aider à descendre. Ils marchèrent main dans la main jusqu'à l'entrée de l'immeuble et Arrow lui ouvrit la porte. Il refusa de la déposer là, insistant pour monter avec elle jusqu'au quatrième étage où se trouvait le bureau de la psy.

— Souviens-toi que Chloé viendra te récupérer, alors ne quitte pas le cabinet avant son arrivée.

— Promis.

Et elle était sincère. Morgan n'était pas stupide. Elle ne voulait surtout pas être une de ces héroïnes trop bêtes pour survivre dans les films romantiques qu'elle aimait regarder avant son enlèvement.

— Je t'aime, lui dit Arrow en se penchant et en l'embrassant.

Même si elle n'était pas prête à lui dire la même chose, ça ne signifiait pas qu'elle ne pouvait pas lui montrer qu'il comptait pour elle. Elle posa la main derrière sa nuque, le serrant contre elle pendant qu'elle plongeait la langue dans sa bouche. Il en fit tout de suite autant. Ils s'embrassèrent devant la porte de la psy pendant un long moment, jusqu'à ce qu'Arrow finisse par s'écarter. Il se lécha les lèvres, et même ça, c'était sexy.

— Je te vois plus tard, dit-elle doucement.

— Oui, répondit Arrow. Mon Dieu, que tu es belle, dit-il d'un ton admiratif avant de se reprendre et de s'éloigner. À plus.

Morgan resta devant la porte à observer Arrow qui longeait le couloir avant de disparaître dans la cage d'escalier, puis elle se tourna et entra pour son rendez-vous.

. . .

— J'ai observé cette vidéo en boucle, et rien ne me vient, se plaignit Meat.

Ils étaient tous au Pit, et Noah se trouvait au bar. Dave avait été autorisé à sortir de l'hôpital avec quelques hématomes, quelques points de suture et une côte fêlée. Il avait eu de la chance que son assaillant ait abandonné si vite. Même le premier coup qu'il avait reçu n'avait pas causé beaucoup de dommages. Dave était énervé d'avoir reçu l'ordre de rester allongé pendant une semaine. Il voulait revenir au travail à « son » bar, mais Meat lui avait promis une punition du genre électronique s'il osait se montrer ne serait-ce qu'une minute avant d'avoir l'autorisation de son médecin. Personne ne savait ce qu'il voulait dire, mais Dave n'était pas assez stupide pour tester cette menace.

— Il a été assez intelligent pour garder la tête baissée tout le temps, comme s'il savait où se trouvaient les caméras, continua Meat.

— C'est probablement le cas, acquiesça Gray. Je veux dire que s'il est intelligent, il a sûrement fait une reconnaissance de l'endroit avant d'agir.

— Mais s'il est intelligent, pourquoi s'est-il attaqué à Dave ? Nous sommes tous d'accord pour penser que ce n'est sans doute pas sa cible principale. Ça n'a aucun sens, ajouta Black.

Arrow faisait les cent pas à côté de la table, trop agité pour s'asseoir et discuter calmement.

— Ce n'est pas un des Buswell, fit remarquer Ball. Ils ont été vus par les caméras de surveillance à l'entrée et à la sortie de leur travail, hier.

— Et Karl ? demanda Arrow.

— Ce n'est pas lui non plus, dit Ro en intervenant pour

la première fois. Je me suis personnellement adressé à la DRH hier, et je l'ai convaincue de marcher jusqu'à son bureau et de voir de ses propres yeux qu'il était bien là. C'était le cas. Il n'aurait jamais pu faire l'aller-retour entre la Géorgie et le Colorado.

— Il aurait pu engager quelqu'un pour faire le sale boulot, dit Gray.

— C'est vrai, mais je pense franchement que ce n'est pas lui, dit Arrow.

Ro hocha la tête.

— Je suis d'accord. Arrow n'est peut-être pas objectif parce que c'est le père de sa copine, mais j'ai étudié cet homme dans de vieux journaux télévisés, suppliant pour le retour de sa fille, et il semble sincèrement bouleversé.

— C'est peut-être un bon acteur, dit Ball en jouant l'avocat du diable.

— Peut-être, concéda Ro, mais je ne le crois pas. À peu près toutes ses émotions sont là sur son visage. Tu l'as vu quand il était ici avec son ex. Il ne pouvait pas supporter d'être dans la même pièce qu'elle.

— Je suppose qu'on pourrait dire la même chose de sa mère, lança Arrow.

— C'est vrai. Si nous avons envisagé le fait que son père pourrait avoir engagé quelqu'un, alors je suppose que nous devons faire de même avec sa mère, dit Black.

— De toutes les personnes impliquées, Ellie a été la plus inquiète pour elle, nuança Ball.

— C'est vrai, mais ça pourrait également être un rôle, dit Arrow.

— J'ai de sérieux doutes qu'une mère puisse faire quelque chose d'aussi détestable que de faire enlever sa propre fille. Et pour quelle raison ? Ça n'a aucun sens, dit

Meat. Mais tu n'as pas tort, Arrow. Je vais voir ce que je peux trouver sur elle.

Arrow hocha la tête puis demanda :

— Des informations intéressantes dans les réseaux de Sarah et Karen ?

— Rien du tout, dit Meat. J'ai fait des recherches sur les motards, mais ils préfèrent fumer des joints et coucher avec autant de femmes que possible plutôt que de s'intéresser à un enlèvement de longue durée.

— Putain, jura Arrow.

— Nous avons augmenté la surveillance autour de Morgan, juste au cas où, dit Meat à l'équipe. Tout le monde doit être vigilant, toi particulièrement, Arrow. Ceci n'a peut-être aucun rapport avec ta petite amie, et tout à voir avec les Mercenaires Rebelles. Je sais que les maisons de Gray et de Ro sont couvertes, mais nous autres, nous devons également être en alerte. Nous n'avons surtout pas besoin d'une embuscade.

Tout le monde hocha la tête. La personne qui avait attaqué Dave ressemblait à un amateur, mais même les crétins avaient de la chance... la preuve en était que l'équipe n'avait toujours pas réussi à le trouver.

— Quelqu'un a parlé à Rex ? demanda Arrow. Que pense-t-il de tout cela ?

— Il est énervé, dit Black. Je lui ai parlé hier soir. Il préparait une mission pour l'équipe, mais après ce qui est arrivé à Dave, il a dit qu'il la suspendait pour l'instant. Il s'inquiète aussi de laisser Morgan vulnérable. Si nous partons tous en mission, elle sera une cible facile pour celui qui l'a enlevée.

Arrow serra les poings. La simple idée que l'on puisse encore kidnapper Morgan suffisait à lui donner envie de tuer quelqu'un. Il savait qu'il allait devoir la laisser toute seule à un moment donné, mais pas aujourd'hui.

— En parlant de Morgan, je dois y aller, dit-il à ses amis.

— Comment va-t-elle ? demanda Ball.

— Elle est bouleversée et frustrée. Elle pense qu'elle aurait dû reconnaître la personne ayant attaqué Dave. Je l'ai déposée chez sa thérapeute avant de venir ici. Ensuite, je retourne à l'appartement pour voir sa mère.

— Ellie ? Elle est ici ? demanda Black en levant les sourcils de surprise.

— Bientôt. Je l'ai appelée hier soir. Je vous ai dit que Morgan n'allait pas bien. Elle a dit que sa mère lui manquait et qu'elle voulait la voir.

Il haussa les épaules avant d'ajouter :

— Alors je l'ai fait venir.

Black, Ball et Meat levèrent les yeux au ciel, mais Gray et Ro se contentèrent de hocher la tête. Ils le comprenaient. Arrow savait qu'ils auraient aussi fait n'importe quoi pour Allye et Chloé. Les autres finiraient par comprendre... un de ces jours, quand ils auraient rencontré la femme de leur vie.

— Bref, Ellie arrive du Nouveau-Mexique en ce moment même et elle me rejoindra à l'appartement. Je me suis dit que j'allais faire la surprise à Morgan.

— C'est Chloé qui passe la chercher à sa séance de thérapie, n'est-ce pas ? demanda Ro.

Arrow hocha la tête.

— Oui. Je l'ai appelée ce matin, et elle a dit qu'elle était ravie de le faire.

— J'étais là, dit Ro avec un sourire. Au fait, nous ne savions pas qu'Ellie serait en ville quand nous avons fait nos plans, mais Chloé va demander à Morgan si vous voulez venir dîner ce soir.

Il haussa les épaules avant d'ajouter :

— On pourra le faire une autre fois.

— Merci. Je verrai comment ça se passe. Morgan adore sa mère, mais je crois aussi qu'elle se sent un peu étouffée par elle. Nous aurons peut-être besoin de faire une pause.

— Sa mère peut venir aussi, suggéra Ro.

— Alors ça, c'est le signe d'une véritable amitié. Elle n'a pas vraiment donné la meilleure impression la dernière fois qu'elle était ici, n'est-ce pas ? demanda Arrow.

— Non. Mais j'essaie de ne juger personne avant d'avoir été à sa place, répondit Ro d'un ton diplomatique.

— Si quelqu'un a une idée géniale, appelez-moi, dit Meat. Je sais que je rate quelque chose, et ça va m'ennuyer jusqu'à ce que je le trouve.

Tout le monde acquiesça et sortit.

Meat appela Arrow avant qu'il sorte.

— Oui ?

— Garde l'œil ouvert, et le bon, dit-il sincèrement. Je ne sais pas pourquoi, mais lorsqu'une idée te ronge, quelque chose m'indique que ça va péter bientôt.

— Je ne sais pas si je suis soulagé de ne pas être le seul à sentir ça, ou si ça m'énerve, dit Arrow à son ami.

— On va découvrir le fin mot de l'histoire.

— J'espère que ça ne va pas traîner.

— Moi aussi. À plus tard.

— À plus.

Et là-dessus, Arrow sortit du Pit, après avoir salué Noah de la tête. Il ne savait pas combien de temps Ellie allait rester, mais si Morgan voulait qu'elle passe la nuit à l'appartement, il devait aller acheter de la nourriture, sans parler des ingrédients pour le poulet au fromage qu'il avait promis de préparer.

Il adorait avoir Morgan chez lui. Il adorait cuisiner pour elle. Adorait entendre ses projets d'apiculture. Adorait pouvoir parler de son propre travail à quelqu'un, même si le fait d'être électricien n'était pas aussi intéressant que les abeilles. En gros, il adorait tout dans le fait de partager son espace avec elle. Son appartement n'était plus aussi bien rangé – son ancien sergent instructeur aurait été consterné –, mais Arrow adorait voir ses vêtements sales mélangés au sien. Il adorait voir ses chaussures au milieu de la pièce. Même la couverture et l'oreiller sur le canapé ne le gênaient pas... parce qu'il savait qu'ils étaient pour elle.

Arrow prit soin de scruter les environs et lorsqu'il ne vit rien qui sortait de l'ordinaire, il monta dans son pick-up et se rendit au supermarché.

À treize heures, Robert appela l'appartement d'Arrow, lui faisant savoir qu'une certaine Ellie Jernigan était là et qu'elle demandait l'autorisation de monter. Arrow dit à Robert de la laisser monter, puis il inspira profondément.

Il ne connaissait pas très bien la mère de Morgan, mais en sachant comme elle avait harcelé sa fille pour qu'elle revienne au Nouveau-Mexique, il avait des difficultés à l'apprécier. Décidant qu'il devait lui laisser sa chance, Arrow fit craquer sa nuque et attendit qu'elle arrive.

Il entendit frapper à la porte et il ouvrit à Ellie. La mère de Morgan était encore en très bonne forme. Il savait qu'elle avait environ la cinquantaine, mais elle pouvait sans doute passer pour quelqu'un de trente-huit, trente-neuf ans. Elle était mince et elle faisait manifestement du sport et prenait soin d'elle. Elle avait les mêmes cheveux blonds et yeux verts que sa fille, mais avec quelques rides de plus.

Elle portait un jean usé à l'air confortable avec un chemisier noir à manches longues. Un grand sac noir était accroché à son coude, et elle avait attaché ses cheveux en queue de cheval. Elle lui sourit et montra une assiette couverte de papier aluminium quand il ouvrit la porte.

— J'apporte des petits gâteaux ! dit-elle joyeusement.

Arrow ouvrit la porte en grand et lui fit signe d'entrer. Les talons bas qu'elle portait claquèrent sur le sol quand elle entra dans l'appartement. Il ferma et verrouilla la porte derrière elle, puis il la suivit dans la cuisine. Elle posa l'assiette sur le comptoir et retira l'aluminium.

— Ils ont l'air bons, lui dit Arrow.

L'assiette débordait de biscuits. Il voyait les guimauves qui coulaient du centre et chacun était couvert de chocolat. Il y avait des morceaux de ce qu'il supposait être des crackers qui rendaient les biscuits irréguliers et leur donnaient une apparence encore plus délicieuse.

— Tiens, prends-en un, lui dit Ellie en lui tendant l'assiette.

Arrow secoua la tête en levant la main.

— Non, ça va.

La mère de Morgan fit la moue.

— Tu n'en veux pas ?

Il n'en voulait pas, mais pour être poli, Arrow dit :

— D'accord, juste un alors.

Ces mots firent disparaître le froncement de sourcils d'Ellie comme par magie.

— Super ! Tiens, prends celui-là, ordonna-t-elle en désignant un des plus gros gâteaux.

Arrow n'était pas un grand fan de sucreries, mais il prit le biscuit et sourit quand même.

— Voulez-vous vous asseoir pendant que nous attendons Morgan ?

— Bien sûr. Faisons ça, dit Ellie sans quitter des yeux le biscuit qu'il avait dans la main.

Il demanda :

— Vous n'en prenez pas ?

Elle leva les yeux vers lui.

— Oh non ! Je surveille ma ligne.

Elle tapota son ventre plat.

— Mais tu as l'air de pouvoir en manger plusieurs sans avoir aucun problème.

Et là-dessus, elle posa un autre biscuit sur une serviette posée près de là et elle le porta jusqu'au canapé. Elle le déposa sur la table basse devant elle et sourit à Arrow.

Soupirant intérieurement, et espérant qu'il ne faudrait pas longtemps à Morgan pour revenir de son rendez-vous, Arrow mordit dans la préparation bien trop sucrée dans sa main et partit s'asseoir sur le canapé à côté d'Ellie.

Il n'avait pas encore eu l'occasion de présenter Morgan à sa mère, mais il était certain que Morgan s'entendrait mieux avec elle que lui avec Ellie. Souhaitant terminer le gâteau aussi vite que possible, il prit une autre grande bouchée qu'il avala presque sans mâcher.

Ellie paraissait si contente de le voir faire semblant d'aimer la sucrerie qu'il ne regretta pas de la manger, même s'il ne l'avait pas voulue au départ.

— Alors... parle-moi de toi, dit Ellie en s'installant confortablement dans le canapé, son sac sur le sol à ses pieds. Je veux tout savoir sur l'homme pour lequel ma fille a laissé tomber sa mère.

Ce n'était pas le meilleur départ pour leur conversation, mais Arrow voulait faire tout ce qu'il pouvait pour que la visite se déroule bien. Après tout, s'il devait passer le reste de sa vie avec Morgan, il allait devoir supporter Ellie pendant très longtemps.

— Merci beaucoup d'être venue me chercher, dit Morgan à

Chloé pendant qu'elles longeaient le couloir jusqu'à l'ascenseur.

— Aucun problème. Comment ça s'est passé ?

— Bien. En gros, je dois être plus indulgente avec moi-même et arrêter d'essayer de faire comme s'il ne m'était rien arrivé. Je vais sûrement avoir des déclencheurs, des choses qui me rappelleront ce qui est arrivé, pendant un moment. Et tant que j'en parle à quelqu'un, et que je ne laisse pas le stress s'accumuler, ce n'est pas grave d'avoir de petites crises de panique de temps en temps.

— Ta thérapeute a l'air intelligente, fit observer Chloé.

Morgan gloussa.

— J'espère bien.

Une fois dans l'ascenseur, Chloé dit :

— J'allais t'inviter à dîner ce soir, avec Arrow.

— Tu *allais* ? Mais plus maintenant ?

Elle sourit.

— Non. Tu as autre chose de prévu.

— Ah bon ?

— Oui.

— Tu es affreusement mystérieuse, dit Morgan en faisant semblant de râler. Arrow a dit qu'il avait une surprise pour moi. Je déteste les surprises.

— Tu veux savoir ce que c'est ?

Morgan se tourna vers son amie.

— Oui !

— Dommage, répondit Chloé avec un grand sourire. Je ne te le dirai pas.

— C'est nul, dit Morgan en faisant la moue.

Chloé rit encore et elle passa un bras autour de celui de Morgan.

— Je sais. Allez, viens, il est temps de te ramener chez toi.

— Tu sais quoi ? Je ne me lasserai jamais d'entendre ça.

— Quoi ?

— Chez moi. Quand on parle de l'appartement d'Arrow, expliqua Morgan.

— Je sais ce que tu veux dire. Je vivais dans une villa autrefois, mais ça n'avait jamais été chez moi. À l'instant où je suis entrée dans la maison de Ro, j'ai été à l'aise. En réalité, je pourrais même vivre dans une grotte avec lui, et j'aurais quand même l'impression que c'est notre petit chez nous.

Morgan hocha la tête.

— J'ai l'impression qu'Arrow se sent mal de n'avoir qu'un appartement alors qu'Allye et toi vous avez des maisons, mais je m'en moque. Tout ce qui m'intéresse, c'est qu'il soit là pour moi.

— Le lui as-tu dit ? demanda Chloé lorsqu'elles montèrent dans sa voiture.

— Pas vraiment. Mais il a déclaré qu'il m'aimait, avoua Morgan.

— C'est cool, souffla Chloé.

— J'en ai déjà parlé à Allye, mais ne crois-tu pas que c'est trop tôt ?

— Non. Je suis contente que les garçons trouvent l'amour. Arrow est merveilleux. Parfois un peu trop coincé, mais j'ai l'impression que tu pourras l'aider à se détendre.

— Les boîtes de conserve dans son garde-manger étaient triées par ordre alphabétique, révéla Morgan.

— C'est pas vrai !

— Si. Et toutes les serviettes dans son placard sont empilées par couleur.

Chloé gloussa.

— À vrai dire, ça ne me surprend pas vraiment.

— Je crois que c'était le Marine en lui, dit Morgan.

Parfois, j'ai l'impression d'être cet ouragan qui est entré dans son monde et qui fait tout foirer.

— Non. S'il n'aimait pas ça, il te le ferait savoir. A-t-il dit quoi que ce soit ?

— Non.

— Alors, ça lui est égal.

Morgan soupira.

— Je suis tellement heureuse que j'ai peur que tout disparaisse dans un nuage de fumée.

— Et que dit le thérapeute à ce sujet ? demanda Chloé avec une grande perspicacité.

— Que j'ai le droit d'être heureuse. Que je dois prendre les choses au jour le jour, ce qui est d'ailleurs ce qu'Arrow m'a conseillé aussi.

— Alors, tu vois ?

— Tu veux monter ? demanda Morgan quand elles furent arrivées dans le parking.

— D'accord. Mais seulement parce qu'Arrow m'a donné l'ordre de te raccompagner jusqu'à la porte.

Morgan leva les yeux au ciel.

— Tu peux entrer si tu veux.

— Et gâcher la surprise ? Je ne crois pas. Allez, viens, ordonna Chloé en indiquant l'accueil de l'immeuble.

Les deux femmes traversèrent le vestibule, dirent bonjour à Robert, puis montèrent dans l'ascenseur. Elles bavardèrent jusqu'à atteindre la porte d'Arrow. Morgan sortit la clé qu'il lui avait donnée.

— Encore merci d'être venue me chercher. Un de ces jours, il me faudra obtenir un nouveau permis et avoir ma propre voiture.

— Comme tu veux. En attendant, je suis contente de t'aider. Appelle-moi demain, et nous trouverons une date pour le dîner.

— D'accord, quand vas-tu...

La question fut interrompue lorsque la porte s'ouvrit.

Morgan fixa avec stupéfaction la personne qui venait de l'ouvrir.

— Maman ! Que fais-tu là ?

— Bonjour, ma chérie ! Surprise !

— Surprise, chuchota Chloé à côté d'elle.

Morgan se contenta de fixer sa mère, incrédule. Si c'était la surprise d'Arrow, ce n'était pas nécessairement une bonne surprise. Elle avait peut-être dit qu'elle voulait voir sa mère, mais c'était dans un moment de faiblesse. Au moment où elle avait prononcé les mots, elle s'était rendu compte que sa mère n'était pas la personne qui pouvait la faire se sentir mieux... c'était l'homme dans les bras duquel elle était allongée à ce moment-là. Être auprès de lui suffisait à lui donner de la force. À l'aider à se sentir ancrée dans le présent.

Arrow était un homme de parole, et comme elle avait dit vouloir sa mère, il l'avait fait venir.

Inspirant profondément, Morgan décida de s'accommoder de la situation. Si Arrow avait tout organisé, elle ne voulait pas qu'il se sente mal.

— Je t'appelle plus tard, dit-elle à Chloé avec un sourire, et elle se tourna pour entrer.

19

Arrow ne se sentait pas bien du tout. Il avait un mal de tête terrible et son estomac faisait des nœuds. Il se sentait barbouillé et nauséeux. Il savait qu'il n'aurait pas dû manger les petits gâteaux d'Ellie alors qu'il n'avait pas l'habitude de tant de sucre. De plus, il n'en avait pas mangé qu'un seul, mais la moitié d'un deuxième, également.

Ellie avait semblé si contente qu'il fasse l'effort, et il voulait vraiment lui faire bonne impression. Elle allait être sa belle-mère, avec un peu de chance.

Mais il était si malade maintenant, qu'il était sur le point de s'excuser pour partir vomir à la salle de bains. Peut-être se sentirait-il mieux.

Il entendit Morgan à la porte en même temps qu'Ellie.

— Ne te lève pas. J'y vais, proposa-t-elle.

Arrow hocha la tête, car il ne pensait pas pouvoir se lever sans se recroqueviller pour rendre les gâteaux. Il regarda Ellie se diriger vers sa porte d'entrée en traversant la pièce...

Et même s'il se sentait plus mal que jamais, tout se mit en place dans son cerveau.

Il avait déjà vu cette démarche. Récemment, en fait.

Sur la vidéo qu'il avait regardée plusieurs fois.

Pas étonnant que la personne sur l'enregistrement lui avait semblé familière. C'était la mère de Morgan !

Ils avaient cherché un homme alors qu'ils auraient dû se rendre compte que le coupable était une femme.

Elle balançait les hanches en marchant et elle gardait la tête baissée, presque naturellement.

Il la vit ouvrir la porte à Morgan et il voulut crier, lui dire de s'enfuir, mais il ne savait pas ce qu'Ellie risquait de faire à sa fille dans ce cas-là. Il ne comprenait pas pourquoi elle avait attaqué Dave – il avait du mal à réfléchir –, mais il savait qu'il devait rester aussi calme que possible.

Faisant la seule chose à laquelle il put penser à ce moment-là, il appela :

— Chloé ?

L'autre femme passa la tête dans l'appartement.

— Oui ?

Elle le regarda bizarrement et il ne pouvait pas lui en vouloir. C'était très rare qu'il ne se lève pas quand une femme était dans les parages. Les bonnes manières lui avaient été inculquées par sa mère, mais il ne pouvait pas se lever. Il pouvait à peine bouger.

— Peux-tu dire à Ro que j'ai des problèmes avec ma boîte à fusibles ? J'aimerais son aide dès que possible.

— Euh... D'accord. Oui, je lui dirai.

— Merci, marmonna Arrow avant de se recroqueviller sur le canapé en se serrant le ventre.

Il entendit la porte se fermer et perçut des voix féminines, mais il ne pouvait lever la tête pour voir ce qu'il se passait.

— Arrow ?

Il sentit qu'on s'asseyait sur le coussin à côté de lui puis

Morgan posa la main sur son genou, mais il ne leva pas les yeux.

— Je ne me sens pas bien.

Il s'aperçut qu'il avait du mal à articuler et il semblait incapable de se contrôler.

— Qu'est-ce qui ne va pas ? Maman ? Depuis combien de temps est-il ainsi ?

— Ivre ? Il a commencé à boire quand je suis arrivée.

— Arrow ne boit pas, dit Morgan, stupéfaite.

— Eh bien, il a bu aujourd'hui, répondit Ellie avec calme.

— C'est n'importe quoi. Je ne vois même pas de bouteilles.

— Il les a déjà jetées. Il ne voulait pas que tu les voies, expliqua sa mère.

— Arrow ? Es-tu ivre ? demanda doucement Morgan.

Elle ne devait pas retirer la main de son genou, et il voulait à la fois la serrer avec force et faire quelque chose pour qu'elle quitte l'appartement.

— Non, parvint-il à dire. Mal au ventre...

— J'appelle une ambulance, déclara Morgan en se levant.

— Je ne crois pas, non.

Arrow tourna la tête et vit Ellie à côté de sa fille.

Elle pointait un pistolet sur sa tête.

En grognant, il bougea sur le canapé, mais il se figea quand Ellie l'avertit :

— Si tu bouges, je lui tire dessus.

Il s'immobilisa immédiatement. Il savait qu'il devait faire quelque chose, mais son estomac avait des crampes maintenant, et il sentait de la bave sur son menton. Il ne savait pas avec quoi elle l'avait empoisonné, mais c'était extrêmement efficace. Arrow voulait protéger Morgan, mais il ne parvenait pas à faire bouger ses muscles.

— Maman, qu'est-ce que tu fabriques? demanda Morgan.

— Assieds-toi, dit Ellie d'un ton agréable. Nous allons nous asseoir et discuter un peu.

— Il souffre, maman. Je dois faire venir de l'aide.

— Non! Je t'ai dit de t'asseoir.

Lentement, Morgan se rassit sur le canapé à côté d'Arrow, et il grogna quand le mouvement lui retourna l'estomac. Il tourna la tête et vomit. Là, sur le sol de son salon, devant la femme qu'il aimait plus que la vie elle-même. Mais il ne se sentait pas gêné du tout. En fait, il voulait le faire encore et encore. Son corps cherchait à se purger de ce qui le rendait malade.

— Pourquoi ne mangerais-tu pas un biscuit, ma chérie? demanda Ellie à sa fille en indiquant la moitié qu'Arrow n'avait pas mangée et qui était posée sur la table basse.

— Je n'ai pas faim, répondit Morgan.

— Mange, ordonna-t-elle.

En bougeant lentement, Morgan attrapa le biscuit et grignota une extrémité. Puis elle demanda :

— Pourquoi fais-tu cela?

— Parce que je le peux. Maintenant, continue à manger.

Soudain, Arrow se rendit compte qu'il était un idiot.

— Non. Ne fais pas ça! dit-il à Morgan.

— La ferme, toi! hurla Ellie.

Elle passa en une seconde d'un état calme à une perte de contrôle totale.

— Et *toi*, dit-elle en reportant sa colère sur Morgan. Mange ça!

Elle bondit en avant et poussa le biscuit contre le visage

de sa fille, étalant du chocolat et de la guimauve sur son menton et ses joues.

Morgan lutta contre sa mère, et Arrow ne s'était encore jamais senti si impuissant. C'était comme si on lui retirait les entrailles avec une petite cuillère. Il pensait être costaud, mais ce qu'Ellie avait mis dans les gâteaux lui donnait l'impression de le ronger de l'intérieur.

Il devait aider Morgan, la protéger, mais il était trop faible pour bouger. Trop faible pour représenter une menace pour Ellie.

Pendant que la femme qu'il aimait se battait avec sa propre mère, il ferma les yeux et pria pour que Chloé fasse passer son message à Ro le plus vite possible.

Morgan tourna le visage sur le côté en luttant avec sa mère. Elle ne savait pas du tout ce qu'il se passait, mais quoi que ce soit, c'était terrible. Arrow n'avait pas quitté sa position recroquevillée sur le canapé, et elle entendait des gémissements venir de sa gorge. Le fait qu'il vomisse l'avait effrayé, mais le fait que sa mère agissait comme une psychopathe était encore plus terrifiant.

— Maman ! Arrête ! ordonna-t-elle, mais ça ne servit à rien.

Ellie continuait à essayer d'enfoncer des morceaux de gâteau dans sa bouche.

— Que j'arrête ? As-tu arrêté de voir ton connard infidèle de père quand je te l'ai demandé ? Non ! M'as-tu écoutée quand je t'ai dit qu'il se servait de toi pour me faire du mal ? *Non !* Tu n'as pas écouté ! Il aurait dû arrêter d'essayer de te voir. Il m'a jetée comme une ordure, et je l'ai averti qu'il finirait par payer, mais *lui* non plus ne m'a pas écouté. Et je le lui ai fait payer ! Je parie qu'il le regrette maintenant !

— Qui le regrette ? Papa ?

— Arrête de l'appeler comme ça ! hurla Ellie avant de se redresser brusquement et de se précipiter vers la cuisine.

— Va-t'en, marmonna Arrow à côté d'elle. Elle a mis quelque chose dans les biscuits. Je n'en ai mangé qu'un et demi. Je ne peux plus bouger. Va-t'en *maintenant*.

— Je ne peux pas te laisser ! dit Morgan, complètement paniquée.

C'était comme si elle venait d'entrer dans la quatrième dimension.

— Pars ! ordonna Arrow, mais sa voix était faible et mal assurée.

— Personne ne part, gronda Ellie.

Ellie se tenait devant eux avec l'assiette de petits gâteaux qu'elle était allée récupérer à la cuisine.

— En fait, je pense qu'il faudrait manger plus de gâteaux. Regarde, ce sont tes préférés, Morgan. Chocolat guimauve. Je les ai faits juste pour toi et ton petit ami.

— Maman, comment as-tu fait payer papa ? demanda Morgan.

Elle ignora la façon dont Arrow lui serra la cuisse. Elle savait qu'il voulait qu'elle parte en courant, mais elle n'avait pas l'intention de le laisser ici avec sa mère clairement instable. Il ne l'avait pas abandonnée à Santo Domingo alors, il était hors de question qu'elle l'abandonne mainte-nant. Au fond d'elle, elle savait que ce n'était pas pareil, mais elle s'en moquait.

— J'ai enlevé la seule chose qu'il a jamais voulue de moi.

Morgan fixa sa mère, horrifiée, sachant ce qu'elle allait dire.

— Sa fille. Je t'ai enlevée à lui et je l'ai regardé souffrir avec joie. Et c'était *merveilleux*.

— Maman, gémit Morgan. C'était toi ? C'est toi qui m'as fait enlever ?

— Oui. Et ton père était dans tous ses états. Il pleurait devant tous ceux qui voulaient bien l'écouter. Je t'ai enlevée et il n'a rien pu faire.

— J'ai été violée, chuchota Morgan. Battue. Affamée.

— Encore mieux pour le culpabiliser ! exulta Ellie.

— Et ça ne te gêne même pas ? demanda Morgan, incrédule.

— Qu'il se sente mal ? Pas du tout !

— Non, maman, pour *moi* ! cria Morgan. J'étais en enfer et tu l'as fait pour te venger de *papa* ?

— Et ça a marché ! se vanta-t-elle. Jusqu'à ce que ce crétin aille te sauver. Ton père a eu les grandes retrouvailles qu'il voulait depuis un an. Il t'a récupérée, et ça ne faisait pas partie de mon plan. Il a pu passer à la télévision. Son nom est connu dans tout le pays maintenant, et il est encore plus riche qu'avant à cause de moi. Les actions de sa stupide entreprise sont montées en flèche ! Ça ne devait pas arriver. Il n'avait pas assez souffert !

— Et *moi* ? N'avais-je pas assez souffert ?

Ellie balaya cela de la main, comme si les paroles de sa fille n'avaient aucune importance.

— Mais j'ai décidé de lui montrer ce qui pouvait arriver. Sa précieuse fille allait tomber malade. Vraiment malade. Personne n'aurait su pourquoi. Une espèce de maladie tropicale. Mais ensuite, tu as dû gâcher tout ça aussi en partant et en venant ici ! J'avais tout prévu. Tu allais lentement tomber malade à cause de mon mélange spécial de jus d'orange. Mais tu as toujours trop ressemblé à ton père. À toujours *tout* gâcher.

— C'est pour ça que j'avais mal au ventre et à la tête ? demanda Morgan. Tu m'empoisonnais ? Avec quoi ?

— Mes amis m'ont trouvé de l'éther de glycol. J'aurais pu me contenter d'acheter de l'antigel au magasin, mais ça a une drôle de couleur verte. Tu aurais pu le remarquer. Je voulais le produit pur. Je n'étais pas certaine que ça fonctionne, mais regarde ton petit ami... je dirais que ça marche très bien !

Ellie se mit à rire.

Morgan se tourna pour regarder Arrow. Il avait une mine affreuse. Tout ça parce que sa *mère* l'avait empoisonné. Elle arrivait à peine à réaliser ce qu'il se passait.

— Pourquoi Arrow ? demanda Morgan. Il ne t'a rien fait.

— Oh que si ! rétorqua sa mère. Tout d'abord, il t'a retrouvée. Ensuite, il a réussi à te faire sortir de la République dominicaine sans se faire rattraper par mes amis. Troisièmement, il t'a convaincue de revenir ici. Et quatrièmement... lui et ses stupides amis ne me plaisent pas.

Morgan serra le poing de la main qui ne tenait pas déjà Arrow. Elle n'arrivait pas à croire ce qu'elle entendait. Elle savait que sa mère était souvent allée chez le médecin quand Morgan était petite, mais elle ne savait pas du tout pourquoi. Maintenant, elle se rendait compte qu'il devait s'agir d'une sorte de trouble de la personnalité. Il était impossible que sa mère ait été psychotique toute sa vie sans que cela se remarque.

— Maman... je ne savais pas que c'est ce que tu ressentais. Je n'aime pas vraiment papa. Je lui rendais visite parce que je pensais que c'est ce que *tu* voulais.

Morgan essaya d'apaiser sa mère. Si elle arrivait à lui faire croire qu'elle était de son côté, elle avait peut-être une chance de s'en sortir vivante. Et de conduire Arrow chez un médecin.

— Menteuse, répondit calmement Ellie.

C'était encore plus effrayant à cause de sa façon de le dire.

— Je sais ce que tu fais. Tu essaies simplement de me faire baisser ma garde. Mais ça ne fonctionnera pas. Tu ne comprends pas, bébé ? Tu dois mourir pour montrer à ton père qu'il ne peut pas se moquer de moi. Il ne peut pas coucher avec sa secrétaire sous mon nez sans en payer les conséquences !

— Je n'avais rien à voir avec ça, dit doucement Morgan, essayant toujours de raisonner sa mère.

Il était impossible de lui faire entendre raison. Ellie Jernigan était perdue dans le délire qu'avait créé son esprit.

— Tu dois manger ces gâteaux, bébé, roucoula-t-elle. Ce sont tes préférés. Tu ne sentiras même pas le goût du poison.

— Non, répondit Morgan. Je dois appeler la police et trouver de l'aide pour Arrow.

— J'ai bien peur de ne pas pouvoir te laisser faire ça, dit Ellie en soupirant.

Elle posa alors l'assiette de petits gâteaux sur la table et elle attrapa son sac. Elle fouillait dedans quand Morgan risqua un coup d'œil vers Arrow pour voir s'il avait une idée. Elle vit que toute son attention était sur sa mère.

Il écarquilla les yeux... et cela suffit à Morgan pour se tourner vers sa mère au moment où celle-ci bondissait dans sa direction.

Surprise, Morgan laissa échapper un cri, mais elle fut instantanément à terre avec sa mère sur elle. Ellie tenait une seringue contre sa gorge et lui jetait un regard assassin. Elle avait dû la sortir de son sac quand Morgan ne regardait pas.

Morgan ne vit aucune autre émotion que la haine dans les yeux vitreux de sa mère.

— Lève-toi, ordonna Ellie.

En tremblant, Morgan se releva, consciente de l'aiguille qui n'était qu'à quelques centimètres de sa gorge. Elle ne savait pas du tout où était passé le pistolet qu'Ellie tenait plus tôt. Elle l'avait peut-être laissé à la cuisine en allant chercher les gâteaux. Morgan essaya désespérément de trouver quoi faire. Comment distraire sa mère.

— Ne tente rien de stupide, l'avertit Ellie. À la seconde où je te piquerai avec cette aiguille, tu seras morte. Il y a de l'éther de glycol non dilué dedans. Tes reins cesseront immédiatement de fonctionner, tu auras des convulsions et tu vomiras tes entrailles. Mais ça ne t'aidera pas.

— Maman, ne fais pas ça, supplia Morgan dont les larmes coulèrent pour la première fois sur ses joues.

— Pleurer ne t'aidera pas non plus. Peut-être que ton père regrettera ce qu'il m'a fait *maintenant*. Il doit se repentir ! Il va payer. C'est moi qui le ferai payer !

Juste au moment où Morgan avait décidé de faire quelque chose, de lutter contre sa mère pour attraper la seringue, la porte de l'appartement d'Arrow s'ouvrit brusquement et les Mercenaires Rebelles se précipitèrent à l'intérieur, les armes à la main.

Arrow cligna des paupières, mais ses yeux étaient si larmoyants qu'il n'arrivait pas à les éclaircir. Son estomac continuait à avoir des spasmes qu'il essaya d'ignorer afin de se concentrer sur ce qu'il se passait autour de lui.

Ellie Jernigan était manifestement complètement folle... ou alors, elle ne prenait plus ses médicaments. Il ne savait pas si elle était bipolaire et qu'elle ne prenait pas ses pilules, ou si elle était simplement vraiment folle. Au point où ils en étaient, ça n'avait aucune importance. Tout ce qui comptait, c'était que Morgan soit en sécurité.

Cependant, il ne savait pas comment faire. Ellie était peut-être folle, mais elle n'était pas stupide. Elle avait bien tout planifié en l'empoisonnant, l'excluant ainsi de l'équation avant que Morgan arrive à la maison.

Et il n'avait pas ressenti la moindre menace avant que ce soit trop tard. Arrow se demandait s'il y avait quelque chose dans le passé de cette femme qui aurait pu pointer vers cette possibilité. Bien qu'ils aient fait des recherches sur son passé, il était clair que ça n'avait pas été assez approfondi.

Elle avait cultivé une rancune envers son ex pendant toute sa vie d'adulte, l'avait laissée pourrir et grandir jusqu'à en être entièrement consumée, absorbant sa fille dans un trou infernal avec elle.

Arrow savait qu'il était mal. L'éther de glycol était en train de traverser son corps, endommageant ses reins et causant des dégâts à une vitesse alarmante. Elle en avait clairement mis beaucoup dans les gâteaux et il avait bêtement mangé un foutu biscuit et demi.

Il tressaillit lorsqu'Ellie tacla sa fille et qu'elles atterrirent à ses pieds, à quelques centimètres du contenu de son estomac qu'il avait vomi plus tôt, mais aucune des deux femmes ne sembla le remarquer.

Arrow se concentra sur la seringue tenue par Ellie contre la gorge de sa fille. S'il n'avait pas été immobilisé, il aurait pu la lancer sur le côté sans le moindre effort, mais il ne pouvait pas contrôler ses mains – qui tremblaient violemment – et il ne pensait même pas être capable de se mettre debout.

C'était comme s'il avait des couteaux enfoncés dans l'abdomen, qui le poignardaient depuis l'intérieur. Il vit Ellie forcer Morgan à se lever, la narguant avec cette foutue aiguille sur sa gorge.

L'idée que Morgan ne ressente qu'un dixième de ce qu'il ressentait maintenant lui donna une poussée d'adrénaline. Il était hors de question qu'elle souffre ainsi. Elle avait traversé assez d'épreuves. Plus qu'assez.

Arrow n'avait aucun plan en tête. Il n'arrivait pas à remettre ses pensées dans l'ordre pour créer un plan. Tout ce qu'il savait, c'était qu'il devait éloigner l'aiguille de la femme qu'il aimait. Elle était trop proche de sa gorge.

À la seconde où Arrow entendit le bruit de sa porte frappant le mur, il bougea.

Se jetant douloureusement depuis sa position recroquevillée sur le canapé, il visa le torse de Morgan. Il n'avait jamais joué au foot américain à l'école, mais n'importe quel entraîneur aurait été fier de la façon dont il la fit tomber. Il entendit le *ouf* de sa respiration qui quittait ses poumons, mais au lieu de la relâcher, il la serra plus fort.

Ses entrailles étaient à l'agonie, mais il fit pivoter son corps pour atterrir sur le dos avec Morgan sur lui.

Il y eut des cris autour de lui, mais Arrow ne se concentrait que sur la protection de Morgan. Avec ses dernières forces, il roula sur le côté pour couvrir le corps de Morgan autant que possible. Si Ellie devait enfoncer cette foutue aiguille empoisonnée dans quelqu'un, ce serait lui. Pas sa fille. Pas la femme qu'il aimait plus que la vie.

La dernière chose dont il se souvint, ce fut Ellie qui criait :

— *Non !*

Puis il y eut le bruit caractéristique d'un coup de feu.

Morgan essaya d'inspirer profondément, mais Arrow s'était

ramolli au-dessus d'elle. Il était extrêmement lourd, et il lui fallut toutes ses forces pour s'extraire de sous lui. Elle baignait dans l'adrénaline, et elle ne jeta même pas un regard à sa mère, qui était allongée sur le sol à côté du canapé, immobile.

Elle avait entendu le coup de feu, mais elle n'avait pas sursauté, inquiète pour Arrow.

— Aidez-moi ! cria-t-elle d'une voix tremblante en essayant de le faire rouler sur le dos.

Il y eut alors plusieurs mains pour l'aider. Arrow était allongé sur le dos, son souffle faisant à peine monter et descendre son torse.

— Elle l'a empoisonné ! cria-t-elle sans lever la tête. Avec de l'éther de glycol. C'était dans les gâteaux ! Il en a mangé au moins un. Peut-être plus.

— Recule-toi, lui dit Ro en posant une main sur son bras.

Morgan obéit à contrecœur, ne quittant pas le torse d'Arrow des yeux. Tant qu'elle le voyait bouger, il était en vie.

— Les secours sont en route, dit Ball.

— La police les suit d'une minute et demie, ajouta Meat.

Morgan ne détourna toujours pas les yeux d'Arrow. Il était pâle, et même s'il n'avait aucune marque, elle savait que les choses ne se présentaient pas bien.

— Est-ce que ça va ? demanda Ro en s'agenouillant à côté d'elle et en essayant de la tourner vers lui.

Elle résista et hocha vite la tête.

— Je vais bien.

— Tu n'en as pas mangé ?

Elle secoua la tête.

— Tu as du chocolat sur le visage, dit doucement Ro en lui tournant la tête pour l'obliger à le regarder.

— J'ai grignoté un minuscule morceau. Elle a essayé d'en enfoncer un dans ma bouche, mais j'ai serré les lèvres. Je vais bien, répéta-t-elle. Mais pas Arrow.

— Black a dû abattre ta mère.

— Je m'en fiche ! C'est elle qui a tout fait ! *Tout.*

— Nous le savons maintenant.

— Comment avez-vous su qu'il fallait venir ? demanda-t-elle en essayant de ne pas penser au corps immobile d'Arrow.

— Arrow. C'est le meilleur électricien que nous connaissons. Il ne m'aurait jamais demandé de venir l'aider avec une boîte de fusibles. Chloé m'a appelé depuis le parking et relayé le message, et nous avons immédiatement su qu'il se passait quelque chose. Nous nous sommes précipités ici... et tu connais le reste.

— C'était ma *mère*, chuchota Morgan, sa voix se brisant. Elle se moquait de me faire du mal. Elle voulait seulement faire souffrir mon père.

— Viens-là, dit Ro en la prenant dans ses bras.

Morgan se laissa faire, ayant besoin de soutien. Elle inclina la tête de façon à pouvoir observer Arrow malgré tout. Il l'orienta de façon à ce qu'elle puisse voir l'homme qu'elle aimait et pas sa mère.

— Il va s'en sortir, n'est-ce pas ? chuchota-t-elle juste au moment où les secours se précipitèrent dans l'appartement.

— Oui, répondit Ro sans hésiter. C'est un vrai dur de la Marine. Il va combattre ce poison.

— Je l'aime, avoua doucement Morgan. Je ne lui ai jamais dit, mais je l'aime tellement.

— Il le sait, il le sait.

Ro aida Morgan à se relever pendant que les secours se mettaient au travail sur Arrow. Elle ne put rien faire à part regarder l'amour de sa vie être placé sur un brancard et emporté hors de l'appartement. Elle voulut le suivre, mais Ro la retint.

— Il est en de bonnes mains. Laisse-les le conduire à l'hôpital et démarrer l'antidote. Nous t'y emmènerons dès que possible.

Morgan voulut protester. Elle voulut exiger d'accompagner Arrow, mais elle inspira profondément et hocha la tête. Quelqu'un allait devoir appeler sa mère et sa sœur. La police pénétrait maintenant dans l'appartement, pendant que le deuxième groupe de secours travaillait sur sa mère. Un seul regard suffit à Morgan pour savoir que c'était trop tard pour elle.

Black était un très bon tireur... le trou au milieu du front d'Ellie en attestait.

Morgan aurait voulu se sentir mal. Avoir du chagrin pour sa mère, mais après tout ce qu'elle avait appris au cours de la dernière demi-heure, c'était impossible.

La femme allongée sur le sol n'était pas sa mère. C'était un monstre que Morgan n'avait jamais connu. Apparemment, sa mère était morte depuis longtemps.

En se redressant, elle hocha la tête vers Ro et elle le laissa la conduire jusqu'à une chaise de la salle à manger. Il posa une couverture autour de ses épaules et il partit aider ses coéquipiers.

Un officier de police à l'air aimable s'assit sur une chaise à côté d'elle et demanda :

— Pouvez-vous me dire ce qui est arrivé ?

Morgan savait qu'il lui fallait beaucoup plus que quelques minutes pour expliquer les événements ayant conduit à la mort de sa mère, mais elle inspira profondément et commença à parler. Plus vite elle en avait terminé, plus vite elle pouvait rejoindre Arrow.

20

Une semaine plus tard, Morgan était assise dans le fauteuil orange qu'une infirmière avait trouvé pour elle quelque part dans l'hôpital. Elle n'avait pas quitté Arrow sauf pour se doucher ou quand un de ses amis la forçait à partir manger quelque chose à la cafétéria.

Les deux premiers jours avaient été critiques. Arrow était dans l'unité de soins intensifs où les médecins faisaient tout ce qu'ils pouvaient pour contrer l'éther de glycol dans ses veines. Il avait été intubé et était resté immobile, inconscient de ce qu'il se passait autour de lui.

Après avoir été décontaminé, l'étape suivante était d'empêcher le poison de se métaboliser davantage dans son corps. Tout en lui administrant l'antidote, les médecins l'avaient mis sous dialyse pour aider son corps à se nettoyer.

Le processus avait été long et épuisant, mais la première fois qu'Arrow avait ouvert les yeux et dit son nom, Morgan avait pleuré.

Arrow était faible, et il dormait toujours beaucoup, mais il n'était plus intubé et elle voyait qu'il prenait des forces à chaque jour qui passait.

Entendant quelqu'un à la porte, Morgan se tourna et elle vit Black. Elle ne l'avait pas revu depuis que ses coéquipiers et lui étaient arrivés dans l'appartement d'Arrow comme une bande de superhéros.

— Salut, dit-elle doucement, ne souhaitant pas réveiller Arrow.

— Je peux repasser plus tard, dit Black sans la regarder dans les yeux.

Morgan savait qu'il l'avait évitée, mais elle refusait de le laisser continuer.

— Viens ici, dit-elle aussi sévèrement que possible.

Black soupira et avança vers elle en traînant des pieds, comme s'il se dirigeait vers la chaise électrique. Il s'assit à l'extrémité d'une des autres chaises dans la chambre.

Décidant qu'il valait mieux sortir les choses au grand jour, Morgan dit :

— Merci d'avoir sauvé nos vies.

Black eut un petit rire de dérision, mais il ne fit pas d'autre commentaire.

— Sérieusement, insista Morgan. Les flics ont dit que ma mère avait attrapé le pistolet qu'elle avait caché dans sa ceinture quand vous êtes arrivés. Elle était déterminée à me voir morte. Elle m'aurait tiré dessus, et comme Arrow était sur moi pour me protéger, elle l'aurait tué, c'est certain. Il n'aurait jamais pu survivre à la fois à l'empoisonnement et au coup de feu.

— J'ai tué ta *mère*, dit Black doucement.

— Je sais. Merci.

Là-dessus, il leva la tête et Morgan vit à la fois la surprise et la culpabilité dans ses yeux. Elle posa une main sur son genou.

— Je suis désolée que tu aies dû le faire, mais je ne regrette pas que ce soit fait. Black... la femme sur laquelle tu as tiré n'était pas ma mère. Je ne sais pas ce qui est arrivé ni comment elle est devenue ainsi, mais elle était vraiment folle. Il fallait que tu le fasses.

Black passa la main sur sa tête avant de dire :

— Quand j'étais SEAL dans la Navy, j'ai tué plus que ma part de sales types. Même lors des missions pour les Mercenaires Rebelles, j'ai fait le nécessaire... mais j'ai passé les dernières années à protéger et à sauver les femmes... pas à leur tirer dessus.

— Elle a eu ce qu'elle méritait, dit Morgan, dont la voix ne faiblit qu'une seule fois.

Elle savait qu'il lui fallait plus de séances de thérapie pour mettre tout ce qui était arrivé derrière elle, mais pour l'instant, elle voulait surtout empêcher l'homme incroyable devant elle de s'en vouloir pour ce qu'il avait fait.

— Je n'ai même pas réfléchi, dit Black, le regard dans le vide. J'ai simplement réagi. Elle a passé la main derrière elle, j'ai vu l'arme et je n'ai même pas réfléchi.

— Bien, répondit Morgan avec ferveur.

Cela attira son attention. Black se tourna pour la fixer, incrédule.

— J'aime Arrow. Je ne pensais pas qu'il était possible d'autant aimer une personne. Et savoir qu'il est avec toi lors de vos futures missions me rassure beaucoup. Je veux quelqu'un qui puisse agir sans réfléchir quand vous êtes dans la merde. Je veux quelqu'un comme toi qui couvre ses arrières.

Elle poursuivit son discours :

— Black, je ne prétends pas savoir ce que tu as fait et vu dans le passé, mais tu es doué pour ce que tu fais. Elle allait me tuer. Elle avait déjà essayé de tuer Arrow et moi. Tu as fait ce qu'il fallait. Si elle avait été un homme, t'en voudrais-tu autant ? Si ça avait été un inconnu ? Non, tu ne culpabiliserais pas. Les gens dangereux ne sont pas toujours des inconnus et ils ne portent pas du noir en faisant des rires diaboliques pour te faire savoir que ce sont des méchants.

— Je suis quand même désolé, dit-il.

— Moi aussi, insista Morgan. Mais ne sois pas désolé de l'avoir tuée. Sois désolé qu'elle n'ait pas eu l'aide dont elle avait besoin. Sois désolé qu'elle n'ait jamais su comme celui que j'espère être son futur gendre est merveilleux. Sois désolé que ses petits-enfants ne connaissent jamais leur grand-mère. Mais ne sois pas désolé de m'avoir sauvé la vie. Ne sois pas désolé d'avoir fait en sorte que je puisse commencer ma vie ici sans avoir à être constamment sur mes gardes, en me demandant si la personne qui m'a enlevée va recommencer.

Black leva les yeux et lui fit un petit sourire. Ce n'était pas un grand sourire, mais il semblait bien plus détendu que lorsqu'il était arrivé.

En avançant sans réfléchir, Morgan se leva et lui tendit les bras.

— J'aurais bien besoin d'un câlin.

Black s'avança vite et il la serra dans ses bras presque avant qu'elle ait terminé de parler. Morgan se sentait minuscule avec lui, mais pas autant qu'avec beaucoup de ses coéquipiers.

— Merci, chuchota-t-il.

— Non... merci à toi, répondit-elle vivement.

— Enlève tes sales pattes de ma copine, dit Arrow d'une voix faible depuis le lit d'hôpital à côté d'eux.

Morgan rit quand Black la serra plus fort et se tourna vers son ami.

— Qui va à la sieste perd sa place, plaisanta-t-il.

Arrow grogna et le sourire de Morgan s'élargit. Elle repoussa Black.

— Va chercher ta propre copine, le taquina-t-elle,

heureuse qu'il n'y ait plus de malentendu entre l'ami d'Arrow et elle.

Elle détestait qu'il ait pu ressentir ne serait-ce qu'une seconde de culpabilité pour avoir tiré ce coup de feu fatal.

Approchant son fauteuil du lit, Morgan s'assit et elle entrecroisa ses doigts avec ceux d'Arrow.

— Comment te sens-tu ?

— Pas trop mal, répondit Arrow.

Morgan eut envie de lever les yeux au ciel. Elle avait appris qu'Arrow avait une fâcheuse tendance à minimiser son état.

Il leva la main vers Black et l'autre homme la lui serra.

— Merci de ne pas avoir seulement sauvé ma vie, mais aussi celle de Morgan, lui dit Arrow.

— Va te faire, répondit Black. Tu aurais fait la même chose si tu n'avais pas fait la sieste par terre.

Arrow gloussa puis grimaça immédiatement à cause du mouvement.

— Je sais que j'ai été un peu vaseux, mais j'ai entendu des bribes ici et là, peux-tu expliquer ce qui est arrivé ? demanda-t-il.

Black hocha la tête et il s'assit sur la chaise à côté du lit. Morgan serra plus fort la main d'Arrow en écoutant Black. Elle avait entendu toute l'histoire, alors rien de ce qu'il pouvait dire n'allait la choquer, mais chaque fois qu'elle entendait comme sa mère était horrible, il lui était difficile de comprendre comment elle était arrivée à ce point dans sa vie.

— Ellie Jernigan a engagé les hommes qui ont drogué et enlevé Morgan. Ils l'ont suivie au bar ce soir-là et ils ont attendu une occasion de l'enlever.

— Et c'est devenu très facile quand je suis partie tôt, dit Morgan en secouant la tête.

— Ils auraient fini par t'avoir d'une façon ou d'une autre, la rassura Black. Quoi qu'il en soit, elle avait créé des contacts en République dominicaine et elle a fait envoyer sa fille là-bas. Le plan était qu'ils la gardent jusqu'à ce qu'elle donne d'autres nouvelles.

— Au début, ils ne m'ont pas fait de mal, ajouta Morgan. Rex et les autres ont supposé que c'était parce qu'ils ne voulaient pas prendre le risque de ne pas être payés par ma mère. Mais quand ils ont continué à recevoir l'argent mois après mois, sans être obligés d'envoyer des preuves que j'allais bien, ils ont décidé de tirer profit de la situation et de prendre ce qu'ils voulaient.

Morgan sentit la main d'Arrow serrer la sienne, mais il ne l'interrompit pas.

— Comme tu as déjà dû le deviner, la personne sur la vidéo était Ellie, répondit Black. C'est sûrement toi qu'elle attendait quand Dave est arrivé. Elle n'avait pas vraiment beaucoup de patience, et nous pensons qu'elle a simplement perdu son calme. Mais elle s'est suffisamment maîtrisée pour cacher son visage des caméras et pour s'arrêter une fois que Dave était à terre.

— Comment va Dave ? demanda Arrow.

— Il va bien. Il est de retour au travail et il donne des ordres à tout le monde au Pit, lui dit Black.

— Bien. Quand Ellie a marché jusqu'à la porte de mon appartement pour ouvrir à Morgan et Chloé, j'ai reconnu sa démarche de la vidéo, dit Arrow. C'est pour ça que cette personne m'était familière. Mais à ce moment-là, j'étais déjà bien immobilisé. J'ai fait ce que j'ai pu pour essayer de vous avertir.

— Je n'arrive pas à croire que je ne l'ai pas reconnue. Ma propre mère, dit Morgan en secouant encore la tête.

— Tu pensais que c'était un homme, comme nous,

précisa Black. Et ta mère était la dernière personne que tu soupçonnais.

Arrow leva la main de Morgan et l'embrassa en la soutenant en silence, comme toujours.

— Et Arrow, ton message a parfaitement fonctionné. Ellie ne savait pas du tout que ce que tu avais dit était un indice. Chloé était troublée et elle a immédiatement appelé Ro en remontant dans sa voiture, pour faire passer ton message étrange. Il savait que quelque chose n'allait pas, et nous sommes tous venus à ton appartement.

— Heureusement, intervint Morgan. Je n'avais rien compris jusqu'à ce qu'il soit trop tard.

— Quoi qu'il en soit, Meat a pisté son téléphone portable et découvert qu'elle était en ville depuis quelques jours. Il était très probable qu'elle ait commandé la prostituée et crevé tes pneus.

— C'est ce que je me disais, dit Arrow.

— Bien, alors quand tu as appelé et demandé si elle pouvait rendre visite à Morgan, elle était déjà en ville. Elle a pris une chambre d'hôtel avec cuisine et elle a préparé les petits gâteaux. Apparemment, elle avait emporté de l'éther de glycol avec elle en espérant le faire ingérer à sa fille d'une façon ou d'une autre.

— Son plan était de m'empoisonner lentement pendant que je vivais avec elle, dit Morgan à Arrow. Elle voulait donner l'impression que j'avais une maladie qui datait de ma captivité. C'est pour cela que j'avais mal au ventre et à la tête quand je suis revenue à Colorado Springs. La dose avait été assez petite pour que mon corps puisse la digérer. Mais avec le temps, ça se serait accumulé et m'aurait empêché de m'en remettre.

Arrow serra les dents, mais il ne fit pas de commentaire.

— Elle avait mis assez d'éther de glycol dans ses biscuits

pour tuer quelqu'un en l'espace de quelques heures, répondit Black.

— Je ne l'ai pas du tout senti, songea Arrow à haute voix. En général, je ne mange rien d'aussi sucré, mais j'essayais d'être poli. Nous ne nous sommes pas vraiment entendus au départ, et je culpabilisais. As-tu vu ton père ? demanda Arrow à Morgan en changeant de sujet.

— Bien sûr. Il a pris un avion dès qu'il a appris la nouvelle. Et évidemment, il a été merveilleux avec la presse. Les médias sont devenus fous quand ils ont entendu ce qui est arrivé. Je ne sais pas ce que j'aurais fait sans lui.

— Je suis désolé que nous l'ayons soupçonné, lui dit Arrow.

Morgan balaya ses excuses.

— Ce n'est pas vraiment un saint, et je ne sais pas si nous serons un jour les meilleurs amis du monde, mais je me sens beaucoup mieux en sachant qu'il était sincère dans son inquiétude pour moi et son désir de me retrouver quand j'ai disparu.

— Lane et Lance Buswell étaient également complètement innocents, intervint Black. Tout comme le reste de ses amis.

— Tu es donc véritablement libre, dit Arrow sans quitter Morgan des yeux.

— On dirait bien.

— Et c'est le moment où je m'en vais, dit Black en se levant. Oh, et ta mère et ta sœur sont ici, dit-il à Arrow.

Celui-ci écarquilla les yeux.

— Elles sont là ?

— Bien sûr ! s'exclama Morgan. Tu as failli *mourir*. Je les ai appelées dès que j'ai pu. Elles logent dans un hôtel près d'ici. J'aime beaucoup Kandi. Elle est très drôle, et j'ai appris beaucoup d'histoires sur ton enfance.

Arrow poussa un grognement.

— M'étonne pas. La moitié de ce qu'elle dit, ce sont des mensonges. Ne la crois surtout pas.

— C'est exactement ce qu'elle a prévu que tu dirais, le taquina Morgan.

Black rit en se dirigeant vers la porte. Au dernier moment, il se retourna vers Morgan :

— Merci d'être aussi compréhensive.

Elle leva les yeux au ciel.

— Comme s'il pouvait en être autrement.

— Tu serais surprise par le manque d'indulgence de certaines personnes, dit Black avant de sortir.

— Viens là, dit Arrow en tirant sa main.

— Je suis là, répondit Morgan.

— *Ici*, insista Arrow.

Morgan se leva et elle s'assit au bord du lit, sa hanche touchant celle d'Arrow.

— Tu m'aimes ? demanda-t-il une fois qu'elle fut installée.

Morgan savait qu'elle rougissait, mais elle ne détourna pas les yeux.

— Tu as entendu ça, hein ?

— Oui. Et ça demande à être répété. Tu sais que je t'aime. C'était horrible de ne pas pouvoir te protéger de ta mère. Je n'ai jamais ressenti autant de douleur que quand j'étais recroquevillé sur mon canapé. Mais ce qui m'a vraiment fait souffrir, c'est quand ta mère t'a attaquée... et que tout ce que je pouvais faire, c'était rester assis là.

— Mais tu m'as protégée, protesta Morgan. Quand c'était important, tu étais là. J'étais paralysée de peur... et d'incompréhension. Je veux dire, c'était ma mère à l'origine de tout. Je n'arrivais pas à m'y faire, et encore moins à réagir quand elle m'a frappé et qu'elle avait l'intention d'enfoncer cette aiguille dans mon cou.

— Je t'aime, Morgan Byrd. Je passerai le restant de mes jours à faire ce que je peux pour te protéger.

— J'espère que les jours où j'ai besoin d'être protégée sont terminés, répondit sèchement Morgan.

— Je t'aime, répéta Arrow en levant les sourcils, dans l'expectative.

Morgan sourit.

— Je sais.

— Et ? As-tu quelque chose à me dire en retour ?

— Euh... merci ?

— Ma belle..., dit Arrow de son ton le plus menaçant, ce qui n'était pas très effrayant, puisqu'il était allongé dans un lit d'hôpital avec une intraveineuse et branché à différentes machines.

Morgan se pencha et prit son visage entre ses mains.

— Je t'aime, Archer Kane. Plus que ce que je pensais être possible. Je ne veux plus jamais te voir allongé sur le sol dans cet état. Tu m'as fait terriblement peur.

— Tu ne me verras plus comme ça.

— Tu ne peux pas le promettre, protesta Morgan.

Il posa une main sur sa nuque et il plaça l'autre au creux de son dos. Ils étaient blottis l'un contre l'autre, presque front contre front, quand il chuchota :

— Je te promets le monde entier, ma belle. Le bonheur, les rires, l'amitié et des bébés. Plein de bébés.

Morgan eut le souffle coupé et elle le fixa avec de grands yeux.

— Veux-tu m'épouser ? Je promets de t'aimer et de te chérir pendant le reste de ma vie. Je te promets d'être ton ami ainsi que ton amant. Je ferai de mon mieux pour te faire rire et ne jamais te faire pleurer, sauf si ce sont des larmes de bonheur. Je vivrai où tu voudras vivre et nous achèterons une grande maison avec un terrain pour que tu puisses avoir autant d'abeilles que tu veux. Je partirai en vacances avec toi... mais peut-être pas dans les Caraïbes. J'adore mon travail, mais si ça te rassure, je démissionne aujourd'hui et je me concentre sur mon travail d'électricien. Je ferai tout ce qu'il faut pour que tu dises oui.

— Je... je veux t'épouser... mais j'ai peur de ne plus jamais pouvoir être la femme dont tu as besoin dans la chambre à coucher, avoua-t-elle. Je veux des enfants, mais j'ai peur de ne jamais pouvoir me détendre assez pour en faire avec toi.

— Je te l'ai dit une fois, et je le répéterai autant de fois qu'il le faudra pour que tu puisses le croire. Je t'aime, Morgan. Même si nous ne faisons jamais l'amour de façon conventionnelle, même si nous ne faisons que nous câliner et nous masturber ensemble, je te veux exactement telle que tu es.

— Arrow, dit Morgan d'une voix étranglée.

— Mais je dois dire ceci : je pense qu'une fois que tu auras travaillé sur tout ça, tu pourras faire tout ce que tu veux... y compris faire l'amour et baiser ton mari. Je ne te mettrai jamais la pression, tu auras tout le contrôle que tu veux dans le lit. Je resterai au-dessous toute ma vie, si c'est ce dont tu as besoin.

Morgan avait les larmes aux yeux, mais elle sourit quand même.

— Tu seras mon esclave sexuel ?

— Carrément. Et si tu penses que c'est négatif, je vais te laisser croire ça. T'avoir au-dessus de moi, te voir me chevaucher, jouir pendant que je profite de cette expression sur ton visage tout en ayant tes seins juste devant moi ? Oui... ce sera vraaaaaiment dur, ma belle.

Cette fois, elle rit du fond du cœur.

— Alors oui. Oui, je t'épouserai.

Arrow leva la tête de quelques centimètres et il couvrit ses lèvres avec les siennes. Elles étaient sèches et gercées, mais elle n'avait jamais senti quelque chose de plus merveilleux de sa vie.

ÉPILOGUE

Quatre semaines plus tard, Arrow regardait un film, assis sur leur nouveau canapé dans leur nouvel appartement. Il était extrêmement fier de Morgan. Découvrir la vérité sur son enlèvement avait été une forme de catharsis. Elle avait vu sa thérapeute tous les jours pendant une semaine après la sortie de l'hôpital d'Arrow et elle espaçait désormais lentement les visites.

Elle faisait des nuits complètes et ils avaient eu quelques séances de baisers intenses depuis.

Arrow n'avait pas insisté pour lui demander plus que ce qu'elle était prête à donner. C'était agréable d'apprendre à la connaître sans qu'elle ait cette peur permanente au-dessus de la tête.

Il avait trouvé un morceau de terrain parfait à Black Forest, près de chez Ro et Chloé, sur lequel il avait l'intention de construire une maison. C'était un endroit idéal non seulement pour élever une famille, mais aussi pour que Morgan installe une ruche ou deux. Elle avait décidé de ne plus le faire à grande échelle, mais de récolter juste assez de miel pour leurs amis et eux.

Elle cherchait ce qu'elle voulait faire du reste de sa vie, mais pour le moment, ils étaient contents d'être en vie et en bonne santé.

— Arrow ? demanda-t-elle en caressant le bras qu'il avait posé autour de sa poitrine.

Elle était allongée avec le dos contre lui. Elle portait un débardeur, et c'était toujours ce qu'elle préférait pour dormir, avec un short. Il portait un bas de jogging. Il s'était mis à dormir uniquement en boxer et il adorait sentir les jambes de Morgan entourer les siennes quand elle se blottissait contre lui nuit après nuit.

— Oui ?

Elle leva les yeux vers lui.

— Veux-tu me faire l'amour ?

Il faillit s'étrangler.

Il avait participé à une séance avec la psy de Morgan et ils avaient parlé du processus de guérison sexuelle. Arrow n'avait rien voulu faire qui pourrait causer des flash-back à Morgan ou la faire souffrir davantage, et la thérapeute lui avait dit de laisser Morgan prendre la main, ce qu'il faisait déjà.

Apparemment, Morgan prenait vraiment le contrôle de la situation, maintenant.

Arrow scruta les yeux de la femme qu'il aimait et dit :

— Nous pouvons faire tout ce que tu veux. Mais tu sais ce qu'a dit la psy... si c'est trop dur, il te suffit de le dire, et nous nous arrêterons, ou nous ralentirons, ou nous changerons ce que nous faisons. D'accord ?

Elle hocha immédiatement la tête.

— Je te fais confiance.

Arrow eut l'estomac noué. Il ne se lassait pas d'entendre ces mots sortir de la bouche de Morgan. Il les aimait presque plus que quand elle disait qu'elle l'aimait. Presque.

— J'ai acheté des préservatifs l'autre jour. Ils sont à l'étage sur la table de nuit.

— Je prends la pilule. Et je suis clean, répondit-elle.

Arrow avait extrêmement envie de la prendre sans protection.

— Je n'ai encore jamais été avec une femme sans porter de préservatif, lui avoua-t-il.

— J'aimerais être la première, dit Morgan sans détourner le regard.

Son cœur accéléra et sa queue gonfla et durcit. Sans répondre verbalement, Arrow l'aida à se lever et il lui tint la main jusqu'à leur chambre. Il ferma la porte et indiqua la salle de bains.

— Vas-y. Je t'attends ici.

Morgan hocha la tête, se leva sur la pointe des pieds et l'embrassa brièvement sur les lèvres avant de partir dans la salle de bains.

Arrow retira son pantalon, mais il garda son boxer et se glissa sous les couvertures. Il s'agita en attendant Morgan, plus nerveux maintenant que lorsqu'il avait perdu sa virginité.

Elle entra dans la chambre trente secondes plus tard, et Arrow examina soigneusement son visage lorsqu'elle s'avança vers le lit. Il s'était dit qu'elle devait être nerveuse, comme lui, mais il ne vit que du désir et de l'anticipation sur son visage.

Elle sourit et au lieu de passer sous les couvertures à côté de lui, elle fit le tour de son côté et grimpa sur le lit. En retirant les draps, elle s'assit sur son ventre et posa les mains sur son torse.

— Est-ce que ça va comme ça ?

— Carrément, dit-il avec un sourire. C'est donc toi qui diriges ?

— Tu as dit que je le pouvais, rappela-t-elle.

— Et j'étais sérieux.

— Bien, ronronna Morgan avant de retirer brusquement son débardeur par-dessus sa tête.

— Merde, souffla Arrow dont la verge durcit encore en la voyant ainsi.

Morgan avait récupéré une grande partie du poids qu'elle avait perdu en captivité, et elle était absolument magnifique. Elle avait de petits seins fermes qui s'accordaient parfaitement à sa silhouette menue.

Sans réfléchir, il avança les mains pour la toucher... et il faillit ne pas la voir tressaillir légèrement. Il reposa immédiatement les mains au-dessus de sa tête et agrippa les draps.

— Je suis désolée, dit-elle, une partie de son désir semblant s'estomper dans ses yeux.

— Non. Ne le sois pas. Dis-moi ce que tu veux que je fasse pour ne pas déclencher accidentellement quelque chose chez toi.

— Veux-tu... Laisse tes mains là, dit-elle en changeant sa question en ordre.

Arrow hocha la tête. C'était une véritable torture de ne pas la toucher, de ne pas l'attirer contre lui pour sucer ses tétons, mais il obéit.

Morgan se décala en arrière jusqu'à être assise sur ses cuisses, puis elle saisit son boxer et le tira vers le bas d'un air déterminé, quoique prudent. Elle s'écarta juste assez pour qu'il puisse le retirer des pieds, puis elle se réinstalla au même endroit.

Arrow se sentit vulnérable et un peu gêné pendant qu'elle fixait son érection, mais en même temps, il n'avait jamais été aussi excité de toute sa vie. Il n'avait pas fréquenté beaucoup de femmes, mais c'était toujours lui qui menait, qui guidait le processus. C'était très excitant de laisser Morgan dicter ce qu'il se passait dans leur lit.

Elle tendit la main en hésitant et elle lui saisit la verge. Arrow ne put s'empêcher d'inspirer profondément à son contact. Sa main était douce et chaude, et c'était le paradis de la sentir autour de son extrémité.

Elle commença à le caresser lentement de haut en bas et Arrow gémit.

— C'est tellement bon, dit-il.

Il aima le sourire qui passa sur son visage et la façon dont elle semblait prendre confiance à chaque caresse.

Arrow cambra un peu le dos, et il poussa les hanches contre elle en la suppliant :

— Plus fort. Serre-moi plus fort, ma belle.

Morgan serra immédiatement la main, et Arrow aurait pu jurer que ses yeux étaient partis en arrière de sa tête. Il sentit un petit jet de liquide pré-séminal s'échapper de son gland, et elle s'en servit pour le lubrifier, améliorant encore la sensation qu'elle lui donnait.

— Moi aussi, je veux te faire plaisir. Dis-moi quoi faire. Puis-je te toucher ?

En se mordant la lèvre, Morgan mit un peu trop long-temps à répondre selon lui, mais elle finit par dire :

— Oui. Mais s'il te plaît, sois doux. Ils... ne l'étaient pas.

Arrow comprit. Ce n'était pas le moment de se mettre en colère, même s'il en voulait énormément aux hommes qui l'avaient violée. Il leva lentement une main, gardant l'autre au-dessus de sa tête, et la posa sur son petit sein. Le téton se mit immédiatement à pointer, comme s'il avait anticipé son geste. Sa bouche se mit à saliver à cause de l'envie de poser la bouche sur elle, mais il se força à n'utiliser que sa main pour la caresser et titiller son sein.

Quand Morgan ferma les yeux et jeta la tête en arrière, il dit :

— Non, garde les yeux ouverts et regarde-moi, ma belle. Vois qui est sous toi. Qui te donne du plaisir.

Elle baissa le regard vers lui, ses yeux verts imprégnés de désir.

— C'est ça, ma belle. Tu es toute rouge pour moi.

Il pinça doucement son téton et fut récompensé lorsqu'elle retint son souffle et s'appuya contre sa paume. Elle avait cessé de bouger la main sur sa verge, se contentant de le serrer avec force, mais il ne pouvait pas s'en plaindre. Pas alors qu'elle le laissait la toucher.

— Putain, t'es parfaite, dit-il doucement.

Ses mots semblèrent déclencher quelque chose en elle, car elle recourba les épaules et s'écarta de lui.

— Merde, je suis désolé, s'excusa immédiatement Arrow.

Il la lâcha et reposa la main au-dessus de sa tête.

Il vit Morgan inspirer profondément avant de descendre de ses cuisses.

Se maudissant d'avoir ouvert la bouche, Arrow se prépara à apaiser les souvenirs qu'il avait invoqués en elle. Il fut donc surpris quand elle enleva son short de pyjama et qu'elle remonta sur ses jambes, nue comme un ver.

— Morgan, commença-t-il, mais elle secoua la tête et l'interrompit.

— Je veux ça, je te veux toi, dit-elle férocement. Je ne suis pas parfaite. Loin de là. J'ai peur, mais je sais que c'est toi qui es sous moi. Ils ne m'ont jamais prise ainsi. Ils n'ont jamais été doux. Je sais avec qui je suis maintenant, mais je ne sais pas comment ça va se passer.

Ses mots se bousculaient et elle les dit vite, comme si elle essayait de garder le courage de tous les prononcer.

— C'est exact, tu es avec moi... et je t'aime, dit Arrow. Je ne prendrai jamais rien que tu ne veuilles me donner. Et en ce moment, c'est toi qui commandes. Fais ce qui te paraît bien.

Elle lui sourit et il fut très fier de son courage. Il ne s'était jamais autorisé à réfléchir aux conséquences qui suivaient le sauvetage des femmes par les Mercenaires Rebelles. À leur difficulté de reprendre une vie normale. Mais il le fit maintenant et il les respecta encore davantage.

Elle remonta jusqu'à se tenir en équilibre au-dessus de sa queue. Il s'était ramolli un peu quand elle était descendue, mais dès qu'elle le caressa, il redevint dur comme avant.

Calant l'extrémité de sa verge devant sa fente, elle appuya... et se figea.

Arrow serra les dents et resta immobile sous elle. Il sentit qu'elle serrait les muscles, essayant de le maintenir hors de son corps.

— Respire, ma belle, chuchota-t-il.

Elle relâcha le souffle qu'elle avait retenu, et on aurait presque dit un sanglot.

— Je... je ne peux pas.

— Alors, ne le fais pas, lui dit immédiatement Arrow. Remonte.

Elle le fit rapidement, et il eut envie de pleurer parce qu'il avait perdu sa chaleur, mais il ne laissa pas paraître la moindre souffrance érotique sur son visage.

— Je te désire tellement, mais... je ne peux pas, dit-elle encore, angoissée.

— Me fais-tu confiance ? demanda Arrow.

— Oui.

La réponse immédiate de Morgan apaisa sa douleur et le

décida encore plus à rendre l'instant agréable pour elle. Elle avait été extrêmement courageuse, et il ne voulait pas qu'elle n'en retire aucun bénéfice.

Il baissa lentement les mains et les posa sur ses hanches.

— C'est bon ?

Elle hocha la tête, mais il voyait bien qu'elle était encore anxieuse.

Arrow l'encouragea à redescendre sur lui. Cette fois, ses petites lèvres s'ouvrirent et se posèrent sur sa queue. Il enduisit sa verge de liquide pré-séminal afin de se lubrifier. Puis il la fit doucement avancer, et reculer. Puis avancer encore.

— Comme ça, lui dit-il.

Morgan renifla une fois, puis elle hocha la tête et bougea les hanches contre lui.

— C'est ça. Parfait, l'encouragea-t-il.

— C'est... agréable, dit-elle avec un sourire timide.

— C'est l'idée. Pour moi aussi, c'est incroyable.

Il bougea alors lentement le pouce afin de le poser sur son clitoris. Il frotta paresseusement la petite boule de nerfs pendant qu'elle montait et descendait sur l'extérieur de sa verge.

Plus elle bougeait, mieux c'était. Sa queue perdait constamment du liquide maintenant, l'aidant à rendre les mouvements plus fluides.

— J'aime ça, souffla-t-elle, surprise.

Il lui sourit et garda la bouche fermée, cette fois. Il n'allait certainement pas la rouvrir.

Plus elle se frottait longtemps contre lui, plus elle mouillait. Elle chevauchait sa queue maintenant, comme s'il était en elle. Ses hanches ondulaient contre lui, caressant la peau sensible sous son membre. Il sentait l'odeur du désir de Morgan, et il le percevait par le toucher. Il continua à caresser son clitoris pendant qu'elle se frottait contre lui.

C'était terriblement érotique de voir son buste rougir et ses tétons pointer… sans parler de la façon dont ses hanches tournaient de plus en plus frénétiquement.

— Je vais jouir, ma belle, l'avertit-il.

— D'accord, souffla-t-elle.

— Ça te va ? Je ne veux rien faire qui risque de t'effrayer.

— Oh oui, dit-elle en plongeant son regard entre ses jambes.

Il ne pouvait qu'imaginer ce qu'elle voyait en regardant leurs deux corps. Sa main, qu'elle avait posée sur son torse, passa entre eux et elle souleva sa queue en l'appuyant plus fort entre ses plis. Il ne la pénétrait toujours pas, mais il sentait désormais ses lèvres de chaque côté de sa verge.

— Putain, jura-t-il en serrant les hanches de Morgan avec plus de force.

— Jouis sur moi, ordonna Morgan, je veux le voir.

Comme s'il avait attendu ces mots, Arrow sentit son orgasme remonter depuis ses bourses jusque dans sa queue pour gicler partout sur son propre ventre, la main et les plis de Morgan.

Souhaitant qu'elle jouisse en même temps que lui, il appuya vite et fort sur son clitoris. Morgan se frotta sur lui, prolongeant son orgasme, alors même qu'elle explosait à cause de son propre plaisir.

Elle tressaillit et trembla sur lui, mêlant ses fluides aux siens. Quand ils descendirent tous deux du sommet de leurs orgasmes, ils étaient trempés. Arrow était mouillé du ventre jusqu'aux testicules, et il savait que Morgan l'était tout autant.

Ça lui était complètement égal.

Elle se baissa vers lui en gardant les jambes écartées sur son entrejambe.

— Je suis désolée, murmura-t-elle à son oreille.

Il n'arrivait pas à le croire. Elle était désolée ?

— Pour quoi ? demanda-t-il, incrédule.

— De ne pas avoir été capable de continuer. De ne pas avoir été capable de faire l'amour.

Arrow ne put s'en empêcher : il éclata de rire.

Il la sentit se raidir sur lui, mais il ne put arrêter les éclats de rire. Quand il se contrôla à nouveau, il expliqua :

— Je n'ai jamais rien fait d'aussi intime que ce que nous venons de faire. Ça, c'était *vraiment* faire l'amour.

— Mais tu n'as pas... je n'ai pas pu...

Elle se tut avant de pouvoir finir sa pensée.

Elle n'en avait pas besoin. Arrow savait ce qu'elle voulait dire. Il remonta jusqu'à pouvoir la regarder dans les yeux.

— C'était parfait. Chaque seconde de ce que nous venons de faire était merveilleuse. Il ne manquait qu'une seule chose.

Elle se mordit la lèvre et il vit facilement l'inquiétude dans ses yeux.

— Quoi ?

— Je ne t'ai pas encore embrassée.

Elle poussa un soupir de soulagement.

— Je peux régler ça.

— C'est bien ce que j'espérais.

Morgan se baissa et appuya ses lèvres sur les siennes pour un baiser chaste. Mais presque immédiatement, elle le transforma et le rendit plus charnel, sa langue appuyant contre ses lèvres, demandant à entrer et glissant sur celle d'Arrow dès qu'il ouvrit les lèvres.

Ils étaient allongés ensemble, nus, en sueur, sales et

satisfaits, et ils s'embrassèrent. Ils s'embrassèrent comme s'ils ne s'étaient encore jamais embrassés de leur vie.

Quand Morgan écarta enfin ses lèvres des siennes et posa la tête sur son épaule, Arrow dit :

— Nous devrions nous lever et nous doucher.

— Mmmmm.

— Et mettre des vêtements pour dormir.

— Mm-mm.

Arrow sourit et ne dit plus rien. Il était tout collant à cause de leurs orgasmes mutuels, et il savait qu'il allait devoir changer les draps, mais si la femme qu'il aimait voulait s'allonger sur lui et dormir, alors c'était ce qu'elle allait faire.

Il ne s'inquiétait pas de ce que l'avenir leur réservait. Elle avait fait tant de progrès en si peu de temps qu'il savait qu'elle finirait par vaincre ses démons. Peu importe qu'il lui faille un an ou dix... elle était plus que ce qu'il avait osé rêver d'avoir.

Black se tenait au fond de la pièce et il observait les femmes et les enfants en souriant. Les hommes de son équipe venaient chacun leur tour au foyer d'accueil pour femmes afin de passer du temps avec les résidentes, essayant de leur montrer qu'elles ne devaient pas être effrayées par tous les hommes. Beaucoup d'entre elles étaient là parce qu'elles étaient sans domicile et qu'elles cherchaient un nouveau départ, mais une grande majorité avait vécu des situations difficiles où elles avaient été battues. La violence domestique semblait être en hausse, et le refuge était un endroit sûr pour les femmes de tous horizons.

Venir au refuge était un travail difficile, particulièrement si les enfants pleuraient en le voyant pour la première fois et que les femmes se recroquevillaient. Mais à la fin de la soirée, il réussissait généralement à rassurer même les enfants les plus craintifs et leurs mères.

Ce soir, il avait colorié des images avec le groupe. Puis, quand les enfants avaient été envoyés prendre un cours de cuisine avec le nouveau chef, il avait offert un petit cours d'autodéfense aux femmes.

Les enfants étaient maintenant revenus, et tout le monde s'extasiait devant les biscuits qu'ils avaient préparés au cours des quarante-cinq dernières minutes.

— Excusez-moi. Vous êtes Lowell Lockard, n'est-ce pas ?

Black se retourna, surpris et curieux de voir qui avait réussi à s'approcher de lui sans qu'il le remarque.

La femme faisait la même taille que lui, environ un mètre soixante-treize, et elle avait des cheveux blonds dont les extrémités étaient légèrement violettes. Elle avait des yeux bleu sombre qui lui rappelaient l'océan dans la tempête. Elle avait de belles courbes et le genre de hanches sur lesquelles il aurait adoré poser les mains.

Cette idée le surprit et le mit un peu mal à l'aise. Il n'était pas le genre d'homme à avoir des émotions intenses au sujet de femmes qu'il venait de rencontrer. Il s'éclaircit la gorge avant de dire :

— Oui, c'est moi. Je vous connais ?

— Tu ne te souviens sûrement pas de moi, dit-elle d'une voix rauque. C'est Harlow. Harlow Reese. Enfin, tu avais un an de plus que moi, mais nous étions tous les deux au lycée de Roosevelt High.

Black écarquilla les yeux.

— Harlow ?

Elle rit.

— Je sais, je sais. J'ai beaucoup changé en seize ans.

Maintenant qu'il savait qui elle était, il la reconnaissait.

Elle avait raison : elle avait beaucoup changé depuis ses dix-huit ans, mais il voyait encore l'adolescente qu'il avait connue. À l'époque, ils avaient tous les deux participé à l'album de la promo. Il s'était inscrit seulement pour avoir quelque chose à mettre sur son CV afin d'intéresser les recruteurs, mais elle l'avait fait parce qu'elle aimait ça. Elle prenait constamment des photos. Elle avait l'œil pour ce genre de choses.

— Harlow Reese. Ça alors, dit Black lentement. Tes cheveux sont plus longs... et plus colorés, mais bien sûr, je te reconnais.

Elle rougit... et ce fut tout.

Black fut intrigué.

Cela faisait longtemps qu'il n'avait pas ressenti le genre d'attirance immédiate pour une femme qu'il ressentait maintenant. Trop longtemps. Quand il était devenu un SEAL, il avait couché avec beaucoup de femmes qui parcouraient les bars à la recherche de gars de la Marine, mais ces coups d'un soir dénués d'émotion l'avaient vite lassé, et il était devenu plus difficile dans ses choix. Depuis qu'il avait rejoint les Mercenaires Rebelles, sa vie sexuelle s'était presque interrompue. Pourtant, il y avait quelque chose chez la femme devant lui qui éveillait son intérêt.

— Que fais-tu là ? demanda-t-il. As-tu des problèmes ?

L'idée qu'un homme soit violent avec elle ou la harcèle lui fut insupportable.

Elle leva les mains et secoua la tête.

— Non, rien de ce genre. Je suis le nouveau chef cuisinier. On m'a engagé il y a environ deux semaines.

Black se détendit légèrement.

— Si ces biscuits sont révélateurs, ils ont engagé la bonne personne pour ce travail.

Elle lui sourit.

— Merci. Mais les gâteaux, c'est facile. C'est bien plus difficile de faire manger leurs légumes aux enfants. Puis-je te demander quelque chose ?

Black hocha immédiatement la tête.

— Bien sûr.

Harlow regarda autour d'elle, comme si elle voulait s'assurer de ne pas être entendue avant de demander :

— Tu travailles dans un stand de tir, n'est-ce pas ?

— Non seulement j'y travaille, mais il m'appartient, lui dit Black.

— Ah. Eh bien... Je me demandais s'il y avait des cours de maniement des armes pour débutants.

Black fronça les sourcils, reportant toute son attention sur la femme devant lui. Elle ne le regardait plus dans les yeux et elle avait croisé les bras de façon défensive.

— As-tu des problèmes, Harl ? demanda Black en utilisant son surnom du lycée.

Elle secoua la tête.

— Non. Je veux dire, je ne crois pas. J'aimerais simplement me familiariser avec les armes à feu et leur fonctionnement. Tu sais... pour ma propre protection.

Encore une fois, Black n'aima pas entendre ça. Il prit doucement son coude dans la main et hocha le menton vers la directrice du refuge. Loretta Royster avait la soixantaine et elle n'était pas seulement gérante de l'association, mais elle possédait également le bâtiment. Elle le salua avant de se retourner vers deux enfants devant elle.

Black guida Harlow vers le couloir et de retour à la cuisine, dont il supposait qu'elle venait. Les appareils électroménagers étaient aussi anciens que l'immeuble, mais apparemment ce n'était pas un problème, car le biscuit qu'il avait mangé plus tôt était délicieux.

Harlow s'écarta de lui et commença à essuyer le comptoir déjà propre d'un air absent, cherchant clairement à éviter de le regarder pendant leur discussion.

— Harlow, dit Black fermement. Regarde-moi.

Elle soupira, puis elle le regarda dans les yeux.

Ils étaient maintenant séparés par le comptoir, mais Black sentait encore l'attirance qui crépitait entre eux.

— Pour répondre à ta question, oui, il y a plusieurs cours pour débutants à mon stand de tir, mais si tu as des problèmes, tu peux me le dire. Je peux t'aider.

Elle le fixa longtemps avant de dire :

— Je suis une grande fille, Lowell. Je peux me débrouiller toute seule.

— Je n'en doute pas, répondit-il. Mais si tu as des problèmes, cela pourrait affecter les femmes et les enfants ici. Je ne t'ai pas vue depuis très longtemps, mais je ne pense pas que tu aies changé au point de ne pas t'en soucier.

— Bien sûr que je m'en soucie, dit-elle vivement. Les résidentes ici sont la raison pour laquelle je pose la question. Ce sont *elles* que je veux protéger.

Dès qu'elle eut prononcé la phrase, elle se mordit la lèvre et baissa la tête vers le comptoir devant elle.

Black réfléchit à toute vitesse, évaluant les possibilités qui auraient pu pousser Harlow à venir le voir.

— Raconte-moi, dit-il doucement.

Harlow soupira.

— J'ai remarqué des choses étranges qui se passent ici. Loretta essaie d'agir comme si ce n'était pas grand-chose, sûrement pour ne pas effrayer les résidentes. Tu sais aussi bien que moi pourquoi la plupart des femmes sont ici, en général elles n'ont pas un passé très agréable avec les hommes. Il y a eu quelques types qui ont traîné par ici, me harcelant quand je viens travailler le matin. Ce n'est rien que je ne peux pas gérer, mais je ne veux surtout pas qu'ils fassent la même chose aux femmes et aux enfants qui résident ici s'ils n'arrivent pas à me faire réagir.

— S'agit-il des ex de certaines résidentes ? demanda Black.

— Loretta ne le croit pas, mais elle n'en est pas sûre.

— Elle doit appeler les flics. Les signaler.

— C'est ce qu'elle a fait. Et je suis sûre qu'ils s'en occuperont, mais en attendant, je me sentirais mieux si je pouvais me protéger.

Black prit une décision sur-le-champ. Il sortit son portefeuille de sa poche et en retira une carte de visite. En attrapant un stylo sur la table à côté, il griffonna son numéro de téléphone portable sur le dos de la carte, puis il la tendit à Harlow.

— Voici ma carte. Tu peux m'appeler quand tu veux, de jour ou de nuit, et je t'inscrirai dans un cours pour débutants. Mais plus que ça, si jamais tu as peur un jour ou que tu es mal à l'aise, fais-le-moi savoir, et je viendrai jeter un coup d'œil.

Elle lui prit la carte des mains qu'elle fixa pendant un instant avant de relever les yeux vers lui.

— D'accord... euh, merci.

— Je suis sérieux, dit Black. Appelle-moi.

Harlow tira ses cheveux en arrière d'une main, puis elle soupira en s'appuyant sur le comptoir.

— Donnes-tu ton numéro à n'importe qui souhaitant apprendre à utiliser une arme ?

— Non, dit-il succinctement.

— Alors pourquoi moi ?

Black posa les mains sur le comptoir entre eux et il se pencha vers elle. Elle ne recula pas, et il sentit les battements de son cœur accélérer.

— Parce que j'aime tes cheveux.

— Tu m'as donné ton numéro parce que tu aimes mes cheveux ? dit-elle d'un ton sceptique.

— Il y a de ça, et puis quelqu'un qui s'inquiète plus des gens qui vivent ici que de sa propre sécurité est quelqu'un que j'ai envie d'apprendre à connaître. De plus, nous étions amis autrefois, non ?

— Je ne sais pas si on peut dire que nous étions amis, répondit Harlow avec un petit sourire en coin.

— Bien sûr que si. Nous avons survécu à ce club de l'album de promo ensemble, n'est-ce pas ?

Elle hocha la tête.

— Oui. Si tu es sérieux, alors je t'appellerai.

— Je suis sérieux, dit Black en souhaitant qu'elle lise entre les lignes de ce qu'il disait. Il s'intéressait à Harlow Reese. Il y avait quelque chose chez elle qui l'attirait. S'il devait utiliser son travail comme une excuse pour qu'elle l'appelle, ça ne le gênait pas. Il lui apprendrait à manier une arme et à tirer, mais il espérait pouvoir la convaincre de sortir avec lui et de mieux faire sa connaissance.

Décidant de parler à Rex au sujet de la situation du refuge, au cas où, Black sourit à Harlow.

— C'est un rendez-vous, alors.

Elle rougit encore, mais elle hocha la tête.

Black se redressa et lui sourit.

— N'attends pas pour appeler, Harl. Il me tarde.

Là-dessus, il lui fit un clin d'œil et sortit de la cuisine. Soudain, il fut ravi que ce soit son tour d'aider au refuge ce soir-là.

Il allait attendre quelques jours pour qu'elle l'appelle, mais si elle ne le faisait pas, il n'avait pas l'intention d'abandonner. Il savait où elle travaillait... il pouvait trouver une excuse pour revenir au refuge afin de la revoir. Il n'avait pas été aussi intéressé par une femme depuis très longtemps.

Même s'il avait connu Harlow quand ils étaient enfants, il ne savait rien de la femme qu'elle était devenue. Il avait l'impression qu'elle pouvait lui changer la vie.

* * *

Recherchez le prochain livre de la série: *Un Défenseur pour Harlow*

DU MÊME AUTEUR

Un Protecteur Pour Jessyka

Un Protecteur Pour Julie

Un Protecteur Pour Melody

Un Protecteur pour l'avenir

Un Protecteur Pour Les Enfants de Alabama

Un Protecteur Pour Kiera

Un Protecteur Pour Dakota

Delta Force Heroes Series

Un héros pour Rayne

Un héros pour Emily

Un héros pour Harley

Un mari pour Emily

Un héros pour Kassie

Un héros pour Bryn

Un héros pour Casey

Un héros pour Wendy

Un héros pour Mary

Un héros pour Macie

Un héros pour Sadie

En Anglai

Delta Force Heroes Series

Rescuing Rayne

Rescuing Emily

Rescuing Harley

Marrying Emily (novella)

Rescuing Kassie

Rescuing Bryn

Rescuing Casey

Rescuing Sadie (novella)

Rescuing Wendy

Rescuing Mary

Rescuing Macie (novella)

Delta Team Two Series

Shielding Gillian

Shielding Kinley

Shielding Aspen (Oct 2020)

Shielding Riley (Jan 2021)

Shielding Devyn (May 2021)

Shielding Ember (Sept 2021)

Shielding Sierra (TBA)

SEAL of Protection: Legacy Series

Securing Caite

Securing Brenae (novella)

Securing Sidney

Securing Piper

Securing Zoey

Securing Avery

Securing Kalee

Securing Jane (Feb 2021)

SEAL Team Hawaii Series

Finding Elodie (Apr 2021)

Finding Lexie (Aug 2021)

Finding Kenna (Oct 2021)

Finding Monica (TBA)

Finding Carly (TBA)

Finding Ashlyn (TBA)

Finding Jodelle (TBA)

Ace Security Series

Claiming Grace

Claiming Alexis

Claiming Bailey

Claiming Felicity

Claiming Sarah

Mountain Mercenaries Series

Defending Allye

Defending Chloe

Defending Morgan

Defending Harlow

Defending Everly

Defending Zara

Defending Raven

Silverstone Series

Trusting Skylar (Dec 2020)

Trusting Taylor (Mar 2021)

Trusting Molly (July 2021)

Trusting Cassidy (Dec 2021)

SEAL of Protection Series

Protecting Caroline

Protecting Alabama

Protecting Fiona

Marrying Caroline (novella)

Protecting Summer

Protecting Cheyenne

Protecting Jessyka

Protecting Julie (novella)

Protecting Melody

Protecting the Future

Protecting Kiera (novella)

Protecting Alabama's Kids (novella)

Protecting Dakota

Badge of Honor: Texas Heroes Series

Justice for Mackenzie

Justice for Mickie

Justice for Corrie

Justice for Laine (novella)

Shelter for Elizabeth

Justice for Boone

Shelter for Adeline

Shelter for Sophie

Justice for Erin

Justice for Milena

Shelter for Blythe

Justice for Hope

Shelter for Quinn

Shelter for Koren

Shelter for Penelope

À PROPOS DE L'AUTEUR

Susan Stoker est une auteure de best-sellers aux classements du New York Times, de USA Today et du Wall Street Journal. Elle a notamment écrit les séries Badge of Honor: Texas Heroes, SEAL of Protection et Delta Force Heroes. Mariée à un sous-officier de l'armée américaine à la retraite, Susan a vécu dans tous les États-Unis, du Missouri jusqu'en Californie en passant par le Colorado, et elle habite actuellement sous le vaste ciel du Tennessee. Fervente adepte des fins heureuses, Susan aime écrire des romans où les sentiments laissent place au grand amour.

http://www.StokerAces.com

facebook.com/authorsusanstoker

twitter.com/Susan_Stoker

instagram.com/authorsusanstoker

goodreads.com/SusanStoker